U0006017

GOBOOKS & SITAK GROUP©

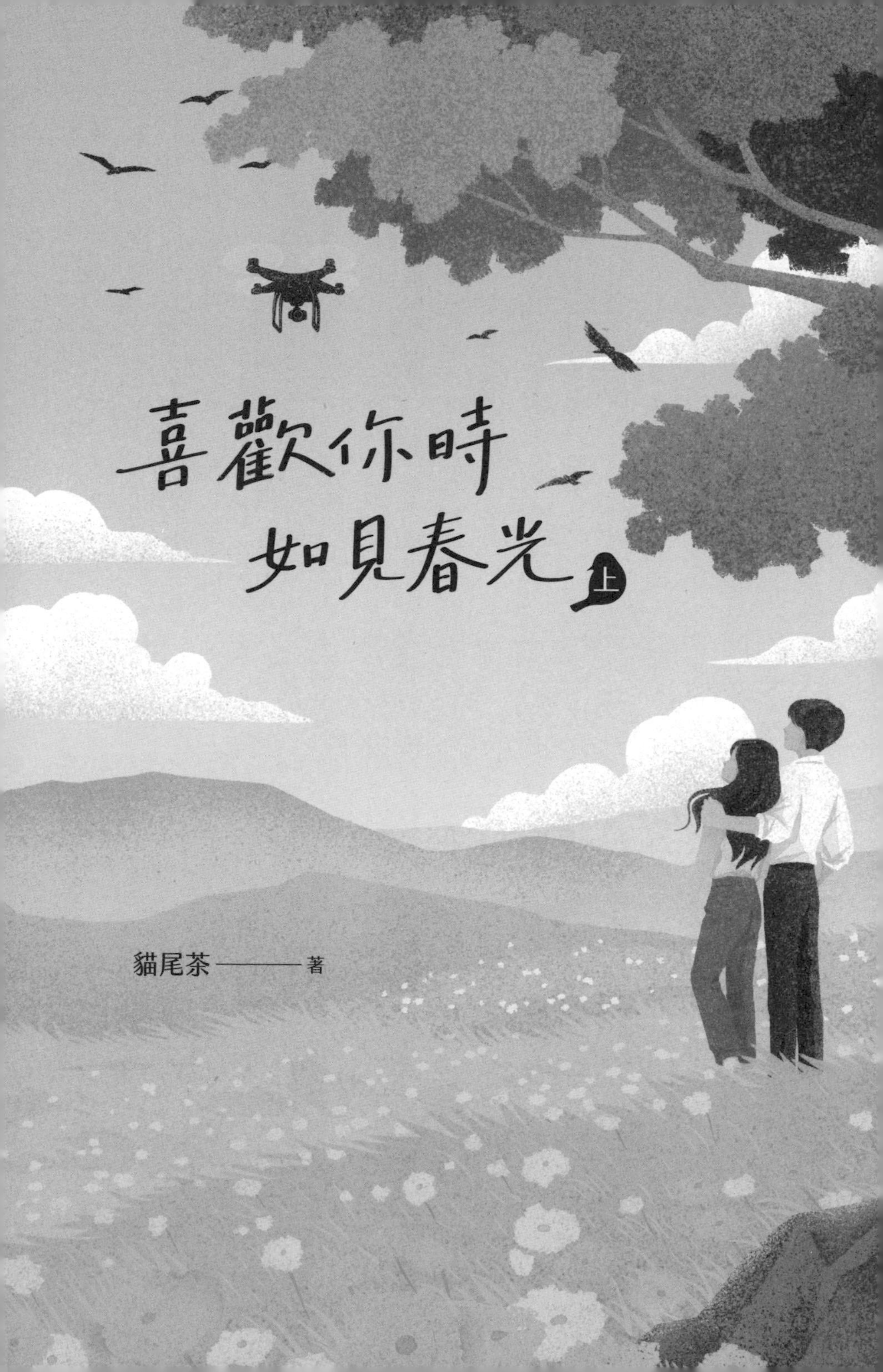
喜歡你時
如見春光
上
貓尾茶——著

目錄
CONTENTS

第一章　俗不可耐

許多年後，記者發來採訪提綱，請林晚談一談對周衍川的看法。

她在書房沉思整晚，直到天光初明，才敲下一行字——

『我的先生，是一位浪漫至極的理想主義者。』

十月，南江市。

路邊的三角花開得鮮豔，在燃燒的烈日下迎風招搖。

林晚剛打開車門，就被撲面而來的熱浪糊了一臉。

她對著後視鏡檢查了一下妝容，心想南江的夏季真是越來越長，今年連續幾次降溫失敗，眼看十月即將結束也不見涼快。

這種天氣就應該窩在家裡吹空調，而不是出門與人相親。

搭乘電梯到達位於頂層的旋轉咖啡廳，林晚見到了今天的相親對象唐先生。

男人長得還算周正，舉手投足間彰顯出混跡於ＣＢＤ的菁英氣質，看向她的眼神移動得異常緩慢，帶著某種慢慢審視的意味，最後才露出一個滿意的笑容：「林小姐本人比照片更漂亮。」

「謝謝，你也不差。」

林晚跟服務生點了杯拿鐵，轉頭對他禮貌地笑了一下。

友善的讚美彷彿為對方注入一針強心劑。

沒過多久，唐先生就開始用一種玩笑的語氣，跟她講自己的辦公室在國金中心第五十七樓，因為樓層太高，三不五時會被撞上玻璃幕牆的小鳥嚇一跳。

國金中心位於南江寸土寸金的地段，能在裡面擁有獨立辦公室的全是人中翹楚。

林晚猜他想聽幾句恭維，卻沒忍住提醒：「國金中心整體牆面全是玻璃，容易導致飛鳥誤撞，你可以在公司裝上百葉窗減少反光。」

唐先生沒當回事：「說起來，林小姐在鳥類研究所工作？」

「嗯，負責科普宣傳。」

「社會服務組織，很清閒吧？」

「……也還好。」

「不需要謙虛，這是份好工作。有時候真羨慕妳們女人，讀完大學找份安穩的工作，接下來等著嫁人就好。哪像我們男人，注定要在外面奮鬥一輩子。」

很傲慢的口吻，配合他理所當然的神情，簡直就差把「男尊女卑」四個字寫在臉上。

聽到這裡，林晚不想跟他廢話了。

她稍偏過頭，送上一個燦爛的笑容：「我們這行其實也有風險。去年我跟老師到草海保護區考察黑頸鶴，差點陷進沼澤出不來。」

唐先生的笑容逐漸消失。

林晚：「而且做動物保護也很容易在網路上得罪人。來，給你看看我昨天收到的恐嚇圖片。」

唐先生反應慢了半拍，眼睜睜看著林晚把手機遞到他眼皮底下。社群軟體私訊裡一張血肉模糊的動物屍體，讓他嘴裡的咖啡變了味，連帶著對林晚姣好面容的興趣也大幅下降。

林晚不想浪費時間，等到一杯咖啡見底，便輕聲開口：「時間不早，我該回去了。」

話音未落，幾縷霞光恰到好處地從窗外照進來。

她今天的妝容很淡，可架不住五官輪廓長得太好，此刻半邊臉浸在暖融融的夕陽餘暉裡，更突顯出眼尾眉梢的風情。

唐先生忽然覺得，不應該計較那惡作劇般的小小照片。

他抬起手腕，刻意看向腕間那塊百達翡麗：「我知道附近有家不錯的法餐，不如我們……」

「不好意思啊。」林晚揚揚手機，「朋友約我吃晚茶。」

林晚下樓坐進車內，還沒繫好安全帶，就收到了鐘佳寧的訊息：『餓到肚子貼脊椎骨啦，快點啦！到了沒？』

林晚挑了下眉，回她一句「馬上，妳先吃」，就設好導航前往南江最有名的玉堂春酒家。

十幾分鐘後，夜色籠罩了整座城市。

沿途的街燈次第亮起，為鉛灰色的夜空染上一層五彩斑斕的流光。

林晚把車停在附近的停車場，步行穿過躁動浮華的街道，拉開茶樓的黑漆大門，一頭扎進漂浮著茶點香氣的人間煙火裡。

玉堂春是營業將近百年的老字號，每日從開門到打烊永遠不缺食客。

此時正是晚飯時間，服務生推著推車穿梭在大堂內，沿桌兜售剛剛做好的一籠籠點心。

林晚費了番工夫，才找到坐在角落的鐘佳寧。

鐘佳寧是她的中學同窗，大學畢業後進了一家外貿公司，跟公司的小妖精們鬥了三年，終於練就一身「白骨精」的光鮮，但心裡最愛的還是從小吃到大的傳統茶點。

「不是讓妳先吃嗎？」林晚坐下來問。

鐘佳寧把手邊的熱水壺遞過來：「一個人吃飯也太無趣了，好東西當然要留著跟妳一起分享。今天相親怎麼樣？」

林晚用熱水燙過碗筷，順便讓身後路過的服務生上了幾籠點心，才說：「別提了，他都不配讓我吐槽。」

她剛夾起一塊排骨，眼角餘光就看見隔壁桌一個四五歲的小女孩，正趴在椅背上看她。

兩人的視線對上，小女孩咧開嘴笑了笑，看起來還挺不好意思。

林晚向來不怕生，跟誰都能聊開。

見小女孩仍目不轉睛地盯著她，便笑著問：「妳看姐姐做什麼？想吃排骨呀？」

小女孩突然紅了臉，奶聲奶氣地說：「姐姐真好看。」

「怎麼還臉紅呢，我對妳做什麼了？」林晚覺得這妹妹挺好玩，有心想調戲。

「妳現在連小孩子都不放過？」鍾佳寧看不下去，轉移話題，「上週同學聚會怎麼沒來？」

林晚喝了口茶，說：「觀鳥去了。」

「關鳥？」鍾佳寧嘴裡塞著半個蝦餃，含糊地問，「為什麼要把鳥關起來？」

林晚被她逗笑了：「不是關閉的關，是觀察的觀。就是選一個地點，去看那裡有什麼鳥。」

「那妳直接說看鳥不就行了？觀鳥這說法也太專業了吧。」

「還是不太一樣，但妳這樣理解也行。」

嚴格來說，觀鳥是一項科研活動。

在不影響鳥類生活的前提下，利用設備觀察牠們的行為、種類與集群數量，再將觀察到的情況記錄下來，今後能為相關研究提供底層資料支援。

不過鍾佳寧一直對動物保護不感興趣，她便沒有詳細解釋。

兩個女人邊吃邊聊，快九點時，林晚的手機響了起來。

螢幕顯示「魏主任」三個字，令她頓時感到一陣頭疼。

魏主任是研究所宣傳科的主任，林晚的頂頭上司，五十出頭的中年男人。很和藹的一位上司，沒什麼大毛病，就是說話囉嗦聲音又小，每次聽他講話都很費勁。

林晚點下接聽，隱約聽見那邊傳來一聲「喂」，剩下的話就全被大堂裡熱鬧的人聲掩蓋了。

她捂住話筒問鐘佳寧：「哪裡有安靜的地方？」

鐘佳寧往上指：「三樓全是包廂，走廊裡沒人吵。」

林晚對手機回了一句「稍等」，加快腳步往樓梯走去。

鐘佳寧果然沒有騙她，走廊裡連個人影都沒有，依稀只有包廂裡的歡笑聲傳來。

魏主任的蚊子嗓終於能聽清：『林晚啊，妳明天能不能抽空整理資料，週一我們開個會，把上次說的科普圖鑑主題定下來？』

林晚盯著腳下的地毯花紋：「能是能，但我下週還要準備自然博物館的展覽資料，擔心忙不過來。」

『可以同時開工嘛，能者多勞，宣傳科所有同事都很看好妳啊。』

「謝謝，不過宣傳科好像只有我們兩個人？」

『……』

手機那頭的沉默讓林晚哭笑不得。

像他們研究所這種不賺錢的單位，向來都是大家求職時會謹慎避開的雷區。畢竟工作雖然穩定，但薪水實在少得可憐。

加上做的又是動物保護這種與某些人利益有衝突的行業，除非真心熱愛大自然，否則一般人還真不願意來淌這趟渾水。

短暫的尷尬過後，魏主任清清嗓子：『這樣吧，妳先做，最晚到年後，我保證再幫妳找一個搭檔。』

同樣的話，林晚上半年研究生畢業入職時，就聽他說過。

她心裡半點波瀾也沒有，低頭沿著走廊邊走邊問：「真的假的？」

『真的真的，找不到我胖五公斤。』

「那我可信了啊。如果這次您再騙我……」

林晚不知不覺來到走廊的轉角處，前面似乎有風，送進來幾許涼意，「我就直接從窗戶跳下去，到醫院休息兩個月，誰也別想攔住我。」

話音未落，地毯上映出的一道人影，讓林晚停下了腳步。

她下意識望過去，發現不遠處居然站著一個年輕男人，正靠在窗邊玩手機。

窗外路燈的光暈灑落進來，將他高大勻稱的身影罩在一層清輝裡。

寬肩窄腰，一身黑衣黑褲，襯衫鈕釦鬆開兩顆，露出修長的脖頸與凹陷的鎖骨，皮膚很白，在燈光下彷彿上了一層清雅的釉色。

哪怕不聲不響，光是站在那裡，就足夠引人側目。

林晚忍不住多看了幾眼。

察覺到林晚的動靜，男人緩緩抬起頭。

摸著良心說，長得很帥。

下頷線清晰緊緻，眼尾一顆深色的淚痣，襯托出那雙深情迷離的桃花眼。

但偏偏氣質偏冷，有種不容侵犯的禁欲感。

美色當前，林晚有些微恍惚。

男人大概聽見了她剛才說的「從窗戶跳下去」和「誰也別想攔住我」，他淡淡地掃她一眼，又側過臉看了眼身後。

然後往旁邊退開幾步，為她留出了發揮的空間。

林晚：「……？」

林晚活了二十幾年，第一次遇見如此「周到」的陌生人。

聽見她說要跳樓，就特別自覺地挪出地方。

害得她一時竟產生了「我不跳會不會很不給面子」的想法。

不過這種荒謬的想法只存在了不到一秒。

林晚輕咳了聲：「謝謝，我跟人開玩笑呢，沒有真的想不開。」

她的聲音響起在空蕩蕩的走廊裡，沒有掀起半點漣漪。

又過了兩秒……

「稍等。」男人終於出聲了，他將目光落在林晚臉上，淡聲問：「妳在跟我說話？」

林晚怔了怔。

他或許不是南江本地人，說話帶著一點北方口音。

聲線清冽，語調舒緩，會讓人聯想到加了冰塊的薄荷水，在稍顯悶熱的夜晚顯得尤為悅耳。

魏主任還在手機裡問：『妳遇到誰了？』

「沒誰，我明天整理好資料再聯絡您。」

林晚按下掛斷，抬眼正想說什麼，卻突然意識到——

男人戴著一對黑色的藍牙耳機，而就在窗戶旁邊不到半公尺的位置，還有一扇包廂的門。

也就是說……

他一直在這打電話，其實根本沒聽見她的「跳樓威脅論」，剛才之所以往旁邊讓開，不過是以為自己擋了她進包廂的路。

就連最初那句「稍等」，應該都是對手機那頭的人說的。

這他媽，就很尷尬。

而更為尷尬的是，在這四目相對的靜止畫面中，男人微瞇起漂亮的桃花眼，漸漸流露出即將反應過來的意思。

趕在他恍然大悟之前，林晚靈機一動，唇角微勾：「沒事，就想說一句，這件襯衫蠻好看，很襯你。」

說完不管對方作何反應，轉身逃離現場。

到了樓下，林晚順便把帳單付了。

回去時見鐘佳寧還在喝粥，便問：「等下去逛街嗎？」

「逛逛逛，剛好我想買雙鞋。」鐘佳寧瞥見她手裡的收據，「妳買單？不好吧，是我約妳出來的。」

林晚隨手把收據塞進包裡：「也沒多少錢。」

「那下次換我請妳。」鐘佳寧頓了頓，問，「怎麼上去那麼久，你們主任唐僧轉世啊。」

「不是，我剛才在上面丟臉了。」

鐘佳寧挑眉，擺出洗耳恭聽的模樣。

林晚將事情的經過從頭講了一遍。末了，忍不住感嘆：「可惜了，長得特別對我胃口。」

熟悉的朋友都知道，林晚自己長得漂亮，對異性的審美標準也很嚴格。

從中學情竇初開那時算起，追過她的男生不少，但最終能得她青睞榮升為男朋友的，多年以來也只有兩位。

今晚難得遇見讓她一眼就看中的男人，要不是鬧出那樣的烏龍，原本還可以試著加個聯絡方式什麼的。

鐘佳寧睨她一眼：「這就是妳最後調戲人家的理由？」

「……」

玉堂春，三樓走廊。

周衍川接完電話，轉身回到走廊盡頭的包廂。

剛進去，離門邊最近的曹楓就轉過頭來：「聊完了？」

「嗯。」周衍川拉開椅子坐下，側過臉說，「他們代理了幾家九軸感測器，配合新演算法都合適，回頭你讓人直接去談。」

曹楓打斷：「不是說這個。有女孩子跟你搭訕？我可都聽見了。」

「我也聽她誇你了，」有人接話，「說你襯衫蠻好看。」

周衍川連眼皮都懶得抬，摘掉藍牙耳機放回口袋：「誤會，就走錯路的。」

他聲音聽起來很冷淡，帶著點慣有的疏離感。

但一雙桃花眼卻像含了抹水盈盈的春光，又像藏了驚人的鉤子，看手機都深情得彷彿在看情人。

眾人默默交換著眼神，想起剛才他們一行人進店時，帶路的服務生眼睛就長在周衍川身上沒移開過。

曹楓賊兮兮地湊過來：「我介紹個女朋友給你，怎麼樣？」

周衍川：「不用。」

「你先聽我說完。其實是今天出門的時候，我未婚妻提起來的。她認識一個女孩子，就比你小一歲，從小到大都是校花，人見人愛花見花開。如果是普通美女也就算了，關鍵聽說這女孩子還是個學霸，南江大學畢業的碩士，才貌雙全啊。」

旁邊的人聽得怦然心動：「曹總，不然介紹給我吧。」

「一邊去，麻煩你看看衍川，再看看自己，從長相到智商，哪一點配跟人家爭？」曹楓轉頭吐槽。

周衍川不著痕跡地皺了下眉，往後靠上椅背：「你打算轉行開婚介所？」

曹楓哽了一下：「至少加個聯絡方式聊一聊，否則我沒辦法交代，你知道的，我家那位……」

周圍幾人發出善意的哄笑聲。

朋友裡誰都知道，曹楓的未婚妻是個嬌蠻任性的女孩。

周衍川這才輕笑一聲，不鹹不淡地回道：「行。」

週日上午，陽光沿著百葉窗的縫隙一格格爬進來，在房間內投下斑駁的光影。

一陣突兀的手機鈴聲，將被窩裡睡得正沉的人吵醒。

林晚揉揉眼睛，迷糊地伸手往床頭櫃摸了一下，才終於找到手機：「喂？」

電話是她母親的同事的女兒打來的，說是想介紹一個男人給她認識。

林晚的睏意徹底消散，她蹭地坐起來，撥了撥蓬鬆的長髮，口齒也清楚許多：「不用了，謝謝。我最近沒打算交男朋友。」

『這怎麼行呢？人家已經答應了，我不管，至少你們先加聯絡方式聊聊嘛。相信我，這個男人真的很讚，妳只要見了面，肯定會喜歡的。那我把妳的聯絡方式給他哦，就這麼說定啦！拜拜！』

一氣呵成的連珠炮，讓人根本沒機會繼續拒絕。

林晚看了眼已經結束的通話，莫名有種強買強賣的感覺。

此刻她早已睡意全無，只好掀開被子起床。

她現在住的這間房子，是她爸生前留下來的。

屋齡雖然老了一點，但位置靠近市中心，上班和逛街都很方便，兩層樓帶一個小花園，一個人住起來寬敞而愜意。

今天依舊有點熱，林晚隨手拿一支鉛筆將長髮盤起來，趿著拖鞋進了廁所洗漱。

廁所的全身鏡，清晰照出女人骨肉均亭的身影。

墨綠色的真絲睡裙包裹著她的身體，將每一寸曼妙的弧度都襯托得一清二楚。

林晚擦完面霜，下樓到廚房裡做早餐。

把全麥吐司放進烤吐司機時，她手撐著檯面想了想，為什麼最近總有人要介紹對象給她。

難道真的空窗太久，引得周圍人都開始擔心了？

可林晚本人對此毫無危機感。

她有一份薪水不多但真心熱愛的工作，下班後有一個完全屬於自己的小天地，週末還能回去陪媽媽散步。

這種自由而安全的生活狀態，讓她非常滿足。

但如果有人問她：「妳想不想談戀愛？」

林晚認為她的回答，應該是「想，但找不到合適的人選」。

畢竟她既想要好看的皮囊，又想要有趣的靈魂。

窗外飛過兩三隻烏鶇，站在樹上嘰嘰喳喳地熱鬧著。

林晚想起今天還有工作要處理，索性將早餐和筆記型電腦都拿到窗邊的餐桌上，打算藉著晨光悠閒地在家加班。

她點開電腦的通訊軟體，用手機認證登錄後，發現聯絡人裡有一則新的好友申請。

『我是周衍川。』

大概就是她的新晉相親對象。

林晚通過他的申請，心想這名字還挺好聽。但頭貼和個人頁面裡都沒發照片，不知道究竟長什麼樣。

她不是靦腆的人，主動點開聊天視窗：『你好。』

等她吃掉一片吐司，又吃掉三顆草莓，那邊才回：『妳好。』

然後就沒有下文了。

回覆的速度和內容，都透著一股並不熱情的、被迫營業的感覺。

很像是無奈且隨意的敷衍式聊天。

林晚打開檔案，把今天需要整理的資料大類列好後，才切換到通訊軟體：『周先生沒有關於我的問題想了解嗎？』

周衍川：『林小姐平時喜歡做什麼？』

林晚原本想回「我喜歡觀鳥」，可即將按下傳送的瞬間，卻想起昨晚在玉堂春與鐘佳寧的對話。

周衍川想必也是外行，她想了想，換成更直接的說法：『我喜歡看鳥。』

訊息剛傳出去，桌上的手機響了起來。

又是魏主任。

林晚按下擴音，心想正好先和對方提前探討一些初步想法。

聊了沒幾句，電腦裡又收到新訊息。

研究所一位同事跟她炫耀：『今天運氣爆棚，竟然看見一群鸕鷀在築巢！』

林晚挑了下眉，手指落到鍵盤上剛要回覆，就看見一隻漆黑的烏鶇從樹梢一躍而下飛進屋內，叼走她盤裡吃剩的堅果不說，還去而復返想叼走牛奶吸管的塑膠包裝。

林晚擔心牠會誤食包裝，想也沒想，便輕拍幾下鍵盤，嚇跑了這隻膽大又淘氣的小傢伙。

然後一邊繼續和魏主任保持手機通話，一邊打字：『你拍給我看看。』

一心多用的壞處，在此刻彰顯無遺。

幾分鐘後，林晚和魏主任打完電話，才遲鈍地意識到沒再收到任何訊息。

她疑惑地看向對話方塊，當發現那裡顯示著周衍川的名字時，眼皮忽然跳了幾下。

『我喜歡看鳥。』

『你拍給我看看。』

「……」

好像哪裡怪怪的。

訊息傳送時間超過兩分鐘，早已無法收回。

林晚看著螢幕上親手打出來的兩行虎狼之詞，感覺自己像個為非作歹的女流氓。

她連忙解釋：『不好意思，傳錯了。』

為了表達歉意，還挺真誠地多問了一句：『周先生做哪行？』

介紹人不知是敷衍還是希望他們慢慢培養感情，從頭到尾沒有透露過周衍川的任何資訊。

林晚不清楚周衍川對她有多少了解，但自認從工作聊起，是最利於緩解尷尬、同時打開局面的聊天方式。

又等了幾分鐘，周衍川才回：『無人機。』

林晚抿抿唇角，本就稀薄的接觸欲望直接跌至谷底。

無人機誠然是一項高新科技產業，可她在野外考察時，經常遇到某些人為了近距離拍攝更為壯觀的場面，毫無節制地利用無人機驅趕鳥群。

干擾鳥類正常棲息不說，還經常在空中發生撞擊，造成機毀鳥亡的慘劇。

林晚必須承認，這種屢禁不止的破壞現象，讓她對玩無人機的人已經抱有了某種偏見。

於是她有些敷衍地回了句：『哦，我不太了解這行。』

所幸周衍川對她也沒什麼興趣，兩人彷彿達成某種默契，繼續公式化閒聊了幾句，就同時以「有工作要處理」為藉口，非常成熟地結束了這次對話。

林晚原以為，她和周衍川的這次接觸，只不過是段不值一提的小插曲。

然而令她萬萬沒有想到的是，半個月後的某天下午，介紹人居然打來了電話，詢問她和周衍川究竟發生了什麼。

當時林晚正在寫新一期的科普專欄。研究所順應自媒體風潮，在社群軟體開設了一個科普帳號。她接手半年以來，運營得還算順利，吸引了不少鳥類愛好者前來關注。

「我們只是普通地聊了幾句，」林晚把拍攝的照片插入到文件檔中間，敲了下 enter，「什麼都沒來得及發生。」

介紹人納悶了：『是嗎？那他怎麼……』

「他說我壞話了？」林晚尾音上揚。

『唔，是有點啦。』

林晚在心裡嗤笑一聲，虧她認為周衍川和她一樣是個成熟的人，哪怕相親初次接觸就宣告失敗，但至少買賣不成仁義在，被人問起也能用「我們性格不合」這種無傷大雅的話應付過去。

沒想到……

「他說我什麼？」

介紹人吞吞吐吐：『呃，他說妳，俗不可耐。』

俗不可耐？！

林晚猛地拍了下桌子，嚇得身後的魏主任險些原地起跳。

她歪頭夾住手機，雙手在鍵盤上劈里啪啦地敲字：「我長這麼大，缺點是不少，但從來沒人說過我俗。」

而且不光嫌她俗，還嫌棄到了俗不可耐的地步。

這簡直是奇恥大辱。

『哎呀，我猜肯定是通訊軟體上沒說清楚，你們中間就產生了誤會。』

介紹人說，『要不然這樣吧，明年五月一日我辦婚禮，周衍川跟我未婚夫關係蠻好的，他肯定也會來參加。到時我再正式介紹你們認識一下？』

林晚說：「不用了，讓他有多遠滾多遠。」

但她很快轉念一想，覺得不能就這麼算了，「等下，好像也可以？那就等妳婚禮那天見吧。」

掛掉電話，林晚看向窗外，牙齒輕咬著嫣紅的嘴唇。

俗不可耐的評價，她一定要當面還給周衍川。

隨後的日子，平淡得像一杯白開水。

南江終於降了溫，入了冬，過完春節又迫不及待地開始升溫。

日曆翻到三月。

萬物復甦的初春時節，放在其他城市或許能用韶光淑氣形容，而放在南江，卻只讓人怨聲載道。

返潮氣候將整座城市變成悶熱的蒸籠，空氣裡遍布溼漉漉的水氣，凝聚成一顆顆的水珠，再沿著牆壁與地板滲出來。

又是一個週末，林晚不想待在室內發霉，就帶上設備去野外拍鳥。

春天是許多鳥類開始繁衍的季節。

運氣好的話，應該能拍到一些特殊行為。

兩個多小時後，前方出現了寧州山的指示牌。

繁華的都市景觀被遠遠拋在身後，車窗兩旁不斷閃過連綿不絕的盎然樹林，潮溼的空氣中摻雜了山林間特有的清新，讓人心曠神怡。

林晚把車停在山腳，換上迷彩服外套，按照事先查詢的觀鳥路線步行上山。

寧州山不高，是南江人民閒暇時最愛的觀光場所之一。

不過或許受了返潮的惡劣氣候影響，今天一路都沒看見什麼行人。

如此安靜的氣氛，恰好是觀鳥所需要的。

林晚心情大好，在低矮處選了一個較為平坦的位置，將三腳架立穩，再把望遠鏡頭安裝到相機上。

一切準備就緒，她開始尋找棲息在叢林間的精靈。

觀鳥是一項極其需要耐心的活動。

有時分明聽見了鳥叫聲，但當鏡頭轉過去時，卻只來得及看見微微顫動的空樹枝。

林晚從中學時就開始觀鳥，自然不會急於一時。她慢慢調整鏡頭方向，半小時後終於在靠近山崖的大樹枝椏上，發現了一個相當簡陋的鳥巢。

如果用人類世界的標準評判，這幾乎可以算作危房。

可放在林晚這種專業人士眼中，卻很快就能分辨出，這種簡陋鬆散的鳥巢，十有八九是斑鳩的傑作。

她迅速拿出手機，用專門的科研軟體記錄下當前地點，並在後面備註了一句「疑似有斑鳩在此棲息」。

像是為了印證她的猜測，又過了一陣，一隻翅膀羽毛呈深灰扇貝圖案的鳥兒銜著枯枝從樹林間飛來。

是城市裡極其罕見的山斑鳩。

林晚不自覺地放輕呼吸，唯恐嚇走了這隻正在搭建新房的小鳥。

她手裡動作不停，不停按下快門捕捉牠飛翔的姿態。

意外發生在山斑鳩離鳥巢只有咫尺之遙的一刻。

突如其來的機械噪音打破了山林的寧靜，一架無人機從山崖下竄了上來，沿著樹林的邊緣急速飛翔，張牙舞爪的螺旋槳嚇得山斑鳩撲搧著翅膀倉促逃離。

「……」

無數句髒話在林晚腦海中呼嘯而過。

她抬頭瞪向眼前這位不速之客，看見它身上搭載的鏡頭後，瞬間想起之前經歷過許多次的糟心事。

更氣人的是，這架無人機居然還堂而皇之地在她頭頂不遠處盤旋了起來。囂張得要死。

林晚想也不想，凶巴巴地朝它豎起了中指。

與此同時，山腳下。

周衍川看向手機螢幕裡即時傳回的畫面。

4K高清畫質名不虛傳，將女孩白皙臉蛋上表現出的憤怒，捕捉得絲毫不差。

「我靠，她居然對我們比中指？」在旁邊操控無人機的飛手莫名其妙，「我們沒得罪她吧？」

周衍川雙手抱懷，低垂著眼：「你把她的鳥嚇走了。」

飛手回憶了一下，想起確實有隻灰不溜秋的鳥從鏡頭前掠過，很不服氣：「我又不知道。」

他們這次出來，本來就是需要測試無人機快速變換飛行高度時的電池消耗，嚇到幾隻鳥難道是他能控制的嗎？

周衍川沒有說話，高大的身影往地面投下一道長而清淺的影子。

片刻之後，他抬起手腕，揉了下眉心。

其實當林晚出現在鏡頭中的第一秒，周衍川就認出她了，那個側臉的角度和她的通訊軟體頭貼一模一樣。

而且他必須承認，林晚長得很有辨識度，只要看過一眼，就會在腦海中留下深刻的印象。

就像半年前他添加林晚為好友時，也很快認出，這就是在玉堂春用戲謔的口吻與他搭話的那個女孩。

只不過如今回想起來，當初她所說的「看鳥」，還真就是特別正經的「鳥」。

飛手顫顫悠悠的聲音打斷了他的回憶：「老、老大，她好像在找我們。」

「嗯？」

周衍川側過臉，果然從開始返航的無人機鏡頭裡，看見林晚正牢牢盯準無人機航行的方向。

「怎麼辦啊，她會跟我們吵架嗎？」

飛手無端緊張了起來。

周衍川思索片刻，淡聲道：「等著道歉吧。」

林晚下山只花了十幾分鐘。

她剛才看得很仔細，那架無人機返回的位置就是山下的停車場。

果不其然，停車場旁邊的空地圍著五六個男人，地上還放著剛才那架罪魁禍首的無人機。

林晚走到自己車邊，把設備放進後車箱，然後「啪」一聲甩上車門。

短靴在地面踩出俐落的聲響，當她離人群越來越近時，男人中個子最高的那位慢慢轉過身。

林晚一怔，覺得這人有點眼熟。

很快她就想起來了，是半年前在玉堂春見過的那位。

她一時不知該佩服自己的記憶力，還是該佩服男人出眾的相貌令人過目不忘。

但更多的，則是心間湧起的一陣失落。

有種「卿本佳人奈何做賊」的傷感，好好一個神清骨秀的帥哥，為何要用這種不科學的方式影響環境生態。

她在心裡默默嘆了聲氣，走到眾人面前：「能跟你們提個意見嗎？」

話剛出口，其餘人齊刷刷往後退開半步。

林晚皺了皺眉，視線掃過不敢與她對視的那幾位，發現這幾個人長得……特別ＩＴ男。

就是那種髮際線堪憂、戴眼鏡、穿格子襯衫的經典形象。

有了大家的對比，站得離她最近的男人，越發顯得英俊非凡。

他今天穿了件長款的風衣，裡面搭件白色Ｔ恤，長褲褲腳紮進短靴裡，整個人看起來高大挺拔。

很帥，並且還不是那種刻意彰顯的帥。

就好像他隨意地往那一站，微風與陽光便情不自禁地眷顧著他。

林晚再次惋惜，接著抬起頭說：「能不能麻煩你們，以後不要近距離用無人機拍鳥？」

周衍川稍低下頭，聲音很輕：「抱歉，下次我們會注意。」還挺聽勸告。

林晚見狀，便也笑了一下：「喜歡觀鳥的話，我更推薦用望遠鏡或望遠鏡頭，不用驚動牠們就能欣賞到最自然的狀態。」

周衍川淺淺地勾了下唇角，脖頸中間清晰得近乎凌厲的喉結也動了動。

他往後指向地上那架略顯簡單的模型機：「我們在測試無人機功能，這是專門為山林巡邏設計的新機型，不用這種方式測試，可能很難得到直觀的資料。」

林晚愣了半拍，想從男人臉上找到撒謊的痕跡，但日光對上他那雙天生含情的眼睛，就只能悻悻地收了回來。

「所以……你們不是在觀鳥？」

「不是。」

林晚眨了眨眼，瞬間失去了指責的立場。

雖然她對無人機沒什麼好印象，但說到底她並不是蠻不講理的人。

同樣都是工作需要，她總不能強行把人家趕走。

「好吧，都是誤會。」林晚故作鎮定，點點頭，「打擾了。」

回到車上後，林晚又朝窗外看了一眼，發現男人依舊站在原地，似乎在看她，又似乎在望向別處。

山間的風吹動他的衣擺，如同揚起一面獵獵作響的風帆。

不然，還是下車問個聯絡方式？

林晚心中的天平剛發生偏移，又被她撥了回來。

算了吧，他看起來有點冷淡，這種性格其實不是她喜歡的類型。

思及於此，林晚繫好安全帶，打算開車回城。

誰知準備啟動車輛時，卻發現引擎故障燈亮了起來。她皺了皺眉，又試了一遍，發現還是無法啟動。

今天運氣不太好。

她在心裡嘀咕一句，開車下車檢查。

車內複雜的零件看得她眼花撩亂，身後傳來的腳步聲讓她慢慢地回過了頭。

那群人好像收拾好東西，也準備回城了。

不知名的帥哥遠遠地看了她一眼，然後越走越近。

「車壞了？」他問。

林晚無奈地點頭：「顯示引擎故障，而且沒辦法啟動。」

她有點鬱悶，明明來的時候還好好的。

他走到林晚身邊站定，彎下腰幫她檢查，很快得出結論：「點火系統壞了，開不了。」

林晚「啊」了一聲。

都這個時間了，也不知道拖車公司願不願意跑這一趟。

周衍川垂下眼眸，看向面露為難的女孩，輕聲開口：「林小姐。」

熟悉的姓氏從他嘴裡念出來，別有一番動聽的滋味。

以至於林晚疏忽了一件重要的事，她轉過腦袋：「怎麼了？」

周衍川抬起手臂，修長白淨的手指向不遠處的那輛越野車：「不介意的話，我可以送妳回去。明天再找人把車挪走。」

林晚看他一眼，後知後覺地想：她剛才有說過自己姓林嗎？

周衍川看出她眼中的困惑，卻以為她在擔心安全問題。

於是拿出隨身攜帶的名片遞過來：「妳放心，我不是壞人。」

薄而精緻的名片，清楚印出他的職位與姓名——星創科技CTO[1]，周衍川。

周、衍、川。

周！衍！川！

有句話是怎麼說的，驚喜來得太突然。

林晚不清楚此刻心中有沒有喜悅，反正驚訝倒是源源不斷地冒了出來。

轉瞬之間，她對這人皮相的欣賞蕩然無存。

「原來你就是周衍川。」

林晚垂眸掃過名片，抬頭打量他那雙漂亮的桃花眼，幾秒後勾唇一笑，「果然俗不可耐。」

「……」

1 CTO，即首席技術長，Chief Technology Officer 的英文縮寫。

林晚唇角翹起的弧度越來越明顯。

君子報仇半年不晚，她今天就要親眼看看，周衍川會作何反應。

然而出乎意料的是，周衍川只怔了一秒不到。

他單手放進口袋，視線掃過林晚寫滿「大仇得報」的明豔面容，好像看穿了她趾高氣揚的小情緒。

沉默幾秒後，倏地笑了笑。

林晚：「？？？」

被當面罵了還能笑得出來，這人是變態吧？

第二章　雙方合作

十幾公尺外的車邊，星創科技測試部一眾宅男，頭頂冒出許多問號。

「老大和那個妹妹聊什麼呢？」

「看起來聊得還挺開心？你看她笑得多好看。」

「老大剛是不是也笑了？哎喲這氣氛，不行我得拍下來，回去讓公司的女生們都死心。」

「快住手，老大看過來了！」

周衍川略顯冷淡地掃了員工們一眼，就收回了目光。

他幫林晚把引擎蓋關好，骨節分明的手指往上面輕叩了一下：「是我不對，之前不該那樣說妳。」

這是在道歉的意思。

可林晚總感覺有些挫敗——並不是周衍川的語氣不夠誠懇，而是她苦心等待長達半年的反擊，就像一拳砸進棉花裡一樣，輕飄飄的就沒了。

簡直令她懷疑，周衍川可能根本不在乎被人如何評價。

對手淡然到這等地步，反而讓她無從計較。

更何況，她確實需要搭人家的順風車。

林晚跟汽車經銷商約好明天上午過來拖車，就拿上東西鎖好車門，走到了那輛黑色的越野車邊。

把設備放進後車箱時，她多留意了旁邊被收起來的無人機一眼。之前離得遠還不覺得，如今湊近了看，她才發現這架無人機看上去十分普通，外殼就是3D列印出來的原始塗裝，連個品牌標誌都沒有。

看起來不像什麼正經無人機。

不過她本來對這行也不了解，也沒妄加評論，放好東西就準備去後座上車。

不料剛繞到車門邊，就看見後座不知何時已被兩個IT男占領了。

迎上林晚不解的目光，他們指著副駕，非常懂事地說：「妳坐老大旁邊吧。」

林晚抿了下唇，只好往前一步，拉開副駕的車門。

周衍川手搭在方向盤上，袖口露出肌理流暢的前臂，偏白的皮膚下有青色的筋脈延伸。

他把頭探出窗外，示意其他人乘坐的另一輛車先走，然後才側過臉問：「妳回哪？」

「東山路。不順路的話，在市區找個地鐵站讓我下去就好。」

林晚嫌髮髻磕後腦勺，乾脆將其解開。

烏黑的長髮帶著被髮圈勒出來的捲，蓬鬆的髮在肩頭披散開來，髮絲間半遮半掩地露出鎖骨的線條。

周衍川的目光有片刻的停滯。

林晚穿的是件迷彩服外套，俐落寬鬆的剪裁顯得氣質很瀟灑清爽。

這時把頭髮放下來，就平白增添了幾分女性特有的柔和，加上她今天沒有化妝，光滑細嫩的皮膚大大方方地迎著陽光，很像剛參加完軍訓的女大學生，白得晃眼，美得招搖。

「市中心？有點遠，他們住得比較近，我先送他們，」周衍川啟動車輛，單手轉方向盤倒出停車位，「然後再送妳回去。」

林晚含糊地道了聲謝，也不管他有沒有聽見。

回城需要兩個多小時，來時讓人心曠神怡的風景，再次重重疊疊地出現在車窗外。

然而林晚卻沒什麼心情去欣賞，主要是剛出發沒多久就經過了一個隧道，車窗暫時將周衍川的側臉映襯出來，偏偏男人還湊巧往她這邊看了一眼。

兩人的視線無意中碰到一起，搞得很像林晚在偷看他。

於是她乾脆調整了一個舒服的姿勢，閉上眼睛假裝睡覺。

出了隧道，陽光一下子湧入車內，在眼皮上跳躍著。

眼睛閉緊時，聽覺就變得特別敏銳。

車裡只剩舒緩的音樂聲流淌，氣氛有些凝固。

還好沒過多久，後排的人就耐不住寂寞，開始出聲了。

「老大，你認識她嗎？」坐在林晚身後的人問。

「嗯。」

「哇，你上哪認識這麼漂亮的美女？虧得曹總還費盡心思介紹女朋友給你，依我看你不如……」

周衍川語氣平靜：「想下車走回去？」

「……」

對方聽出他話裡的威脅，老老實實閉了嘴。

但沒過兩分鐘，另外一人就好奇地問：「什麼介紹女朋友？我怎麼不知道？」

之前的人把聲音壓得很低：「是去年的事了，那時候你還沒來公司呢。反正有天我在公司加班，跟老大討論測試流程的時候，看見他在跟人聊天。我剛好坐的位子湊巧嘛，就不小心看見他們的聊天內容了。」

「勁爆嗎？」

「那簡直太勁爆了。」那人音量更小，像是湊到耳邊低語了幾句。

林晚依稀聽見幾聲「看鳥」、「拍給我看」之類的話。

她悄悄咬了下腮幫，琢磨著是不是應該跳出來制止他們繼續八卦。

沒等她想好，後排又有聲音傳來：「真的假的？這……這年頭的女孩子，我的天啊。我一直找不到對象，是因為我不夠浪嗎？」

八卦傳播者說：「浪也沒用。後來又過了一陣，我在電梯裡遇到曹總和老大，就聽見曹總問『我介紹給你的林小姐怎麼樣』。」

他清清嗓子，模仿著周衍川冰冷而厭惡的語氣，「俗不可耐。」

「呵呵呵呵呵呵呵呵——」

後排爆發出一陣聽起來不太聰明的傻笑聲。

林晚覺得她被嘲諷了。

她忍無可忍地睜開眼，扭頭向後面兩個笑作一團的男人：「不好意思，你們說的林小姐就是我。」

兩人不約而同地被按下了靜音，嘴巴傻乎乎地張成O型，眼中寫滿震驚。

很好，氣氛又凝固了。

林晚心滿意足，朝他們嫣然一笑，轉過身重新坐好，視線餘光就瞥見周衍川正似笑非笑地看著她。

她不甘示弱地回瞪過去，心想笑個鬼，你堂堂一個CTO，對員工一點震懾力都沒有。

「醒了？」周衍川明知故問，「幫個忙。」

「幹嘛？」

他輕聲背出三個地址：「幫我查一下，送你們三個回家，走哪條路比較近。」

林晚「哦」了一聲，往地圖APP依次輸入完地址，想了想又問：「你家住哪裡，要順便幫你查嗎？」

「雲峰府。」

林晚指尖一頓。

她知道雲峰府在哪裡，南江前幾年新修的別墅，開售之初就創下歷史最高單價，正經的頂級豪宅社區。

而且這地方離她住的東山路很遠。

她把手機拿到兩人中間，滑動著APP給他看建議行駛路線：「你還是別送我回家了，不然你幾乎要繞半個南江。」

前面就是高速公路收費站。

周衍川放緩車速，垂眸看向螢幕。

臨近六點的陽光不再刺眼，溫溫柔柔地落在他的睫毛上，在眼底掃出一片淡淡的陰影。

他的眼睛長得實在勾人，薄薄的眼皮半垂下來，也蓋不過深棕色瞳孔的光，APP彩色的畫面映入他的眼中，像紛紛揚揚的桃花飄進一片靜謐的湖。

林晚盯著他右眼尾下的淚痣，指尖不自覺地動了動。

這男人的長相，真的能蠱人。

「沒事。」周衍川已經看完了，輕聲笑了一下，「就當跟妳道歉。」

上了繞城高速公路，沿途的風景更加單調。

道路兩旁的護欄板乏味地矗立在欄杆上，隔絕了灰塵與噪音，也隔絕了人與自然的距離。

林晚的眼皮漸漸重了起來，這次她不需要再刻意假裝，不知不覺就睡了過去。

半夢半醒間，她恍惚聽見周衍川接了一個電話，像是怕吵醒她似的，聲音放得很低，壓出一種性感的低啞。

等她再醒來時，越野車早已開進了市區。

她依舊覺得有些睏倦，懶洋洋地閉著眼不想睜開，耳朵裡聽見後排有人正在幫周衍川指路，應該是有人快到家了。

車輛在路邊停下，隨即響起車門打開和互相道別的聲音。

「謝謝老大，我跟他一起下吧，正好還能一起吃飯。時間不早了，你先送林小姐回去。」

「嗯，路上小心。」周衍川的聲音在林晚身邊響起。

看不見人時，他的語氣聽起來就更加冷淡。

嗓子像被冰水裡滾過一圈，帶著幾分疏離又矜持的調子。

很快，周衍川又按下車窗，音量提高了點，似乎在對車外的人說話：「對了，之前我和林小姐有一些誤會，是我的錯。曹楓那邊我會去解釋，你們也別隨便議論她。」

兩聲規矩的「知道了」重疊響起。

由此可見，CTO的震懾力只用在該用的時機，而且還是趁她睡著後才用，沒有半點故意彰顯的意思。

林晚估算著從這裡到東山路要開幾分鐘。

等到半途的時候，才揉揉眼睛，扮作剛剛清醒過來的樣子。

她緩慢地伸了一個懶腰，語調慵懶：「好像快到了？」

「有點塞車，應該還要十幾分鐘。」周衍川一邊回，一邊看見她稍稍舔了下嘴唇，「口渴？後面有礦泉水，自己拿。」

林晚一下午沒喝水，現在是有點渴。

她想著反正就快到了，就懶得放低椅背去拿，但這不長不短的十幾分鐘，一直保持沉默也不是她的風格。

正在她思索該聊點什麼的時候，路邊一所中學的校門緩緩進入視野。

林晚順勢就說：「欸，路過我母校了。」

「……是嗎？」周衍川的語氣有點遲疑。

林晚：「是呀，我媽是南江大學的老師，我中學就在南大附中念的。」

說完她又想起周衍川彷彿是北方人，還貼心地介紹了一句，「哦你可能不知道，南大附中是市裡最好的升學中學之一，而且學校裡面修得特別漂亮。」

中間那句話她說得有點虛。

因為南大附中整體水準確實名列前茅，但偏偏南江市還有一所南江三中，升學率每年都剛好壓過他們一頭。

以前讀書時，但凡有誰想 diss 他們，都會嘲諷的來一句「打不過三中的萬年老二」，直接導致南大附中的學生提起三中就恨得牙癢。

車內安靜了數秒。

直到周衍川慢條斯理地開口：「其實我知道。」

他看她一眼，「我是三中畢業的，嗯，就是你們最討厭的那個三中。」

林晚一時無言以對。

歸根結柢人家也沒炫耀什麼，而是非常客觀地說出了事實。

附中的學生就是討厭三中沒錯嘛。

可這話聽起來，怎麼就那麼扎心呢？

林晚面無表情地拍拍手掌：「了不起，了不起。」

周衍川抬眼，從後視鏡裡若有所思地看著她。

桃花眼中盛了一點點困惑，彷彿不清楚她又在氣什麼。

林晚的叛逆心理一下子就上來了，她慢吞吞轉過去，用一種循循善誘的語氣問：「後面那架無人機，是你們自己研發的嗎？」

話題跳躍太大，周衍川緩了半拍才說：「是，怎麼？」

「沒怎麼。」林晚眨眨眼睛，一臉真誠，「就覺得看起來挺破的。」

本來前半句周衍川還聽得很認真，大概以為她有什麼真知灼見要發表。

結果聽完後半句，他終於意識到林晚是嘲諷，才偏過頭低聲笑了一下：「哪破了？」

林晚用手機上網搜了幾張無人機的圖片：「你看看別人的無人機，造型多酷炫，再看看你的，就像個半成品一樣，也好意思拿出來飛。」

周衍川根本沒看她搜的圖片。

他邊轉方向盤邊說：「因為它就是個半成品。」

「……啊？」

周衍川見她一臉茫然，就知道以前她說「對無人機不太了解」不是在撒謊。

無人機不像有些產品，要等全部設計完成之後才進入測試環節，而是在設計開始之初，就已經同步開啟測試流程。

就拿他們今天測電池消耗來說，用3D列印的基礎工程機類比出設計師想要的重量與框架大小，帶到戶外飛一圈，就能很快拿到相關性能的測試資料，有任何問題也能立刻反映給設計部與硬體部做出相應調整。

所以在開發一款無人機的過程中，最先擬定的往往是會貫穿整個開發過程的測試方案。

聽完周衍川的解釋，林晚這才恍然大悟地點點頭。

她不是死不認錯的類型，聽明白後心想，之前自己表現出來的態度會不會太武斷了些。

她這邊還在默默反省，那邊周衍川竟然又繞回了之前的話題。

「你們真的很討厭三中的學生？」

林晚幾乎都快忘了這件事，被他一提又有點鬱悶：「沒到深仇大恨的地步，但就是不服氣吧。舉個例子，比如你本來已經很優秀，但偏偏身邊有人比你更優秀，每次大家提起你們兩個，總會習慣去誇另一個人，說你處處不如他，時間長了，誰能做到心平氣和？」

周衍川皺眉，嗓音喑啞：「是嗎？」

不知何時降臨的夜幕，將他眉間的悵然描繪得更深，顯得整個人都有些陰鬱。

林晚一怔：「你該不會以前喜歡過我們學校的女生？然後因為你是三中的，就被人拒絕了？」

周衍川喉結滾動幾下，銳利的輪廓在昏暗中反而更加明顯。

他冷淡地勾了下唇：「沒有。」

林晚狐疑地看他一眼，越發肯定自己的猜測。

不過面對這種人間極品，也能因為學校恩怨而拒絕，那女生對附中愛得也太深沉了吧。

再轉念一想，周衍川只大她一歲，那麼他喜歡的女生說不定她還認識。會是誰呢？

林晚把學校裡有印象的女生名字過了一遍，發現還挺難猜。

主要是她根本猜不出周衍川會喜歡什麼類型。

明明長了一雙天生含情的桃花眼，卻時常露出淡漠疏離的一面，可透過今天的接觸來看，他又不是冷得不近人情的那款，有時的言談舉止簡直稱得上溫和。

這人身上有一種矛盾的氣質。

剩下的一段路程，兩人沒再交流。

林晚刷起社群動態，剛點開就看見研究所一位同事的動態。

仔細瀏覽過內容後，她腦子裡「嗡」的一聲，意識到情況有些不妙。

研究所前段時間救助了幾隻瀕臨垂危的小灰雁。

發現的時候，牠們的父母就已經不知所蹤——其實大家都清楚，十有八九是被人盜獵了。

小灰雁被安置在研究所的動物保護基地裡治療，眼看一天天恢復了健康，棘手的問題也接踵而至。

這幾隻失去父母的灰雁，根本不會飛。

如今已是三月，正常的候鳥已經開始遷徙。如果繼續耽誤下去，等到南江一天天炎熱起來，牠們不僅很難繁育後代，甚至連生存都會出現問題。

研究所的全體同事，最近為這幾隻小傢伙操碎了心。

畢竟大家救助野生鳥類的最終目的，並非讓牠們永遠留在小小的動保基地裡，而是希望讓牠們回歸大自然。

然而根據同事剛發的動態來看，南江附近能發現的所有雁群都已經相繼離開了。

被救助的灰雁已經錯過了最佳的時機。

林晚咬緊嘴唇，抱著最後一線希望，在幾個觀鳥愛好者的群裡開始救助，試圖尋找研究所沒有發現的雁群。

訊息傳出去後，回覆的人不少，卻始終沒有她想看到的消息。

周衍川踩下煞車，將車停在東山路路口。

他不知道林晚的具體地址，原本打算把人送到東山路就好，誰知到了之後她就一直忙著看手機，似乎完全沒有下車的意思。

「林小姐，到了。」周衍川緩聲提醒。

林晚倉促地抬起頭，看見窗外東山路的路牌後愣了一下，然後才反應過來。她現在心思全在灰雁身上，也沒注意語氣，稍顯草率地說：「謝謝，我先下了。」

說著就一邊盯著手機，一邊伸手去開門。

越野車剛好停在路燈下。

車門剛一打開，揮灑而入的昏黃光暈就照亮了她眼中的焦慮。

周衍川下意識叫住她：「出什麼事了？」

她站到車外，彎下腰說：「工作方面的事，有幾隻灰雁可能趕不上今年遷徙。」

林晚其實只是禮節性地回答一下。

她沒指望周衍川聽見這句話後，能有什麼特別的表示。花費大量精力去救幾隻鳥，在許多人眼裡是毫無意義的行為，更有甚者或許還會嘲笑一句「閒得慌」。

然而周衍川卻只思考了極短的剎那，就推開另一邊的車門，往林晚這邊走來。

林晚神色一滯，愣愣地看著男人頎長的身影越靠越近。

周衍川站到她身前，低頭平靜地問：「需要我幫忙嗎？」

「你可能……」

她想說「你可能幫不上忙」，但兩人之間的距離隔得太近，周衍川那張過分英俊的臉近在眼前，讓她恍惚中換了一個說法，「你有辦法嗎？」

「或許有。」他說，「找家店吃飯，慢慢談。」

東山路一帶，是南江市的老城區。

整條街遍布上世紀修建的西式洋房，自從近幾年被炒作成網紅景點後，文藝又精緻的餐廳、展館與咖啡店便如雨後春筍般冒了出來。

林晚沒有浪費時間，直接把周衍川帶進離他們最近的一家西餐廳。

推開門時，屋簷下的門鈴發出清脆的響動。

店內的服務生回過頭，看見這對俊男美女的組合，眼中閃過一絲驚豔。

會在東山路出沒的顧客裡，裝扮時髦的年輕人不少，但很少有人能像這兩位一樣，一露面就讓人感覺像在拍偶像劇。

西餐廳正在舉辦週年慶活動，情侶同來能夠打折。

服務生想也不想，就從花瓶裡抽出一枝玫瑰，微笑著遞到林晚面前：「歡迎光臨，兩位想坐一樓還是二樓？」

「都可以。」

林晚回了一句，沒有伸手接花。

服務生以為她不好意思，轉而把玫瑰朝向周衍川，還故作俏皮地表示：「看來平時都是男朋友負責拿花呢。」

周衍川懶洋洋地掀起眼皮：「我不是她男朋友。」

「……」

服務生笑容凝固的瞬間，也聽見自己一顆少女心破碎的聲音。

嚶嚶嚶，長得那麼登對，居然不是情侶！

林晚在旁邊看得莫名其妙，這小姑娘一臉悲痛是什麼意思啊？

服務生把他們帶到座位上，點餐時還不死心地強調了一句：「今天情侶可以打八折哦！」

換作是平時，林晚或許還有心情調侃幾句，可現在她整顆心都掛在那幾隻灰雁上，心不在焉地翻著菜單說：「就算打骨折也不是情侶。」

周衍川無聲地笑了一下。

送走了一心只想磕CP的服務生，林晚端著水杯潤潤喉嚨，就直接問：「你有什麼辦法？我不是質疑你，只是客觀地說一下情況，目前我們找不到任何雁群，而且鳥類的排外意識通常都很強烈，讓牠們跟其他種類的候鳥遷徙也不可能。」

周衍川脫掉風衣，將其搭在旁邊的椅背上：「妳看過一部真人真事改編的電影嗎？講一個小女孩駕駛滑翔機帶領大雁回棲息地的故事。」

林晚點頭：「看過，但我們沒有滑翔機。」

周衍川「嗯」了一聲：「但我有無人機。」

「……用無人機教牠們飛？」林晚感到不可思議，「大雁雖然智商不高，但牠們也不會傻到把沒有翅膀的東西當作同類。」

周衍川拿起桌邊的留言本：「妳以前經常看見的應該是航拍無人機？像這樣有好幾條機臂，展開後像蜘蛛的形狀。」

男人乾淨修長的手指握住鉛筆，在白紙上草草塗了幾筆。

一架無人機的大致結構便躍然紙上。

林晚湊過去看了看，意外於他的繪圖功底，挑眉說：「嗯，差不多都長這樣。」

周衍川翻到新的一頁，繼續畫給她看：「事實上無人機的種類有很多，有機翼的滑翔無人機也是其中一種，如果想模仿鳥類翅膀搧動的動作，拿現有機型改造就能完成。」

平靜而輕緩的語調，莫名有種令人信服的力量。

林晚捲翹的睫毛顫了幾下，意識到他提出的解決方案的確有可行性。

她想了想，抬起臉來：「有一個問題，等牠們學會飛了，如果能在途中遇見其他雁群最好，如果沒有遇見……」

周衍川彷彿聽懂她的潛臺詞，他放下鉛筆，薄而寬大的手掌自然交疊：「行，我幫妳送牠們回家。」

我幫妳送牠們回家。

非常淡然的一句承諾，彷彿一顆石子落在林晚的心中，蕩開一圈圈的漣漪。

她定定地望著周衍川的眼睛，片刻後錯開視線，小聲說：「你知道大雁遷徙要經過多遠的距離嗎？」

幾千公里的旅途，從南往北，跨越整個國境。

林晚突然有點犯難：「至少要飛一個多月，你們……唔，收費方面的話，價格是怎麼算的？」

哪怕她再不懂無人機，多少也能估算到這趟飛行成本必定很高，也不知道研究所今年的救助經費還剩多少。

周衍川搖了搖頭，往後靠上椅背：「我的公司一般只提供產品，不提供服務。」

「嗯？」林晚徹底茫然了。

周衍川繼續說：「所以我不清楚該怎麼收費。」

他垂眸望向林晚，神色坦然，「交給妳決定吧。」

西餐廳的燈光調得稍暗，中間一架鋼琴演奏出曖昧又抒情的曲調，琴聲流淌四散，周圍手持玫瑰的情侶在甜蜜的氣氛中膩膩乎乎地談情說愛。

林晚手撐著下巴，感到萬分為難。

她最怕遇到沒有明碼實價的事，給少了怕占別人便宜，給多了怕研究所會把她的頭打爆。

等服務生把餐點送上，林晚邊切牛排邊問：「你以前．次也沒做過這種服務？那你的同行呢，能不能問問他們怎麼收費的？」

周衍川平靜地說：「都是競爭關係，不方便打聽。何況妳的要求比較特殊，其他人應該也沒遇到過。」

他吃東西的動作很斯文，斯文到有點冷冷清清的地步。

很像家教很好的少爺，養出了挑剔的口味，偶爾在街邊餐廳吃一頓，心裡對廚師的水準嫌棄得要死，但礙於教養不好直接表現出來，所以只能慢條斯理地吃幾口，把食物嚥下去時，清晰的喉結會上下滾動幾次。

林晚也覺得這家店的西餐很一般，索性把更多的注意力放在周衍川那張令人賞心悅目的臉上，看著他說：「說不定這次之後，有需要還會再找你，所以……」

她話還沒說完，突然察覺到鄰桌兩位四五十歲的阿姨正盯著他們。

確切來說，是在盯著周衍川，目光像X光似的，上上下下把他從頭到腳掃視了好幾遍。

窺探中還夾雜著一點躍躍欲試的期待。

特別像她以前和鐘佳寧出去逛街，看中的最後一條限量款裙子在其他顧客手裡，於是就虎視眈眈地守在一旁，等人家嫌貴放棄之後，就立刻衝上去買下來。

林晚從兩位阿姨身後的窗戶裡，看見了周衍川的身影。乾淨的白T恤貼合著他的身體，胸膛那裡能看出勻稱結實的輪廓，往下到了腰的位置，又窄窄的收進去，是一看就知道身材很好的類型。

「……」

她回憶了一下剛才的對話，頭皮發麻，趕緊結束話題，「那回頭再說吧。」

周衍川卻以為是研究所經費有限，而她囊中羞澀不好意思講，便想說「第一次免費也行」。誰知他剛張開嘴，林晚就馬上對他使眼色。

她把手放在唇邊，擋住鄰桌如狼似虎的目光，小聲說：「再聊下去，我怕那兩個阿姨過來約你。」

周衍川這才冷淡地往那邊看了一眼。

兩個阿姨總算看清他的正臉，眼中驚喜更甚。

其中一位還很輕佻地朝他擠眉弄眼，明晃晃地表現出「我們富婆就喜歡你這種不想努力的小帥哥」的感覺。

林晚要崩潰了，莫名產生了她連累周衍川被人意淫的罪惡感，乾脆大大方方地轉過身，用不高不低的音量解釋：「阿姨別誤會，我們說的是正經服務。」

然後轉過來對他說，「對不起，早知道不來這家店了。」

周衍川似笑非笑地勾了勾唇角：「沒事，無所謂。」

沒有半分計較的意思。

林晚一時啞然。

這人是真不在乎別人怎麼看待他。

隱隱約約的想法在林晚腦海中逐漸成形，彷彿有無形的鉤子把她心底深處的疑問拉扯了出來。

她忽然有點好奇，周衍川究竟是怎樣的人。

月明星稀的夜晚，一盞路燈時明時滅，很不盡職地照耀著家門外的小巷。

花園裡枝葉繁茂的木棉樹伸出幾許枝椏，往院牆上點綴滿豔色的花朵。

林晚從包裡摸出鑰匙開門，回家洗了個澡，就坐在客廳的沙發上，跟魏主任彙報用無人機幫助灰雁遷徙的計畫。

嚴格說來，這不是宣傳科該負責的工作。

魏主任馬上答應由他出面和所裡對應的部門溝通，以便盡快開始實施。

『對了，他們是哪家公司？』魏主任在電話裡問。

林晚回憶了一下：「星創科技。」

筆記型電腦就在身邊，她抱過來打開瀏覽器，順手在搜索欄輸入了「星創科技」四個字。

搜索結果很快出現。

魏主任在那邊問：『我不太了解現在的新興產業，這家公司可靠嗎？』

林晚遲疑了幾秒，心裡不太確定。

這幾年無人機行業來勢洶洶，最出名的幾家無人機品牌她多少也略有耳聞，但仔細回想起來，其中似乎並沒有星創的名字。

她點進公司介紹一欄，看到公司的發展歷程時愣了一下。

星創成立僅僅只有兩年多，去年十月她第一次見到周衍川時，他們的第一架無人機才剛問世不久。

林晚頓時有點茫然了。

雖說周衍川能住在雲峰府那種地方，可一家成立不到三年、默默無聞的公司，怎麼想也還處於發展初期。

「魏主任，」她想了想，語氣裡帶上幾分懇切，「服務費方面，您看看能不能……多申請一點吧。」

週一上午，研究所就迅速做出了決定。

這事其實沒什麼好猶豫的，不管星創的實力究竟是否雄厚，目前他們是唯一能站出來幫忙的公司。

所裡為此專門召開了一個會議，把這次行動命名為「灰雁回家計畫」，讓宣傳科配合記錄整個過程，到時候發到社群軟體上去。

一來可以告訴大家，鳥類研究所不是遊手好閒的社會服務組織，他們的確有在辦實事。二來也可以借助這種宣傳方式，呼籲普羅大眾關愛野生動物。

魏主任當初承諾的搭檔連個影子都沒有，記錄的任務自然落到了林晚頭上。

星創那邊的配合也很果斷，公司專門派設計師去動保基地學習大雁遷徙時的飛行要領。回去之後不到一週，就像周衍川事先說的那樣，利用現有的滑翔無人機型改造出一架專門為遷徙準備的無人機。

灰雁學習飛行的當天，林晚帶上相機去動保基地。

飛手正在設定今天的訓練路線，見她來了，面上一喜：「林小姐，這麼巧。」

「……你是？」

「妳不記得我了？」飛手摘下頭頂的鴨舌帽，指著他那張毫無記憶點的大眾臉，「我們在寧州山見過的，我叫郝帥！」

林晚瞇起眼睛打量了幾秒，才終於想起來。

這就是在回城的車上，模仿周衍川的語氣八卦她的那個男生。

也不知道他父母怎麼想的，居然取了這個跟他毫無關係的名字。

林晚笑了笑：「謝謝你能過來幫忙，接下來就辛苦你了。」

郝帥擺手客氣：「這不是上次惹妳不開心了嘛，還把妳的鳥嚇跑了。為了將功贖罪，我主動跟老大申請，必須完成這個光榮而艱鉅的任務。」

話還挺多的。

林晚點點頭，拿起相機幫他拍了一張照，好奇地問：「你們公司的人都叫周衍川老大？」

郝帥繼續低頭設置路線：「也不是全部。像其他部門的小女生，見了老大都會紅著臉喊周總，唉妳是沒聽見她們的聲音，嬌滴滴的能掐出水來。」

「……」

「不過我要是個女的，肯定也會喜歡老大。長得又帥腦子又聰明，試問哪個女人能拒絕雙重的魅力呢？」

林晚挑了下眉：「你很崇拜他？」

郝帥抬起頭，直直地望向她，鄭重表示：「不光是我，也不光是我們公司的人。妳出去問問，老大的名字在無人機研發圈子裡，提起來簡直就是如雷貫耳。」

「這麼厲害？」林晚不禁感到一陣詫異，「但你們公司才成立兩年吧，他就已經出名了嗎？」

郝帥頓了一下，指腹摩挲著手機，聲音變得有些鬱悶：「星創是剛成立兩年沒錯，但老大入行已經八年了。妳別看有的大公司現在多厲害，當初可是求著我們老大去幫他們研發無人機。」

一席話裡，半是驕傲，半是不忿。

林晚直覺其中必定發生過不愉快的往事，便沒再繼續追問，只是在心裡大致估算了一下時間。

八年前她還在念高三。

如果周衍川是按正常年齡入學的話，那麼當時的他不過是個剛進大一的學生。意識到這一點後，林晚有些愣怔。

這已不是區區學霸二字可以形容的範圍。

就在她走神的時間裡，基地的同事把那幾隻灰雁帶到了空地上。

林晚退到一旁，架起相機開始捕捉訓練的畫面。

灰雁是大雁的其中一種，在鳥類中不算聰明，但是又有點傻乎乎的乖巧。

當牠們看見無人機在前方撲搧「翅膀」前行時，先呆頭呆腦地圍觀了一陣，很快就成群結隊地跟在了它的後面。

郝帥嘗試把無人機稍微升高，灰雁們也跟著撲騰了幾下，可等無人機再飛到一定高度後，牠們就在地面揚起腦袋，毛茸茸的翅膀拍打幾下，像是不理解這個動作的意義，又像是想嘗試卻害怕會跌下來。

幾次失敗之後，林晚與同事商量一番，提醒郝帥：「你試試改變無人機的機翼方向形成氣流呢？這樣牠們飛起來會比較省力。」

郝帥恍然大悟，轉過頭來：「那我再試……老大！」

林晚一愣，順著他的目光往身後望去。

周衍川不知何時已經站在了基地的欄杆外面。

他臉上沒什麼表情，模樣有幾分冷淡，看見他們後倒是溫和地笑了笑，但只要仔細觀察，就會發現他的笑意未及眼底。

林晚走過去把大門打開：「你怎麼會來？」

她還以為正式開始合作以後，周衍川不會再為這種小事出面。

「擔心他處理不好，過來看看。」他簡短回了一句，又遠遠地朝其他人點了下頭。

他穿著白襯衫搭黑色長褲，鈕釦一如既往解開了兩顆，脖頸線條修長而流暢。寬肩窄腰的身形，加上恰到好處的肌肉線條，將白襯衫穿得禁欲又勾人。

有女孩子頓時紅了臉，星星眼地望著他，又不好意思過來搭話。

這人的顏值殺傷力果然太過強勁，一般的小女生根本扛不住。

林晚在心中感嘆一句，帶他到長椅邊坐下。

周衍川出現以後，郝帥整個人都變得嚴肅了許多。

沒再時不時跟大家聊幾句，而是全神貫注地盯緊無人機，非常明顯的、想好好表現的樣子。

林晚擔心郝帥壓力太大，正思考該如何轉移周衍川的注意力，就聽見有同事試探著問：「你是……周衍川？」

沒想到研究所居然也有人認識他。

林晚感到有些意外，卻看見周衍川緩慢地抬眼瞥向那人。

表情似乎與方才無異，眼神卻徹底冷了下來。

第三章 心中的光

林晚認識剛才說話的人。

研究所的一位前輩，比她早兩三年入職，工作上沒有太多交集，偶爾在餐廳打個照面寒暄幾句，總體來說不是什麼招人嫌棄的人。

還好，周衍川流露出的不耐只持續了很短的時間，短暫到只有林晚察覺了他的異樣。

他很快恢復了平靜，頷首示意：「好久不見。」

前輩還想過來跟他攀談幾句，結果周衍川根本沒給人機會，直接轉過身，只留了一個好看的後腦勺供人欣賞。

林晚又拍了幾張照，才輕聲問：「你跟他有仇？」

周衍川搖了搖頭，修長的雙腿自然交疊著，聲音同樣很輕：「不熟。」

與此同時，前輩與人交談的聲音在後面響起：「那是我高中同學，我都不知道所裡居然找到他來幫忙。以前三中誰不認識他，雷打不動的年級第一。」

語氣裡帶著幾分明顯的炫耀。

林晚眨了眨眼，忽然明白為什麼周衍川不想理這人。

怎麼說都是二十幾歲的社會人士了，私底下回憶往昔還沒什麼，當眾把中學時的輝煌履歷拿出來講，確實有種微妙的尷尬。

就好像人生中只有那幾年的成績可以吹噓似的。

那位前輩還在繼續：「這位可厲害了，高二就拿了NOI的國家一等獎，幾所名校搶著要，科系隨便挑，那時候可羨慕死我們了。」

「NOI是什麼？」

「奧數你總知道吧？跟那個差不多的，只不過他們搞的是資訊奧賽，就程式設計寫代碼那套。」

林晚用相機擋住臉，悄悄用餘光打量周衍川。

隨著身後的議論越久，他眼中的寒意也就越多，當NOI的經歷被人提起之時，他用手肘撐著膝蓋，腦袋微微低了下去，後頸被拉伸出冷冽而修長的線條，嘴角也漸漸抿成了一條直線。

不知道的還以為，他被提到了見不得光的黑歷史。

這人設不對啊。

你不是根本不在乎別人的看法？

林晚在心裡嘀咕一句，潛意識裡覺得再任由後面的人說下去，周衍川可能會拋棄涵養站起來叫那人閉嘴。

於是她裝作突然想起的樣子，回頭喊：「鄧老師，遷徙路線你們定好了沒？」

「早定好了。」姓鄧的前輩總算止住了話題，「妳要用？」

林晚彎起眼笑了笑：「發給我一份好不好呀。」

「哎喲，我手機上沒有啊，晚上發妳郵件吧。」

「唔，但我有認識的媒體朋友想報導『灰雁回家計畫』，她在通訊軟體上催我要路線寫新聞稿呢。能不能麻煩你幫幫忙？」

漂亮女孩的請求總是讓人難以拒絕。

對方思考片刻，便答應說：「行吧，那我回一趟辦公室。」

「謝謝啦！」林晚笑得燦爛又真誠。

從動保基地回研究所有很遠一段路程，鄧老師這一走，今天多半也懶得再回來了。

等他出了基地大門，林晚才朝周衍川揚揚下巴：「換個地方看看？」

周衍川沒什麼情緒地掃她一眼，點了點頭。

郝帥眼睜睜看著老闆走到了更近的位置，整個人都不好了。

他哀怨地望向林晚，沒明白這妹妹怎麼回事，還能不能有社畜的共鳴了？誰會希望業務不熟練的時候被老闆近距離監督啊！

然而林晚根本沒關心郝帥的感受，她重新調整過光圈，一邊拍照一邊問：「研究所的經費給你們了嗎？」

「給了。」

「沒有虧待你們吧？」林晚頓了頓，補充道，「別看我們是社會服務組織，其實每年的研究經費不多的，我擔心給得太少，讓你們做賠本生意。」

周衍川靜了幾秒，目光毫無遮攔地從她臉上掃過。

雖然明知眉目含情並非出自他本人的意願，但被如此深情的桃花眼注視一下，林晚就感到了些許的不自在。

她按下快門，捕捉到一隻膽大的灰雁騰空的畫面，清清嗓子說：「看什麼看，我今天特別美？」

周衍川低笑一聲，遍布周身的冷冽驟然消散了許多。

再開口時，嗓音舒緩：「謝了。」

他沒有明說，但林晚能猜到他在謝什麼。

「……我主要怕你站起來打他，你不知道自己剛才的眼神有多嚇人。」

林晚是第一次見到周衍川沾染上戾氣的一面，這下既然聊到了，也不打算按捺好奇心，「你很不喜歡聽別人提資訊奧賽？」

周衍川眼底掠過一抹自嘲的笑意，淡聲說：「那麼久以前的事，有什麼好提。」

「也是，好漢不提當年勇嘛。」林晚附和了一句，突然覺得哪裡不對，「你不是只大我一歲？怎麼會跟鄧老師是同學？」

周衍川說：「我跳過級。」

「……」

打擾了。

林晚這下是真實感受到了實力的碾壓。

雖說大家都是成年人，中學時期的「榮譽之爭」早已能夠輕輕放下，但身邊出現一位既有母校光環又有跳級光環的人，終究讓從小作為別人家的孩子成長起來的她，多多少少想感嘆一句，果然人外有人天外有天。

眼看她即將進入「小時候讀書不夠刻苦，長大了處處被人羞辱」的環節，一陣緩慢卻有力的聲響及時打斷了她的反省。

林晚心神微動，透過相機鏡頭，看見了讓人驚喜的一幕。

郝帥操作的無人機宛如帶隊的頭雁，張開雙翼飛向藍天。

而在它的身後，數隻灰雁齊齊搧動翅膀，棕白交錯的羽毛在陽光下熠熠生輝，牠們發出宏亮而高亢的鳴叫聲，在無人機的帶領下，不急不徐地展翅高飛。

基地裡突然陷入了安靜。

無人機與灰雁在空中組成一隻井然有序的隊伍，在湛藍的天空下自由地翱翔。

動物蓬勃的生命力在剎那間完全釋放出來。

郝帥張大嘴，臉上還帶著點難以置信的色彩，雙手微微顫抖。

他扭過頭，激動又自豪：「飛起來了！」

語言彷彿會傳染一般，一聲疊一聲的「飛起來了」很快在人群中傳開。

林晚不斷按下快門，心跳越來越響。

直到頭頂的天空只剩下白雲悠閒遊走，她才緩緩放下相機，一把抓住周衍川的手腕：「你看見沒有，真的做到了！」

周衍川一怔，手腕傳來溫暖而柔軟的觸感。

他垂下眼眸，看著眼前笑顏逐開的女人，巴掌大的臉上洋溢著真實的喜悅，烏黑明亮的眼睛染上一層讓人目眩的光。

生動而鮮豔的美貌，哪裡有半分俗氣的樣子。

「嗯，看見了。」周衍川輕聲回道，「開心了？」

林晚用力地點點頭，還想跟他再說什麼，思緒就被郝帥發出的猛男咆哮打斷。

「啊啊啊啊啊我太厲害了！」

郝帥舉起手機，四下看了看，就一路狂奔跑到他們面前，在即將撞上周衍川的瞬間憑藉社畜的自我修養陡然調轉方向，但又實在控制不住內心的狂喜，乾脆朝著林晚傻笑。

「我強不強？我帥不帥？南江第一飛手，就是我！」

「……」

林晚差點被他的高音聲浪震呆，連忙鬆開周衍川的手腕，抽回手捂住耳朵，笑盈盈地誇他：「帥，特別帥。」

郝帥此刻又有點害羞了，不好意思地撓撓腦袋，謙虛道：「這才是第一步呢，今天帶牠們沿著基地飛一圈，過兩天備用機調試好就能帶牠們出發了。」

林晚覺得這種ＩＴ宅男的情感表達方式很好玩，忍不住彎起眉眼：「你害羞做什麼，真的很帥，四捨五入你就是牠們的媽媽了。」

郝帥清清嗓子，正色道：「不，我是大家的爸爸。」

林晚噗哧一下笑出聲來，和煦的春風拂過她的臉頰，陽光化作明媚的春光落入她的眼中，又在眼尾掃出一筆歡快的色彩。

周衍川安靜地站在一邊，淡然旁觀眼前一唱一和的兩個人。

手腕還維持著剛才被人握過的角度，骨節分明，白淨清瘦，指尖稍稍蜷縮的姿勢稍顯落寞。

靜了片刻，他低聲說：「鬧夠了沒？」

郝帥的笑聲戛然而止。

他控制住面部肌肉，擺出一張敬業臉：「咳，好了，我再繼續觀察。」

說完就特別自覺地退回到之前的位置，佯裝專注地盯著螢幕顯示的飛行路線。

林晚的手機湊巧震了震，她拿出來低頭一看，發現是鄧老師傳來的遷徙路線規劃。

雖然她是故意支開對方，但的確有媒體朋友問她要此次計畫的資料，於是便動動手指把規劃傳了出去。

周衍川在旁邊說：「那我先走了。」

林晚脫口而出：「現在就走？」她揚起臉看向男人，很自然地邀請，「不等灰雁回來？」

周衍川已經在往前走，不鹹不淡地拋出一句：「等牠們做什麼，我又不是牠們的爸爸。」

林晚嘴角一抽，想起件事，便跟上去問：「對了，你們以前接過這種跨省的項目嗎？等正式遷徙的時候，後續的調整能跟上吧。」

一架無人機的航行時間有限，要確保灰雁安全返回北方，星創需要提供好幾架無人機輪番上陣。

在南江市境內倒還好說，萬一飛到中間出現什麼意外，總該要有後續補充方案。

周衍川腿長，無需刻意加速也走得比較快。

兩句話的時間，基地大門就近在眼前了。

他沒有停下來慢慢閒聊的意思，只是稍微放慢速度：「有。」

「比如說？」林晚有些好奇。

周衍川打開基地的大門，在鐵門發出的吱嘎聲響中停下了腳步。

他側過身，逆著光，高大且極具存在感的身影擋住了林晚的視野，然後視線往遠處掃了掃，就抬手指向地平線的盡頭。

「看那邊的高壓電線。」

林晚轉頭順著他手指的方向望去，只見一座座輸電塔彷彿鋼鐵巨人一般，屹立在寬廣無垠的原野上，電纜線長長地跨越天際，連接著它們之間遙遠的距離。

她迷茫地點點頭：「然後呢？」

周衍川在她身後稍低下頭，呼吸清淺漫過她的耳廓：「知道為了確保電力正常供應，全國每天有多少人冒著生命危險爬到高處檢查輸電網路和風力發電機嗎？」

林晚還真不知道，她眨眨眼，誠心請教：「有多少人？」

「十萬。」

林晚被如此龐大的數字震驚了。

她以前看電視時，偶爾也會看見電力工人在惡劣天氣下檢查線路的新聞，雖然心裡對他們的勇敢感到佩服，但卻從未意識到，這種與危險相伴的工作會牽連到多少個家庭的悲歡離合。

周衍川：「星創開發的第一款無人機，就是代替人工進行電力巡邏，從南往北，由東到西，今後將逐步實現全國推廣。在妳的標準裡，算不算跨省項目？」

林晚認真地點點頭，發現星創的無人機好像……並不是那種普通消費者拿來隨便玩的，而是某種具有更深遠的意義、對社會更有價值的產品。

儘管產品本身並沒有貴賤之分，但她必須承認，透過對周衍川的了解，她心中對無人機的偏見也在不知不覺中發生轉變。

可有些話直白地說出來會顯得矯情，於是她想了想，誇獎道：「這種專案需要跟國家電網合作吧，那你們比我想像中厲害多了。」

這句話她說得格外真誠，但落在周衍川耳中卻延伸出異樣的含義。

他收回手，靠在牆邊，涼颼颼地掃她一眼，拖長音調問：「妳該不會認為，星創的實力很一般？」

林晚神色一滯，片刻後露出尷尬而不失禮貌的微笑。

對，她就是這麼認為的。

周衍川漫不經心地嗤笑一聲。

他個子高高瘦瘦的，懶洋洋靠在動保基地斑駁的紅牆邊，就很像雜誌封面的構圖，拿出去能打破當年的銷量紀錄。

雖然他這聲笑得挺嘲諷，但林晚決定寬宏大量，不跟他計較。

畢竟周衍川剛好長在了她的審美上。

林晚長這麼大，認識不少英俊的男人。

可他們之中，沒有哪一個能像周衍川這樣，看起來乾乾淨淨的。

他的眉眼長得太好看，眼尾略彎的桃花眼足夠深情，眼底那顆淚痣又顯得清冷，分明反差到了極致，卻又產生了驚人的化學反應，反而平添出更多的吸引力。

當然最為關鍵的一點，如果有誰敢在林晚面前小看她的工作，她可能會把對方的頭打爆。

推己及人，周衍川只不過笑了一下，已經算很有禮貌了。

她還在若有所思時，一輛黑色賓利從停車場的方向駛來，穩穩停在了動保基地的大門外。

西裝革履的年輕男人從副駕下來：「周總，現在走嗎？」

「嗯。」周衍川應了一聲，轉頭看向林晚，「先走了。」

助理模樣的年輕男人幫周衍川打開後排的車門，等他長腿一邁坐上去後，便輕輕關上車門，朝林晚點了下頭，加快腳步繞到另一邊上車。

賓利立刻啟動，揚長而去，留給林晚最後的畫面，是周衍川坐在車裡矜貴的側臉。

林晚回過神，終於後知後覺地意識到……

這大概真的是位大神。

傍晚回到市區後，林晚對周衍川的印象再次刷新。

當時她坐在潮汕火鍋店裡和鐘佳寧吃晚飯，等待鍋底滾開的時間裡，便跟鐘佳寧聊起今天下午發生的事。

「這怎麼能怪妳呢。」鐘佳寧慢吞吞地往碗裡加調味料，認真地回憶了一下，「出名的無人機公司就那幾家吧，德森、中盛、普藍，這就是國內無人機三巨頭了。星創的確在普通人眼裡沒有姓名嘛。」

林晚問：「那其中最厲害的是哪家？」

「好像是德森？」鐘佳寧並不是特別了解，「妳記得鐘展吧，就我二叔家那個堂弟，他是德森的死忠粉。」

林晚「哦」了一聲，心想如今連各大手機品牌都有忠實粉絲，無人機品牌有粉絲也並不奇怪。

鐘佳寧看她一眼：「妳喜歡周衍川呀？」

「不至於，就見過兩面根本不了解，談什麼喜歡。」林晚說。

鐘佳寧狡黠地眨眨眼：「那妳就是饞人家身子囉？去年在玉堂春就看上人家了對不對？」

「……」

林晚不想跟她說話了。

鐘佳寧卻來勁了，迅速拿出手機點了幾下：「鐘展的學校就在附近，我把他叫過來，妳有任何關於無人機的問題都可以問他。我懂的，選男朋友嘛，總要看看他有幾分真本事才行。」

林晚想說完全不是那麼一回事，但見鐘佳寧訊息都傳出去了，也只能隨她去。

聽說有火鍋可以蹭，鐘展用最快的速度趕到了店內。

「林晚姐姐晚上好。」鐘展還在上大學，坐下來後推了推眼鏡，「我玩無人機好幾年了，妳有什麼問題儘管問。」

林晚往自己碗裡夾了塊牛肉，笑著說：「別聽你堂姐胡說，好好吃飯吧。」

鐘展一聽不樂意了：「妳瞧不起我的知識儲備量。」

「……好吧，那你知道星創嗎？」

「聽說過，這兩年剛成立的新公司。不過他們只開發民用級無人機，跟我們這種愛好者沒什麼關係。」

鐘佳寧搭話：「民用怎麼會跟你們無關？」

「因為我們平時玩的航拍無人機是消費級。民用是提供給其他公司或者政府的級別，比如農業植保啊、災區救援啊之類的。」

林晚把裹滿醬料的嫩滑牛肉放進嘴裡，邊嚼邊想，難怪周衍川的無人機可以用來電力巡邏，原來人家從一開始的路線就和航拍無人機不一樣。

鐘展繼續說：「我沒想到妳一來就問星創，我對這家確實不太了解，但聽說他們的飛控演算法是自己研發的，技術實力應該很強。」

林晚歪過頭，有點難以啟齒：「飛控演算法是什麼？」

鐘展抽抽嘴角，又推了下眼鏡，鏡片在燈光下折射出資深愛好者對無知小白的蔑視。

林晚笑著假裝要打他：「誰都有知識盲區嘛，信不信我現在就讓你看鳥腳猜鳥名？」

「別別別，我生物超級爛的。」鐘展趕緊求饒，笑嘻嘻地躲到一旁解釋，「妳就把飛控演算法理解成控制無人機運作的核心系統就行，沒有它就造不出無人機。」

林晚挑了下眉：「這麼說的話，難道其他公司不用研發飛控演算法？」

「這東西耗時耗力，開發成本特別大，一般小公司或者個人想接觸無人機，直接買別人做好的就行。所以能有自己的飛控，至少說明這家公司有技術大神。」

說到這裡，鐘展做作地清了清嗓子，「比如我最喜歡的德森，他家的飛控就很厲害，簡直就是藝術品。」

林晚和鐘佳寧交換了一個眼神，覺得不能再讓鐘展說下去了。

否則他分分鐘就要站到椅子上為德森激情應援。

鐘佳寧喝了口湯，轉移話題：「反正我聽明白了，周衍川的公司雖然初出茅廬，但來勢洶洶，說明是個潛力股，妳不如跟他試試。」

「我真沒……」

林晚後面的話還未說完，鐘展彷彿被人按下暫停一樣，整個人愣在那裡。

幾秒鐘後，又僵硬地轉動脖子，直勾勾地盯著林晚。

細看之下，他眼中有驚喜交錯的情緒。

林晚被他盯得發毛：「幹什麼？」

「妳們剛才，提到了周衍川？」鐘展嗓音發澀，「他在星創？」

林晚問：「你認識？」

鐘展夢遊般搖了搖頭，緊接著又用力地點了點頭，臉上還洋溢著難以置信的色彩，雙手卻宛如不受控制般握緊了拳，半站起身湊近：「姐姐妳別騙我，周衍川真的回來了？」

林晚一怔，腦海中忽然響起郝帥說過的話——「妳出去問問，老大的名字在無人機研發圈子裡，提起來簡直就是如雷貫耳」。

鐘展跌坐回椅子上，捂住額頭：「我的天。」

林晚茫然地望向鐘佳寧，對方也還她一個「姐妹別看我，他可能瘋了」的眼神。

正在兩人一頭霧水之際，鐘展總算正常了點。

他抬起頭來，認真地說：「德森的飛控演算法，就是周衍川開發的。」

林晚握住筷子的手一頓。

經過鐘展方才的科普，她現在已經懂得飛控演算法的重要性，也懂得德森這家公司在國家的無人機界，其實就是當之無愧的領軍品牌。

可她無論如何也沒有想到，周衍川竟然是奠定德森行業地位的關鍵人物。

這種感覺該怎麼形容呢。

就像在武俠小說裡，某天出門無意中遇見一個風度翩翩的貴公子，以為他是個輕功都玩得夠嗆的新手，結果轉頭有人告訴自己，這就是我們江湖上人人敬仰的武林盟主。

林晚被密集的訊息量衝擊了世界觀，再回想起之前在周衍川面前表現出來的「你們小公司也挺不容易」的態度……

周衍川沒有當場跟她亮身分，簡直太給她面子了。

走出火鍋店，林晚好不容易拒絕了鐘展「姐姐求求妳，讓我用妳的通訊軟體跟他打個招呼」的苦苦哀求，在路邊攔了輛車回家。

夜色如水，糅雜了街邊絢爛的霓虹燈光，在車窗上留下一道道鱗次的光影。

林晚一邊琢磨著週末去汽車經銷商把她那輛車開回來，一邊聽見手機嗡嗡震了兩下。

研究所的同事群裡，有人說：『今天是什麼好日子，不僅灰雁能飛了，動保基金居然還收到一筆匿名捐款。』

『捐了多少？』

剛才說話的人報了個數：『該不會是星創捐的吧，跟前幾天付給他們的服務費一模一樣。』

很快有人@林晚：『妳跟星創的人熟，不然妳去問問？』

林晚垂下眼睫，稍作思考，還是沒有回覆。

不管是不是星創捐的，捐款方既然選擇了匿名，那就代表人家不想被公之於眾。

不過她難免還是有些好奇，退出群聊畫面後，想了想就從聯絡人裡找到周衍川，直接問：『你們把服務費退回來了？不太好吧，總不能讓大家做白工。』

沒過多久，手機收到一則語音訊息。

男人清冽的音色經過手機的變化，顯得越發沉靜：『沒走公司的帳戶，我自己捐的。』

林晚眨眨眼，有些意外：『怎麼會想到捐款？』

周衍川好像還在公司，下一則語音裡有輕微的人聲背景，他語帶困惑，不解地問：『看見研究所公開的捐款管道，就順手捐點，有問題？』

聽起來還有點詫異，翻譯過來的意思很可能是「我有錢，想捐就捐難道不行」。

行倒是行。

林晚抿抿嘴角，她主要擔心周衍川被她的有眼不識泰山刺激得衝動消費。

不過既然他是理性捐款，於公於私她都沒有讓人收回去的道理。

林晚道了聲謝，又低頭打字：『我今天遇見你的一位迷弟，他國中的時候就特別崇拜你，剛才跟我講了一些關於你的事。』

周衍川：『？』

林晚：『我以前太外行不了解星創的實力，但我絕對沒有輕視你的意思，這次你們能幫忙我也很感謝，所以希望你別往心裡去。』

今晚知道周衍川的經歷後，林晚認真想了想，覺得她需要表達歉意。

倒不是想趁機抱大腿拉近與他的關係，而是認為「被外行人誤解專業水準」的滋味，多少還是有些微妙的憋屈。

這一次，周衍川沒有馬上回覆。

計程車在十字路口匯入主幹道的車流，走走停停過了好一陣，林晚才收到他新傳來的訊息。

『嗯？』他聲音裡帶著散漫的笑意，能讓人聯想到他勾起的唇角，『可我已經往心裡去了，怎麼辦。』

林晚：「……」

互刪吧別聊了。

林晚安靜半晌，打字說：『哦，那委屈你一下，自己忍著吧。』

周衍川大概被她這句話噎著了，再也沒有回覆她。

林晚把手機放回包裡，按下車窗，車水馬龍的喧嘩聲與溼潤的春風同時翻湧進來。

她把被風吹亂的頭髮挽到耳後，覺得從來沒有遇到過周衍川這種類型的男人。

不知是仗著自己聲音好聽還是怎麼的，明明是順著她的話往下接，偏又能把那句「往心裡去」說得彷彿一個情場高手在調情。

如果林晚是個單純無知的小女孩，恐怕聽完這段語音就直接淪陷了。

坦白說，除去剛認識時產生的誤會不談，周衍川給人的感覺還算好相處。

哪怕他待人的態度並不主動，可在你需要的時候他會主動關心，而且還不是口頭上表示一下就算了，而是真正盡量協助解決問題。

況且下午他來了一趟動保基地，晚上就不聲不響出錢捐款。

非常拉好感的行為，會讓人猜想他只不過是外表冷淡，其實內心很溫柔。

然而只要稍微細心一點，林晚就能意識到，周衍川很少主動談及自己的過往。

就算偶爾聊到了，他也會一筆帶過，從來不會將過往當作與其他人打開話題的談資。

真的想暢談他曾經的人生，那麼待遇就會和研究所的那位鄧老師一樣，被他不鹹不淡地晾在那裡不理會。

周衍川始終保持著清醒，在無形中與他人隔開一道疏遠的距離。

今晚那頓潮汕火鍋吃到後半段，話題始終圍繞周衍川展開。

鐘展應該是真的很崇拜他，一直在滔滔不絕地說話。

「他大二參加一場國際無人機比賽拿了冠軍，德森的老闆也在現場看比賽，頒獎儀式剛結束就直接去找周衍川，邀請他加入德森研發無人機。周衍川一邊上學一邊幫德森寫飛控，到了大四還沒畢業呢，德森就宣布由他擔任研發主管。他那時候才二十出頭，年紀輕輕，前途無量，背地裡不知道多少人羨慕嫉妒恨。」

少年天才的故事，聽起來像一個傳奇。

林晚一言不發地聽著，想像二十歲左右的周衍川會是什麼樣子。

帥肯定是特別帥的，臉應該比現在要嫩一點，眼神肆意而坦蕩，好像張開雙臂就能擁抱全世界。

鮮衣怒馬少年郎。

鐘展沉痛地嘆息：「後來周衍川大學畢業，德森勢頭越來越猛，結果才過了一年吧，不知道怎麼搞的，他就離開德森了。」

林晚：「是辭職出來創業？」

「創什麼業啊。」鐘展揉揉太陽穴，情緒越發低迷，「德森讓他簽了競業禁止協議，要求他兩年不能從事相關行業。再後來，周衍川就沒消息了。」

電梯「叮」一聲響，停在四樓的測試部。

曹楓昂首闊步走出電梯，在測試部的辦公間轉了一圈，攔住一個加班的員工：「有沒有看見周總？」

員工先老實地喊了聲「曹總好」，才指向走廊盡頭：「周總剛才來過一趟，現在好像去烤箱那邊了。」

公司所謂的「烤箱」，並非能烤出奶香味麵包的廚房工具，而是專門用來幫無人機做老化測試的實驗室，在某些公司也被叫做燒機房。

推門而入後，曹楓一眼就看見周衍川站在裡面，襯衫袖口挽起一截，雙手撐在桌面。他微低下頭，輪廓流暢，下頷線勾出清晰的一筆，劃分出側臉與脖頸的線條。

他身後的觀察窗裡，一架無人機正保持運轉狀態，在不斷變化的高低溫環境裡接受考驗。

曹楓在心中哀嘆，同樣都是人，大家都長兩隻眼睛一個鼻子一張嘴，怎麼就周衍川長得那麼出眾，無論皮相還是骨相，都比尋常人要優越幾分。

還好婚禮沒請他當伴郎，否則結婚當天的風頭不都被他搶光了？

曹楓正琢磨著，突然聽見筆記型電腦裡傳來「德森」兩個字，頓時想起自己大晚上跑來公司找人的目的。

他清清嗓子，換來周衍川抬頭輕描淡寫的一眼。

「出來一下，跟你說點事。」曹楓說。

周衍川走過來，順手把門帶上：「怎麼？」

曹楓沒說話，走到安全樓梯的吸菸區，摸出菸盒分給周衍川一根，然後惆悵地點了根菸，望著嫋嫋升起的白色煙霧問：「你在看德森的新品發布會？」

周衍川低頭把菸點上：「嗯。」

「心裡不好受吧。」曹楓理解地點了下頭，「換作是我，肯定也過不去這道坎。你要是難受就別看了，需要資料讓人整理好給你就是。」

周衍川靜靜地看著他，瞳孔在煙霧的襯托下顯得清澈且平靜：「我沒什麼特別的感受。」

曹楓接下來的安慰全堵在喉嚨裡：「啊？」

周衍川輕聲笑了一下，撣掉菸灰：「分析德森的新品是每家公司都會做的事，對我來說也一樣。剛好在等老化測試結果，就順便跟大家一起看看，你少替我傷春悲秋。」

「……」

曹楓一時啞然，有許多話想說，卻又不知從何說起。

他和周衍川認識好些年，關於德森的那些糾葛往事也很清楚，但仔細回想起來，他卻從未見過周衍川流露出消沉的情緒。

可曹楓以己度人，總想著換作是他遭遇周衍川的經歷，哪怕重新再出發，恐怕也很難對德森保持這麼心平氣和的態度。

周圍人都覺得，周衍川的大腦構造就是為無人機而生，讓這樣一個人硬生生與無人機領域分開兩年，的確是一件太過殘忍且太過不公的事。

周衍川轉身靠著牆，下頜揚起一道淩厲的弧線，視線望著天花板的吊燈：「曹楓，人的一生很長，離開兩年而已，算不了什麼。」

曹楓點點頭，倏忽想起讀書時聽老師說：「越是平庸的人，才越計較一時的得失。你們要知道世界上有一種人，哪怕你把他推進深淵裡，只要他心中的光還沒有滅，那麼你就會再一次在山頂看見他。」

周衍川或許就是這種人。

不管過去多久，任由外面滄海桑田，他心中永遠住著一個赤忱的少年。

「行，那不說這個了。」

曹楓吐出一個煙圈，扭過頭來，「你最近和林晚發展得怎麼樣？」

「測試結果差不多該出了。」

周衍川也不想聊這個，見場面眼看要進入閒聊環節，就把手裡還剩半截的菸頭掐滅，打算回實驗室繼續看無人機。

曹楓在他身後嚷嚷：「五月一日我辦婚禮，安排你們坐一起啊！」

周衍川沒說話，留給他一個頎長的背影。

日子就這麼來到了下週。

灰雁回家計畫進行得很順利，四月第一天，林晚慣例拍了幾張照，又和同事一起確認過灰雁身上的遠端跟蹤儀運行正常後，就跑到路邊通知郝帥一切準備就緒。

「接下來就交給兩位啦。」她對郝帥笑了笑，又和車裡另外兩名飛手打過招呼，「等你們回南江了，我再請大家吃飯。」

郝帥擺出自認為帥氣的姿勢，騷完了又問：「我代表個人八卦一句，妳和我們老大，現在是什麼關係？」

林晚認真地說：「你和我是什麼關係，他就和我是什麼關係。」

「……那我哪能跟老大比呢。」郝帥很有自知之明，「不過我們老大真的蠻不錯的，妳要不要考慮一下？」

林晚退開幾步，當作沒聽見，笑咪咪地跟他揮手告別。

隨後的二十幾天，林晚每天都在社群軟體更新灰雁的現況。

自從試飛成功之後，不少同行和鳥類愛好者都注意到了這次「跨界合作」，如今眼看幾隻無父無母的灰雁要在無人機的帶領下穿越大半個國家，便個個化身成為操心的老母親，每天定時在留言區裡問「到哪了？」「還順利嗎？」「有沒有遇到危險？」

當然除了愛護動物的熱心網友以外，難免也會遇到少數為反對而反對的人。

說來說去還是那一套，覺得這幫人都是吃多了撐的，為了幾隻鳥大費周章，有這錢還不如捐給山區兒童。

林晚讀書時還經常與這種人爭論，如今時間長了也就麻木了。

反正許多道理，不懂的人，永遠也不願意懂。

氣候逐漸變得炎熱起來，南江漫長的夏季正式來臨。

五月一日當天傍晚，林晚換上一條小禮裙，出門參加羅婷婷的婚禮。

羅婷婷就是把周衍川介紹給她的那個女生。

林晚也是後來才知道，原來羅婷婷的未婚夫竟然是星創的另一位合夥人曹楓。

理清這一層關係後，林晚終於明白，為什麼當初周衍川沒想到她說的「鳥」就是最正常意義的「鳥」。

因為她和羅婷婷根本不熟，對方應該只知道她研究生畢業後找了一份工作，具體哪家單位哪個職位一概不知。

就連收到的結婚請柬，都是羅婷婷的父母送到她媽媽家的。

不過林晚的母親這幾天沒空，家裡決定派她作為代表出席婚禮。

婚禮現場，宴會廳被燈光與鮮花包圍，處處渲染開浪漫的情調。

林晚在入口處將禮金交給伴娘，剛往裡走就接到出國旅遊的鐘佳寧的電話，問她當地某家甜品店的詳細店名。

「我都三年前去的了，哪裡還記得清楚。」林晚說，「晚點我回家幫妳查查叫什麼名字，電腦裡應該存了當時的攻略。」

鐘佳寧問：『妳現在在外面呀？』

「嗯，這不是有人結婚嘛。」

林晚腳步稍頓，側臉看向左邊的圓桌，發現了一個熟悉的身影，「欸，周衍川？」

宴會廳內人聲鼎沸，她嗓音又輕，直接導致鐘佳寧沒聽清楚。

鐘佳寧一怔：『妳瞞著我和周衍川結婚啦？！嗚嗚嗚我們還是不是朋友啦，妳結婚都不告訴我！』

想像就想像吧，居然還開始委屈了。

林晚抽了抽嘴角，提高音量打斷：「我沒和周衍川結婚！妳才和他結婚，妳全家都和他結婚！」

話音未落，原本正在低頭玩手機的男人聞聲抬起了眼。

四目相對之下，空氣死一般的寂靜。

第四章　都不算苦

「……」

林晚掛斷電話，深吸一口氣，告誡自己，今後不管打字還是說話，一定要慎之又慎。

她撩了下頭髮，裝作若無其事的樣子朝周衍川淡定一笑，轉身留給他一個高貴冷豔的背影，笑盈盈地對引路的伴娘說：「我的座位在哪裡？」

今天婚禮宴請的賓客眾多，座位都是提前安排好的。

伴娘對著手機確認，然後指向她身後：「到了，就是這桌。」

林晚笑容頓時僵住，硬著頭皮又轉回去，再三確認。

對，沒錯，伴娘指的方向就是周衍川所在的那桌。

伴娘羨慕地看她一眼：「就是那位先生左邊的位子。」

臉上還浮起可疑的紅暈，大概恨不得自己能取代幸福的林晚，整晚與帥哥並肩吃飯。

林晚心中有千萬隻羊駝正在狂奔，兩隻腳彷彿生了根似的，半天沒有挪動一步。

周衍川似笑非笑地回望著她，怎麼看都是一副「妳過來我們好好談談」的模樣。

伴娘見她不動，問：「林小姐，怎麼了嗎？」

「沒怎麼，」林晚彎起眉眼朝她笑，「寶貝，妳的指甲塗得真好看。」

說完就施施然走到圓桌邊，拉開椅子坐下。

已經入座的客人忍不住把目光落到她身上。

林晚的五官本來就精緻，加上今天出席正式場合又精心打扮了一番，裸粉色的長裙包裹出曼妙的身材曲線，一舉一動都引人注目。

很快就有人主動與她攀談。

林晚態度拿捏得適當，既不拒人於千里之外，又不顯得過分熱情，說說笑笑間就把這桌的陌生人認全了。

周衍川始終一言不發，用手機處理完公事，才淡淡地掃了她一眼。

她正在與人聊天，嘴唇微微張開，唇型飽滿色澤水潤，像清晨初初綻放的玫瑰。

林晚注意到周衍川在看她，便與他對上視線：「周先生，晚上好。」

「晚上好。」周衍川說。

太棒了！

林晚暗自歡呼，就應該這樣才對嘛，何必介意剛才發生的小小意外。

若無其事地將尷尬翻篇，這就是屬於成年人之間的默契。

林晚滿意地朝他眨眨眼，放鬆了警惕，端起面前的水杯喝水。

周衍川彷彿看準時機似的，突然淡聲開口：「聽說我結婚了？」

「咳咳咳——」

林晚被嗆到，連忙用紙巾捂住嘴。

「而且還是跟一家人結婚？」

「……」

「林小姐熱心安排我重婚，」周衍川側目垂眄著她，「想讓我被抓起來？」

他此刻心情大概很不錯，嗓音清冽，尾音又有點不易察覺的上揚，像往話裡加了一個小鉤子，等人上鉤。

林晚用紙巾遮住半張臉，只露出一雙黑白分明的眼睛，亮晶晶地瞪著他。

她還沒從咳嗽中緩過來，眼尾帶了抹紅。

周衍川欺負她無法開口，勾了勾唇角，慵懶地拖長音調：「這麼狠呢。」

「……沒完了是吧。」

林晚把紙巾揉作一團扔到旁邊，清清喉嚨，把事情的來龍去脈交代了一遍，「就是個誤會而已，你能不能有點風度。」

周衍川抬了抬眉梢：「委屈妳一下，自己忍著吧。」

「啊？」

林晚一頭霧水，花了半分鐘才明白他話中有話。

他們整個四月都沒有聯絡，最後一次交流時，她扔下一句「自己忍著吧」給人家就沒有後話了。

想清楚之後，林晚簡直無語了。

這都隔月的仇恨了，您還惦記著呢？

林晚按捺住吐槽的衝動，朝他甜美一笑，然後就扭過頭不再看他。

沒過多久，婚禮正式開始。

羅婷婷身穿白色的婚紗，在臺上和打扮得人模狗樣的曹楓互訴海誓山盟。

林晚跟這兩人都不熟，今天過來也就是完成任務。

她心不在焉地看著臺上新人交換戒指，腦子裡琢磨著去年魏主任說的野生鳥類圖鑑的事。

別看研究所在灰雁回家計畫上表現得雷厲風行，那都是因為再耽誤下去會產生惡劣的後果。換作其他沒有時間限制的工作，社會服務組織的悠閒懶散就彰顯無遺，催著要的時候恨不得第二天就能交。

等林晚拚死拚活地把圖鑑全畫完了，交上去的稿子就跟石沉大海一樣，掀不起一點波浪。要等研究所想起還有這一樁事，應該要等到猴年馬月。

林晚為了這本圖鑑熬過幾個通宵，不甘心自己的勞動成果就此浪費，打算等哪天魏主任有空的時候再跟他談談。

側前方某個粉紫相間的東西從空中飛過來。

林晚心思沒放在婚禮上，反應也慢了半拍，等她看清那是新娘拋出來的花束時，已經來不及躲閃，只能愣愣地盯著那束捧花朝她砸過來。

電光火石的一瞬間，她還抽空走神，心想羅婷婷看起來挺纖細的一個女生，沒想到居然如此孔武有力。

伴隨著擠在臺前搶捧花的單身女性們失望的驚嘆聲，一隻清瘦修長的手驟然闖入林晚的視野，她全身的運動神經彷彿在瞬間被啟動，下意識往後一躲，手肘碰翻了旁邊的紅酒杯。

「啪」一聲輕響，新娘拋出的捧花掉在桌上。

與此同時，淅淅瀝瀝的紅酒漫過桌沿，盡數被她的小禮裙接納。

林晚愣怔半晌，抬頭不可思議地瞪著那隻手的主人。

周衍川也有點意外，皺了皺眉：「妳躲什麼？」

「你突然看見一隻手竄出來你難道不躲？」林晚感到十分委屈。

周衍川也怔了怔，然後側過臉像是笑了一下，而後又望向她，語氣裡帶著點無可奈何：

「那麼大一束花飛過來，妳怎麼不躲？」

「……」

林晚彷彿遭遇了靈魂質問，一時想不起該怎麼回敬他。

那邊羅婷婷拿過司儀的麥克風，愧疚地說：「不好意思我力氣太大了，林晚妳沒事吧？」

林晚擺了擺手，不想為這點小事破壞人家婚禮的氣氛。

「那這束捧花就算妳搶到啦，」羅婷婷還挺會說俏皮話，「祝妳早日找到心上人哦！」

我謝謝您了。

林晚扯出甜美的笑容，在心裡嘀咕了一句。

等到大家沒再注意這邊的情況了，她才挪開椅子，起身往廁所走去。

周衍川若有所思地注視著她的背影，片刻後拿上外套跟了過去。

宴會廳外的廁所。

林晚鬱悶地低著頭，慢吞吞地用紙巾擦拭裙子上的酒漬。

紅酒這東西太麻煩，不光幫她把裙子染了色，還把單薄的布料浸出半透明的效果。

不然跟羅婷婷借用飯店的房間，用吹風機再處理一下？

她正這麼想著，就聽見外面響起了叩門聲。

林晚不解地抬起頭，從鏡子裡看向女廁所的木門。

這又不是獨立廁所，門也沒鎖，外面的人直接進來不就行了？

靜了幾秒，叩門聲再次響起，同時響起的還有周衍川的聲音：「林晚。」

「嗯？」她走過去把門打開，認真地說，「男廁所在隔壁。」

周衍川沉沉地看她幾秒：「處理好沒？」

其實不用林晚回答，答案就明晃晃地擺在他的面前。

酒漬溼潤地淌過胸前那層薄紗，只要稍微留神，就能看見大片白皙的皮膚與內衣的輪廓。

周衍川錯開視線，把深色的西裝外套遞過來：「妳先穿上。」

「……謝謝。」

林晚聲音放得很輕，接過他手裡的外套。

她的身高放在女孩子裡面還算高挑，可一旦穿上周衍川的衣服，就莫名嬌小了幾分。

西裝下擺鬆鬆地懸在腿邊，等她扣好鈕釦之後，又往裡收了一圈，把她嚴絲合縫地包裹了起來。

林晚出了廁所：「我去跟羅婷婷說一聲，今天先回去了。」

周衍川不置可否，跟在她身後一起回了宴會廳。

新郎新娘剛好在他們這桌敬酒，見到兩人回來了，羅婷婷就又開始道歉：「對不起呀，回頭妳把乾洗的帳單給我吧。」

「真的沒事，」林晚用裝水的杯子倒了點酒，跟她碰了碰，「新婚快樂。」

曹楓在旁邊挑了下眉，認出她身上的外套是周衍川的。

國外一家百年西裝店訂製的，袖口還有一對白金的袖釦，貴得要死。

幾人寒暄幾句，跟羅婷婷打過招呼後，林晚便拿上皮包打算回去。

裙子還有點溼，貼在身上太難受。

她剛往前邁出一步，周衍川就朝周圍人點點頭，一副要跟她一起離開的樣子。

林晚有些意外：「你也要走？」

今天是你公司合夥人的婚禮，這麼早退場真的好嗎？

周衍川垂下眼眸，慢條斯理地開口：「不然呢，我西裝不要了？」

「……哦。」

月色糅合了燈光，傾瀉在飯店門外的馬路邊。夏夜的微風吹拂著黃葛樹的枝椏，沙沙作響之餘，稀釋了空氣裡殘餘的熱度。

林晚叫了代駕，等待的時間裡，把之前被人硬塞進懷抱的捧花抱緊了些。

這束捧花雖不大，可除了裡面那圈粉粉紫紫的玫瑰，外面還紮了一層裝飾用的蘆葦，蘆葦散亂地垂下來，加上她穿著周衍川的西裝，袖口長出一截遮住手指，怎麼都不好拿。

「你搭我的車走嗎？」她一邊跟捧花較勁，一邊問。

周衍川點頭，他今天提前從婚宴離開，助理來不及趕過來。

他看著林晚把捧花從左換到右，再從右換到左，最後終於看不下去，直接伸手接過去。

林晚詫異地扭過頭：「看不出來呀，原來你還挺會察言觀色。」

周衍川微微低下目光，露出意味深長的散漫表情：「哦，不然妳自己拿著。」

林晚當然不肯拿。

她背著手往旁邊站開一步，裝作沒聽見的樣子，往停車場的方向看去。

好像特別專注地在等代駕把她的車開過來。

周衍川低笑一聲，自己也沒想明白，他明明是不喜歡與人爭辯的性格，為何每次遇到林晚，兩人不互奚落幾句就不舒服。

可能是當初通訊軟體聊天發生誤會的原因，陰差陽錯奠定了他們今後交流的基調。

車很快就到了。

兩人坐在後排，中間隔著那束醒目的捧花，時不時隨著車輛轉彎的慣性，在他們之間左搖右晃。

林晚有點熱。

南江的夏天來得早，又來得猛，街上的行人早早換上了短袖，也就像周衍川這種經常在空調房出入的人，才會多帶一件外套以備不時之需。

她把車窗放下來，稍稍牽起領口搧風：「說起來，我們的座位為什麼會靠在一起？男方的客人和女方的客人，一般不都是分開坐嗎？」

「故意安排的吧，」周衍川想起曹楓似乎提過這事，語氣平靜，「他和他老婆想撮合我們，想方設法製造機會給我們。」

林晚簡直佩服他冷淡又無所謂的態度。

怎麼會有人把「朋友希望我們交往」這種事，說得好像在背誦產品說明書。

「在這件事上，他們兩個還挺配的。不過其實我和羅婷婷根本不熟，她父母和我媽媽是同事，以前在系裡團拜會的時候見過幾面而已。」

她側過臉，問，「你和曹楓是怎麼認識的？」

周衍川把腿伸直了些，抵在前面的座椅，有種腿太長施展不開的感覺。

他轉頭與林晚對視，沒有急於回答，像是拿不準她提問的目的。

林晚：「別這麼看著我，從這裡到東山路有半小時，我只是隨便找點話題跟你聊聊，免得大家在沉默中尷尬。你不想說也不用勉強，我不是喜歡打探隱私的人。」

周衍川靜了幾秒，解釋道：「我讀書時喜歡去一個無人機論壇，曹楓也在上面混，一來二去就加了好友。前幾年我打算開公司，經人介紹認識了他，後來才知道原來我們早就在網上交流過。」

整個過程有點曲折，所以他才猶豫了一下，思考該從哪裡說起。

林晚點點頭：「我還以為你為了保持神祕感，連這種事都不願意告訴別人。」

「不至於。」

周衍川笑了一下，車窗外的路燈一閃而過，晃了晃他眼尾那顆淚痣。

林晚發現她是真喜歡周衍川的長相。

宛如上帝造人時提前分析過她的審美，嚴格按照她的喜好，一筆一畫絲毫不差。

他皮膚的白淨不是那種女氣的感覺，只是讓他顯得乾淨而清爽。

眼睛是整張臉最出色的部分，但哪怕拋開眼睛不談，他鼻梁高挺，嘴唇薄且清晰，連喉結銳利的程度與禁欲驕矜的氣質，都幾乎傾向於完美。

可能是離開飯店前那杯酒喝得太急，林晚覺得自己又被男人的美色俘虜了。

她沒怎麼猶豫，直接問：「有人誇過你長得很帥嗎？」

周衍川愣了一下，顯然沒料到她會突然轉變話題。

可她這句話問得自然又坦蕩，反而不會讓他產生不適的感覺。

「有。」於是他也簡短地答了。

林晚對他的回答一點也不意外。

她甚至可以想像，按照周衍川的妖孽長相，加之因為跳級又是班裡最小的男生，不知道三中有多少女生曾動過與他談姐弟戀的想法。

長得這麼帥，或許和他談談戀愛也行？

外貌協會的本質眼看即將發作，林晚又很快清醒過來。

這種難得一見的帥哥，從小成長起來不知被多少人慣著。

光看他們每次見面後唇槍舌戰的風格，就知道他肯定不懂得哄女孩子高興。

而且最重要的，還是周衍川身上那層朦朦朧朧的疏離感，會讓人感到很難和他交心。

林晚想了想，覺得算了。

每天上班已經很累了，她還是喜歡輕鬆一點的戀愛方式。

到了東山路，林晚揮手告別代駕司機，站在巷口問：「你確定西裝不用洗過再還給你？」

「不用，妳也沒穿多久。」

周衍川把手抄進口袋裡，看見巷子裡的路燈明明滅滅，下意識多問了一句，「要我陪妳進去嗎？」

林晚挑眉：「行呀。」

這條巷子的路燈長年累月都在壞，由於不在東山路的主幹道上，市政管理相對也沒那麼上心，每次路燈壞了，都隔十天半月再來統一修理。

她雖然不是那種嬌弱膽怯的小女生，但晚上回家有個男人護送，總好過她獨自穿過那條昏暗的長巷。

兩人的腳步聲交錯響起在寂寥的路上。

這一帶的洋房裡大多居住著南江本地的老人家，太陽落山後就不愛出來活動，從巷口到林晚家門口的一段路，只有他們的身影伴隨著淡淡的月光前行。

林晚摸了下裙擺，發現酒漬已經乾了，便把西裝脫下來搭在手肘處：「今天謝謝你了。」

「不客氣。」周衍川頓了頓，繼續說，「不怪我那時伸手嚇到妳就好。」

「？？？」

又來了是嗎？又開始翻舊帳提醒她，捧花飛過來時是她沒有及時向出手相助的他道謝？

林晚清清嗓子：「周先生，我想了一下你沒有女朋友的原因，問題肯定出在你的性格身上。今後說話溫柔一點，做人大度一點，可能不久之後，我就能參加你的婚禮了。」

周衍川不怒反笑，嘴角勾了勾：「誰說我結婚要請妳。」

林晚腳下一個踉蹌，難以置信地抬起頭：「能不能好好聊天？！不就隨便一說嘛，我還不想送禮金給你呢。」

語氣還挺悲憤，完全忘了是她率先發動嘲諷技能。

周衍川從容打量她氣急敗壞的模樣，唇邊笑意的弧度更大。

她喝酒應該會上臉，這時白皙的臉頰泛起了紅，帶著幾分無辜的迷離。

蓬鬆微捲的黑髮從她的肩頭垂下來，巷子裡有風，要在她裸粉色的禮裙上蕩起黑色的花。

面對周衍川不鹹不淡的態度，林晚感覺自己根本就是在無能狂怒。

她四下看了看，走進一家開在居民院子裡的涼茶鋪，轉身朝周衍川勾了下手指，笑得狡黠：「我不是知恩不報的人，請你喝杯涼茶吧。」

「……」

涼茶是南江人又愛又恨的東西。

南江位於嶺南，氣候溼熱，但凡誰想清熱去火，別人必定會順理成章地推薦他去喝涼茶。

然而雖然名字裡帶了個「茶」字，但實際上這卻是用中草藥加水煎成的飲料，喝進嘴裡沒有半分甘甜，只有濃郁且餘味悠長的苦。

涼茶都是提前煎好的，沒過一分鐘，林晚就端著兩個紙杯出來，不由分說地將其中一杯遞到周衍川面前。

「你有喝過嗎？」她眨眨眼睛，裝出一副好心的樣子，「這個對身體蠻好的呢，很養生的。」

周衍川提醒她：「我中學在南江念的。」

意思就是肯定喝過。

但林晚馬上想到新的說辭：「那你應該喝習慣了，來吧，不要浪費。」

周衍川無聲地嘆了口氣，懷疑自己如果不接，林晚恐怕會當街把那杯涼茶灌到他嘴裡。

涼茶鋪的老闆坐在櫃檯裡，撐著下巴看電視，不時將目光掃向院子裡的兩位客人。

一男一女，都是特別搶眼的外型，就是不知道怎麼回事，氣氛有點劍拔弩張。

最終還是周衍川認輸，把紙杯接了下來。

院子兩邊的路燈，一盞亮著，一盞熄滅。

光影渙散地灑落下來，在他們身上蒙了一層淺淡的濾鏡。

周衍川的故鄉在北方，哪怕在南江生活了幾年，骨子裡也沒培養起對涼茶的愛。

他慢條斯理地喝了一口，下一秒就皺緊了眉。

「你是真喝不慣？」林晚起身進店裡拿了兩顆陳皮糖，「吃點這個，就沒那麼苦了。」

周衍川搖頭：「以前吃過，沒用，還是很苦。」

他把那束礙事的捧花放到戶外桌上，不解地問，「難道妳喜歡喝？」

林晚咬著吸管點頭，發音有點含糊：「喜歡呀，可能就和榴槤一樣？一旦接受了這個設定，就覺得挺帶感的。」

周衍川無法理解她奇特的喜好。

「小時候我也不肯喝的，有一次嘴角長泡，媽媽為了哄我喝下去，就說『等妳長大了就懂了，能吃進嘴裡的苦都不算苦』。」

提起母親，林晚的語氣也溫柔了下來，「我一直不信，直到小學五年級那年，我爸生病去世了，突然發現，我媽說的話簡直太有道理了。」

「……是嗎？」

「是啊，你想想看，人一生要經歷的苦實在太多了。喝涼茶喊苦，至少還能喊得出來。但是有一些苦，是把人的喉嚨都堵住了，哪怕心裡已經痛苦得要瘋了，卻什麼聲音都發不出。」

周衍川一怔，浸在昏暗夜色中的下頜線陡然繃緊，目光也隨之黯淡下來。

光線太暗，林晚沒有察覺出他的異樣。

她釋然地笑了笑，舉起紙杯轉向他：「所以這點苦算什麼，來，乾杯！」

話音未落，頭頂原本漆黑的路燈閃爍幾下，竟又亮了起來。

明晃晃的燈光照亮她眉眼間的笑意，剎那間散發出奪目的明媚風情。

空氣中依舊有難耐的暑氣，提醒他們此時正是南江漫長夏季的開端。

可在那一瞬間，周衍川彷彿看見了春光。

這個月明星稀的夜晚，留給周衍川最後的印象，是一股難以形容的中藥味。

但許多年後回首往事，才想起當林晚軟硬兼施逼他喝下整杯涼茶之後，他竟然不覺得那有多苦。

回到家裡，林晚睡了一個好覺。

次日把禮服送去乾洗店，又開車回南江大學家屬區。

剛出電梯，就看見她尊敬的母親大人扶著腰站在門口：「聽說妳昨天搶到新娘的捧花，還跟一個男人離開了？」

林晚簡直服氣。

她媽前兩天不小心扭到了腰，醫生建議臥床靜養，沒想到這人大門不出二門不邁，竟也能長出千里眼順風耳。

不知道的還以為往她身上裝了監視器呢。

林晚走過去扶她媽進屋：「趙老師，我奉勸你們這些高級知識分子多把時間花在學術上，不要成天像娛樂記者一樣成天盯著花邊新聞。」

趙莉揚起單邊眉毛，腳步慢吞吞，語速卻很快：「我關心自己的女兒哪裡能算花邊新聞。

來，跟媽媽說說，那個男孩子怎麼樣？」

「就那樣吧，長得不錯。」

「有多不錯？」趙莉非常嚴謹，容不得半點敷衍了事。

林晚扶她到沙發上坐好，誠實表揚：「一個帥字貫穿了一生。」

「有照片嗎？」趙莉一聽感興趣了，「妳從小眼光就好，我倒要看看有多帥。」

「哎呀，媽媽——」

林晚眨了眨眼睛，拖長語調跟她撒嬌，「我難得放假回來一次，能不能聊點輕鬆的話題呢？」

趙莉：「那中午吃什麼？」

「……」

還不如聊周衍川呢。

林晚打開外送APP，搜尋附近的商家：「醫生有囑咐妳忌口嗎？」

趙莉拿靠枕墊著腰，揚起下巴，擺出挑剔的姿勢：「我不吃外送。」

林晚愣了一下，心想既然不吃外送，那妳在家養傷的幾天吃什麼。

不過這念頭也就一閃而過，她再三確定：「妳吃飯那麼挑剔，我做的菜不會被嫌棄吧？」

趙莉勉為其難地搖搖頭：「一頓而已，毒不死人。」

林晚笑了笑，轉身走進廚房翻冰箱，想看看需不需要她下樓再買點食材。

結果冰箱打開的剎那，她差點以為自己眼花了。

四門冰箱裝了滿滿當當的食材，蔬果肉蛋奶一應俱全。

林晚看了眼牛奶的生產日期，昨天才剛生產的。

她望著百寶庫一般的冰箱怔了怔，往客廳裡探出頭，問：「媽媽，誰幫妳買菜的？」

趙莉眼中掠過一抹少女般的嬌羞：「數學系的鄭老師。」

「這幾天，都是他上門幫妳做飯？」

「是啊，鄭老師手藝特別好。」

「……妳說是在舞蹈班扭傷了腰，該不會也是跟他跳舞吧？」

「那是我不小心踩到了裙擺，如果不是鄭老師眼疾手快，妳恐怕只能在醫院見到我了。」

短短幾句話裡，林晚慢慢理清了頭緒——她媽媽戀愛了。

而且看這形勢，或許已經談了好長一段時間。

林晚從冰箱裡取出新鮮的食材放到水龍頭下沖洗，聽著嘩嘩的流水聲，漫無目的地想，難怪趙莉最近總催她找男朋友，甚至連羅婷婷那種跟她並不親近的人都張羅了。

大概是擔心自己和鄭叔叔結了婚，女兒會感到孤獨。

林晚牽起嘴角笑了笑，笑容裡有幾分落寞與悵然。

趙莉是江南人，大學考到南江認識了林晚她爸，一路從校園走進家庭。

林家在南江還算富有，她父親畢業後便理所當然地繼承了家業，趙莉則留校任教做老師。

曾幾何時，同學裡不知有多少人羨慕林晚。

老爸是有錢人，老媽是知識分子，而且父母還特別恩愛。

就連趙莉本人都曾對她說：「我懷孕的那段時間，每天中午要麼是家裡傭人送飯，要麼去南江大學對面的五星餐廳吃飯，院領導還為此找我談話，說我消費太過奢侈，容易引起其他教職員工不滿。」

當時林晚還小，尚未懂得「消費差距引人嫉妒」的道理，只歪歪頭說：「爸爸願意對媽媽好，關他們什麼事。」

趙莉笑著捏她的臉，眼睛彎成月牙：「就是說嘛，爸爸願意寵媽媽，其他人才沒資格評價。」

父親去世之後，趙莉帶林晚搬到南大家屬區，無論如何都不願意再回東山路的老洋房。

「到處都有他的影子，我受不了。」

伉儷情深，但那時候的林晚還不明白。

她只是隱隱約約地想，或許以後再也不能從媽媽臉上看見那樣幸福的笑容。

林晚嘆了聲氣，關掉水龍頭走出廚房。

趙莉還保持著之前的姿勢，略帶不安地望向她：「晚晚，妳會怪媽媽嗎？」

「我是電視劇裡拆散恩愛情侶的惡毒反派嗎？」

林晚上前幾步，蹲下身，把頭靠在母親的膝蓋，「妳不知道自己剛才笑得有多好看，大美人。」

林晚在家陪母親過完假期，又回到東山路，按部就班地去研究所上班。

她這幾天的情緒有點分裂。

一下為趙莉感到高興，一下想起父親還在的那幾年，一下又琢磨萬一今後鄭叔叔搬過來，那她今後回家是不是都會不自在。

某天午休時，她甚至恍恍惚惚打開一家婚紗設計店，想提前看看有沒有適合趙莉的婚紗。

趙莉從年輕時就是遠近聞名的美人，如今臨近退休了，皮膚和身材也依然保持得很好，穿上婚紗的樣子應該會很美。

魏主任從外面回來，掃到她的電腦螢幕：「妳要結婚了？」

「幫我媽看的，她交了男朋友。」

林晚回了一句，突然轉過頭，「魏主任，去年年底說的野生鳥類圖鑑，最近有進展了嗎？」

魏主任捧著他的茶杯「啊」了一聲，才慢條斯理地說：「好像還在推進。」

「都快半年了，一點消息都沒有呢。」

林晚沮喪地嘀咕了一句，她實在有點受不了社會服務組織的慢節奏。

魏主任擺出一副過來人的模樣勸她：「年輕人不要心急，做好手頭該做的事。至於所裡的安排嘛，慢慢來，妳把圖鑑都畫好了，放在那裡又不會跑，總有一天會出的。」

「我不心急，慢慢等。」林晚彎起唇角笑了笑，「畢竟我的搭檔還在念小學呢。」

魏主任臉色一僵，這才想起當初承諾的搭檔還沒招到。

他訕訕地摸了下鼻子，轉移話題：「咳，那群灰雁到北方沒有？」

林晚無奈地看他一眼：「前天就到了自然保護區，都還算適應，郝帥他們今天就要回南江了。」

「好，很好。」魏主任想了想，說，「這樣吧，你們年輕人有共同話題，妳代表研究所請他們吃頓飯，回來找財務報銷。」

傍晚時分，天空氤氳出橙粉色的晚霞。

郝帥飛機剛落地，就收到了林晚的訊息。他興高采烈地把這個消息告訴了同行的兩位飛手，一行三人搭計程車回公司，打算把無人機放下就出發赴約。

進電梯時湊巧遇到周衍川，郝帥立刻挺直背：「老大好。」

「回來了？」周衍川按下總裁辦公室的樓層，淡聲問，「都還順利？」

「特別順利，研究所跟那邊的林業局打過招呼，我們直接把灰雁帶到當地的自然保護區，幫牠們找了塊靠近水邊的地盤，你不知道牠們到那裡就開始……」

周衍川連續幾天加班，被狹窄空間裡的喋喋不休吵得頭疼。

他揉揉眉心，嗓音有些疲憊：「記得把飛行報告交上來。」

「呃，明天上班再交可以嗎？」

郝帥與同事交換了一個眼神，猶豫道，「今晚林小姐請我們吃飯。」

周衍川動作一頓：「請你們？」

郝帥莫名感到電梯的氣溫下降了幾度。

他愣愣地點點頭，心想該不該把周衍川叫上，可是林晚沒有特意說明，他貿然多帶一個人，似乎又不太好。

在他遲疑不定的時間裡，電梯門打開了。

周衍川冷淡地看他一眼：「還不走？」

郝帥三人敏捷地滾出電梯，等到廂門關閉之後，才心有餘悸地各自拍著胸口。

「老大今天心情不好？」

「嚶嚶嚶他剛才看起來好凶啊，我都不敢說話了，但是老大生氣的樣子也好帥。」

「……大男人不要嚶！」郝帥被噁心出一身雞皮疙瘩，想了想說，「可能工作太忙壓力太大吧，不要緊的。」

嗯，不要緊。

絕對不是因為林小姐沒有邀請他吃飯而生氣。

半小時後，飛手三人組到達林晚預訂的餐廳。

考慮到勉強算是商務宴請，林晚特意訂了一個包廂，提前十幾分鐘到店裡等星創的人。

包廂門打開後，她站起身笑著朝大家打招呼，等到最後一個人關上了門，才問：「你們老大呢？」

郝帥心中當時就一個「我靠」，他瞪大眼睛，有些委屈：「妳沒說要叫上他啊。」

林晚：「我不是讓你……把所有人都叫上嗎？」

郝帥臉色頓時變得萬分尷尬。

他左右看了看同樣愣住的兩位飛手，又扭過頭不好意思地傻笑一下。

林晚看明白了，這三個人可能最近和灰雁相處太久，智商出現了滑坡。

恐怕以為他們三人就是所謂的「所有人」。

「算了沒關係，先坐吧。」她拍拍手讓大家坐下，「今天主要是為你們接風，回頭我再買點禮物，麻煩你們送給周總和其他幫過忙的同事。」

郝帥鄭重地點了點頭。

晚上十點多，周衍川回到雲峰府。

電子鎖打開的一剎那，智慧家居助理立刻喚醒了玄關與客廳的燈源。

暖黃色的燈光在別墅裡鋪出一層溫暖的氣氛，也沒能削減常年只有一人居住的寂寥感。

周衍川邊往裡走，邊解開襯衫的鈕釦。

燈光沿著他的步伐，一路延伸到廚房。

他用玻璃杯接了杯水，稍顯倦怠地靠在島臺邊，一口一口地喝著。

周衍川今晚和設計部與硬體部開了一場會，現在已經有點累了，喝完水後順手將玻璃杯擺在手邊，手撐著島臺的邊緣閉眼緩神。

窗外響起一陣窸窸窣窣的動靜，周衍川不得不睜開眼。

外面的窗臺下是為廚房安裝的空調外機，現在空調並未打開，按理說應該不會有奇怪的聲音。

他皺了皺眉，走過去打開窗戶，探出身往外望去，然後神色中就流露出一絲茫然。

兩隻不認識的鳥，不知何時竟在沿牆種植的灌木叢裡，搭了一個鳥巢。

此刻被他開窗的聲音嚇了一跳，紛紛用綠豆大小的眼睛看著他，既像害怕他會傷害牠們，又像可憐兮兮地央求他不要動手。

天空中飄過幾朵雲，遮掩了朦朧的月色。

周衍川沉思片刻，繞到花園打開地燈，用手機將這兩位不速之客拍下來，然後傳訊息給林晚：『有兩隻鳥在我家搭巢，要緊嗎？』

不到一分鐘，林晚回覆：『看樣子應該是小鴉鵑，借你家孵寶寶呢，不要緊的。』

周衍川垂首靜了幾秒，又問：『不需要幫牠們換地方？』

訊息傳出去後，他側過臉，審視過不請自來的兩隻小鴉鵑後，又低下頭，修長的手指觸碰著螢幕：『能不能請妳過來……』

一句話還沒打完，林晚那邊就有了新訊息。

『等小鳥能飛了牠們就會走。你當牠們不存在就行，不需要做任何處理，也別叫其他人來看。』

「……」

第五章　躍躍欲試

林晚卸完妝洗完臉，坐在床上翻手機。

周衍川大概是把她的話聽進去了，之後只回了一個「好」字。

這種聽從專業指揮的配合態度讓她感到萬分欣慰。

鳥類到人類家中築巢雖然不頻繁，但也絕非多麼罕見。

就拿大家童年時都唱過的〈小燕子〉來說，燕子從農耕時代和人類就組成了伴生關係，人類提供屋簷讓牠們繁殖，牠們則幫忙吃掉害蟲保護農田。

只不過如今城市面積越來越大，野生動物的生存空間被一步步壓縮，大家對此變得越來越不了解。

有些討厭動物的人直接破壞鳥巢；有些則是好心辦壞事，大張旗鼓想悉心照料，結果反而害了牠們。

其實普通人保護野生動物哪有那麼麻煩，在牠們正常生活的前提下，做到不介入不干涉，就是最正確的保護方式。

林晚動動手指，把聊天畫面往上滑。

剛才一手卸妝一手看手機還沒發現，如今仔細一瞧，發現周衍川這張照片拍得倒是挺好。

構圖完整，畫質清晰，花園燈光或許還請專業人士設計過，連光效都呈現出某種精緻的藝術感。

她想了想，問：『我能把照片發到社群軟體嗎？』

『可以。』

過了半分鐘，周衍川又問：『社群網名叫什麼？』

『林子大了。』

『……』

林晚從六個點裡，看出周衍川對她取名品味的鄙夷。

她倒在床上，舒舒服服地翻了個身，抱住被子想，這名字有哪裡不好？

俗話說「林子大了什麼鳥都有」，特別符合她鳥類科普學者的身分，剛好她又姓林，簡直最適合不過。

林晚：『周先生，今天我心情很好不想鬥嘴，勸你不要評價我的網名。』

畫面頂端的「對方正在輸入……」瞬間消失。

嗯？這麼聽話的？

林晚反倒有些詫異了，她點開社群軟體看了一眼粉絲名單，最新幾個的ＩＤ都很大眾，也看不出來周衍川有沒有追蹤她。

不過等她切換到自己的主頁，瞄到置頂貼文的內容後，心中就有了合理的解釋。

她那篇置頂寫得特別簡單粗暴，就一句話——

『保護野生動物就是關愛人類自己，不贊同的別來爭論，吵架我從不認輸。』

對，一定是這樣。

周衍川肯定搜到她的社群軟體，見識了她在網上的戰鬥力，所以理智地決定放棄評價。

林晚眨了眨眼睛，正想誇自己機智又美貌，就收到了一則訊息。

周衍川：『林小姐今天心情很好？行，不打擾了。』

不知是不是錯覺，林晚總覺得他這句話看起來……酸酸的。

當天晚上，林晚把小鴉鵑鳥窩的照片發到社群軟體，順便科普了一下如何正確與繁殖期的鳥類相處。

粉絲紛紛在留言裡貼出拍到的另類鳥巢選址，陽臺水管、抽油煙機通風管道、轎車後視鏡，五花八門什麼都有，但大家都乖乖表示會盡量不去打擾牠們。

但也有人另闢蹊徑，把周衍川映在牆上的側影用紅筆劃出重點：『林子說是朋友傳來的，我仔細一看，這位朋友的輪廓好像長得不錯？』

有人立刻附和：『都讓開，我專業外貌協會二十年！根據影子可以判斷，肯定是個帥哥，腿還挺長呢！』

作為小有名氣的科普博主，林晚在社群軟體有十幾萬粉絲，自然沒時間逐條查看留言。

等幾天後那則留言被頂成熱門，她才坐在辦公室裡挑了挑眉，心想這屆網友抓重點的能力簡直匪夷所思。

眼看下面已經開始猜測所謂的朋友會不會是博主的男朋友，林晚思考著是不是該上去解釋幾句，她可是正經的科普博主，被網友討論感情問題是什麼意思。

還在猶豫時，魏主任推門而入，身後還跟了一個怯生生的女孩子。

「林晚，這是所裡新來的同事。」

魏主任招手示意林晚過去，為她介紹道，「何雨桐，南江師範中文系畢業的。」

林晚一怔，但很快收斂了表情，笑咪咪地伸手：「妳好，我叫林晚，今後多指教。」

何雨桐個子不高，下巴尖尖小小的，跟她握手時像沒力氣般軟綿綿的：「林姐好。」

林晚當時就哽了一下。

雖說她確實比何雨桐大一點，但這聲「林姐」怎麼聽都有點不順耳，不過考慮到何雨桐一副乖巧學生妹的樣子，便也沒往心裡去。

等何雨桐去人事科填資料時，林晚才向魏主任問出心裡的疑惑：「怎麼會是中文系？她對鳥類有了解嗎？」

「中文系寫文章有一手，專業方面妳多教教吧。」

魏主任壓低嗓音，偷偷告誡她，「科學院副院長的外甥女，人家想往研究所塞人，我們正好又缺人，兩全其美嘛。」

林晚心領神會地點點頭，明白了過來。

他們研究所並不是一個獨立的單位，而是和其他合作單位一起，統一歸南江科學院管理。何雨桐的背景還挺硬，領導的領導扔過來的人，小小宣傳科哪裡有不接的道理。

林晚並非那種頑固迂腐的人，反正只要何雨桐認真工作，她當然願意和對方好好相處。

結果沒想到，還不到一週，林晚就發現這女生不簡單。

起因是有天中午研究所的餐廳人太多，林晚就帶她到外面去吃午飯。路上經過一個公園的時候，何雨桐見草叢裡有幾隻野貓，就非要去便利商店買妙鮮包餵牠們。

林晚想了想，勸她說：「妳既然在鳥類研究所工作，有些情況可能需要了解一下。我們不提倡餵養城市裡的流浪貓，除非妳能把牠們帶回家或者出錢幫牠們絕育。」

「為什麼不能餵？小貓咪多可愛呀，林姐妳不愛護動物哦。」

「妳知道貓是名副其實的生態殺手嗎？世界上已經有幾十種物種因為流浪貓滅絕了。」

何雨桐當時沒說什麼，等進了餐廳遇到研究所另外幾個同事，卻忽然裝作剛剛想起的樣子，當著眾人的面說：「林姐，我認為妳之前的說法不對。」

林晚端起水杯：「嗯？」

「妳不能自己喜歡鳥，就討厭貓。妳這樣做和那些打鳥的人有什麼區別呢，憑個人的喜好決定動物的生死，因為牠們會傷害鳥，就要把牠們趕盡殺絕嗎？可貓咪又做錯什麼了，牠們也不願意流浪的呀，牠們吃鳥只不過是為了填飽肚子而已。」

林晚被她這番義正辭嚴的演講逗笑了。

偏偏何雨桐還轉向另一位男同事：「張楚，你覺得呢？」

林晚：「……」

如果沒記錯的話，張楚比她還要大兩歲，怎麼輪到她就變成「林姐」了。

張楚在研究所算是很受女生們歡迎的一個男人，白淨清秀，斯斯文文的模樣。

聽完何雨桐的話，他笑了一下：「誰說林晚討厭貓？她沒跟妳說過，小時候她養的貓生病離開，她哭得眼睛都腫了？」

何雨桐：「那……」

張楚是個鐵骨錚錚的直男，沒看穿那些小心機，以為她是真的不懂，還耐心解釋道：「不餵養流浪貓是野生動物保護界的一項共識。別看貓咪長得可愛，其實許多鳥根本不是被牠們吃掉，而純粹是被牠們玩死的。」

何雨桐還想再說什麼，張楚又繼續：「妳說貓咪為了填飽肚子才捕鳥，從根本上來說就不正確。普通的捕食關係不會引起生物滅絕，只有過度破壞才對。」

「原來是這樣啊。」何雨桐臉色變得很快，馬上崇拜地望向張楚，「這樣說我就明白啦。那我向你保證，以後絕對不會再做錯事了。」

林晚勾起唇角，冷笑一聲：「何雨桐，妳今年幾歲？」

「二十三呀，林姐。」

「哦，也不小了。」

林晚拿起湯匙，慢吞吞地往碗裡撈了顆牛肉丸，「我看同樣的道理要兩個人說妳才能聽懂，還以為妳三歲呢。」

說完她也懶得管何雨桐什麼臉色，另一隻手拿起手機，找到鐘佳寧瘋狂吐槽。

鐘佳寧迅速評價：『低端白蓮花，放我們公司活不過三天。』

林晚：『再低端又怎樣，放我們研究所能活到退休。』

『也對，你們是鐵飯碗嘛，只要不違紀犯法就不會開除人。遇到這種小白蓮是挺煩心的，晚上出來吃飯我陪妳罵罵？』

林晚嘆了聲氣：『今晚就算了，我要去見我媽的男朋友。』

趙莉這兩天腰傷痊癒，想著反正林晚已經知情了，索性訂了一家餐廳，介紹女兒和男朋友正式認識。

林晚對鄭老師的印象不錯，他身材高大氣質儒雅，說話也有一種知識分子特有的溫和感。雖然兩人初次見面稍顯生疏，但總體而言，她能看出這是一個值得母親託付後半輩子的人。

然而，和睦的會面在服務生上甜點的時候被打斷。

這家店把奶黃包做成憨態可掬的貓咪，讓鄭老師連連感嘆下不了手：「我這人最喜歡貓了，每天晚上出去跑步的時候，都會帶一小包貓糧，看見學校的流浪貓就餵幾顆。」

林晚太陽穴跳了跳，抬起頭說：「鄭叔叔，其實……」

話還沒有說完，就被趙莉一個眼神制止了。

林晚握住筷子的手指緊了幾分。

她忽然意識到，對方不是網路上的愛貓人士，也不是科普講座的受眾，更不是單位裡的小白蓮。

這是今後將代替她父親，陪伴她母親走過餘生的男人。

鄭老師覺察出母女間的眼神交流，很快反應過來：「哎呀，我忘記晚晚是做鳥類研究的了。你們好像很反對大家餵養流浪貓？」

林晚尷尬地笑了笑，不知該如何回答。

她明白趙莉為什麼阻止——她和鄭老師是第一次見面，今後的關係也會比較特殊，現在並非勸導別人改變習慣的好時機。

或許是為了緩和氣氛，趙莉自然地轉移了話題，與鄭老師說起他們在舞蹈班的趣事。

林晚無法融入中老年交際舞的話題，只能悶頭喝湯。

突然響起的手機鈴聲拯救了她的尷尬。

周衍川的聲音從電磁波的那端傳來，變得比平時要低啞幾分：『妳現在有空嗎？能不能來我家一趟。』

林晚皺眉：「大晚上約我去你家？」

『不是那個意思。』他沒開玩笑，很認真地說，『有隻鳥受傷了，我不清楚該不該處理。』

林晚沒有猶豫：「等我過去。」

夜色漸深，一輪彎月懸掛在枝頭，在一片寂靜中揮灑下許許清輝。

林晚按照導航找到雲峰府的大門，一眼便看見周衍川站在外面等她。

男人的身影浸在曖昧的光線裡，顯得格外修長清俊。

等她把車開近了，他轉身和門外的保全溝通幾句，然後便走過來叩響她的車窗：「我帶妳進去。」

林晚開門讓他上來，邊往裡開邊問：「具體怎麼回事？」

「我不清楚，回家後看見牠倒在窗臺上，身上有血跡，」周衍川淡聲說，「翅膀我看了一下，應該是被彈弓打折了。」

林晚握緊方向盤，指節泛起道道青白的印記：「你按照我說的方法做緊急處理了嗎？」

周衍川點頭：「但我不確定做得是否正確。」

他是第一次接觸鳥類救助，全靠林晚趕來的路上遠端指揮。

可實際效果究竟如何，他根本無從判斷。

「但願你做對了。」

林晚抽了抽鼻子，看向他的眼睛亮晶晶的，在昏暗的環境中，竟彷彿有淚光閃爍，「我今天遇到好多煩心事，心情特別差，你能不能……」

周衍川聽出她話裡隱約的哽咽，神經猛然一顫，像被無形的手拉扯住了。

林晚很快轉過頭，直視道路的前方：「你能不能讓我高興一點。」

許久之後，周衍川聽見自己的聲音。

「好。」

進入周衍川家中，林晚的情緒已經恢復了平靜。

她沒有駐足欣賞豪宅的裝潢擺設，在周衍川的帶領下直接去了廚房。

地上擺放著一個紙箱，裡面用乾淨的毛毯鋪成一個舒適的窩，受傷的小鴉鵑躺在毛毯上，眼睛被一件外套仔仔細細地擋了起來。

淡栗色的翅端垂在身邊，多餘的血跡已經清理乾淨，只有傷口周圍還殘餘著讓人心疼的紅色斑點。

林晚沒有囉嗦，用髮圈把礙事的長髮束好，洗淨雙手就在紙箱邊蹲下身，拿出了提前準備的生理食鹽水，慢而少量地滴在小鴉鵑的嘴角。

生理食鹽水緩緩流入小鴉鵑的嘴裡，牠稍顯不安地動了動，很快就有氣無力地放棄了掙扎。

「謝謝，你處理得很好，也很及時。」

林晚在包裡翻棉花棒和消毒溶液，沒忘了稱讚幾句，「你救了牠的命。」

周衍川靠在島臺邊，交疊的雙腿從林晚的角度看過去，長得逆天。

燈光由上往下照在他的臉上，配合他半垂著眼的角度，莫名顯得有幾分薄情。

像是遲疑了一瞬，他才緩聲問：「能活？」

「大概能活。」林晚用棉花棒沾了消毒溶液，「來幫一下。」

周衍川不得不走過去，單膝跪地，雙手幫她扶住小鴉鵑的身體。

今晚之前，他從來沒有碰觸過鳥的身體，那是一種異於常見的貓狗、手感也不夠柔軟的觸覺。剛才他獨自幫鳥做緊急處理時，始終有種不適應的微妙。

但他力度依然用得適中，白淨修長的手指虛握著，既不讓鳥掙脫，也不讓牠受驚。

消完毒後，林晚拿出一捲醫用繃帶，將受傷的患肢穩穩固定在軀幹上。

「來的路上我聯絡了動保基地的同事，他們應該快到了。」

林晚把七零八落的藥品收好，抬眼看向周衍川，「可惜翅膀骨折了，今後很可能飛不起來，只能送動物園。」

周衍川「嗯」了一聲，站起身去洗手時才問：「動物園會收嗎？」

「國家二級保護動物呢，怎麼能不收。」

林晚聲音還有點蔫蔫的，靜了靜張開嘴想罵幾句，又不知道該從何罵起。

流水聲代替了交談聲，漸漸充斥滿整個廚房。

周衍川低垂下眼，看她的影子從地板那端蔓延到他的腳下。

女孩子蹲下來的樣子，整個人就感覺小了一圈，也不像平時那麼鮮活。

周衍川喉結上下滾動著，唇角抿成一條直線。

他沒見過如此失落的林晚。

突然，林晚先開了口：「記得我第一次在玉堂春見到你的時候嗎？」

「嗯？」

「就是我誇你襯衫好看那次。」她聲音淡淡地響起，融匯進嘩嘩作響的水聲之中，彷彿掩蓋了一些不為人知的情緒，「那時候我在跟主任說找新搭檔的事，我剛入職的時候他就說要找人，結果等到這個月，才終於找到了。」

周衍川擰緊水龍頭，走到一邊拿杯子倒水給她：「然後呢。」

「誰知道是個一竅不通的小白蓮。今天當著同事的面想讓我難堪，雖然最後沒有成功吧，但總讓人覺得很不舒服。這也就算了，下了班陪我媽吃飯……哦你還不知道，我媽交了男朋友，是學校的一位老師。沒想到他居然跟小白蓮有一樣的愛好，他們都喜歡餵外面的流浪貓。那我當然想說『這樣不對』嘛，可是卻被我媽攔住了。你知道我當時是什麼感覺嗎？」

周衍川把水杯遞到她面前：「先站起來，蹲久了頭暈。」

林晚這下倒是聽話，乖乖站起來接過水杯喝了幾口，眼睛始終看著地面：「她今後不再是我爸爸的妻子，也不僅僅是我的母親。我知道的，能從我爸去世的陰影裡走出來很好，能再次找到自己的幸福也很好，我也知道鄭叔叔不是壞人，他只是不懂……」

周衍川沒有打斷，清俊的臉上也沒什麼表情，只是沉默地望向她。

林晚：「這種時候，你難道不該安慰我幾句？」

「我以為妳只是想說出來，並不是向我尋求幫助。」周衍川輕聲回道，「妳知道該怎麼做，只不過一時無法適應。」

林晚哽了一下，無法反駁。

她的確是想找人傾訴一下，但周衍川這種「我就靜靜聽妳發洩」的態度，又讓她難得的惆帳直接被堵住了。

末了，她只能搖搖頭，問：「你父母還在一起嗎？」

「……嗯。」

「難怪了，人類的悲喜並不相通。」

她好像逐漸恢復到平時的狀態，聲音也變得歡欣起來，「其實你今天處理的手法很不錯，有沒有興趣加入義務護鳥組織？」

周衍川挑眉：「怎麼，拉我當免費苦力？」

「試試看嘛，你想你和鳥多有緣分呀。」

「不試。」他拒絕得極其果斷。

林晚還不死心：「義務組織不是強制的，有空的時候就參與一下。而且你不覺得這些鳥都很可愛嗎？」

「不覺得。」周衍川被她賣安利的語氣逗得牽起唇角，說出來的話卻極其果斷，「我不喜歡鳥。」

林晚一怔，萬萬沒有料到會是這樣的回答。

雖說她能看出來周衍川不了解鳥，但他先幫灰雁遷徙、再捐款給研究所、今天還參與救助小鴉鵑，還以為再怎麼說應該都至少有那麼一點點……喜歡吧。

安利未遂，林晚只能點點頭：「好吧，你就只愛你的無人機。」

周衍川神色微滯，片刻後若有似無地掃了她一眼。

他眼皮很薄，加上眼型又是深情款的桃花眼，往往輕描淡寫的一個眼神，就容易讓人產生誤會。

林晚近距離與他對視幾秒後，默默移開了目光。

心跳有點快，純粹是被近距離的顏值攻擊震懾的，要不是廚房裡還躺著一隻受傷的鳥，她簡直懷疑周衍川剛才是在故意勾引她。

應該是太久沒談戀愛，少女心出來搗亂了。

林晚在心中做出了判斷，接著又拿出手機，剛好看見同事發來定位，說已經到雲峰府附近了。

林晚把紙盒抱上車，繫好安全帶後，想了一下又打開車窗：「周衍川。」

男人站在花園外，抬起眼：「不記得出去的路了？」

「不是。」林晚指了下副駕的紙盒，「等牠情況好轉了，你可以來探望牠，我再請你吃頓飯。」

順便彌補郝帥那個傻子犯下的低級錯誤。

周衍川抱著雙臂笑了一下：「需要探望？我又不是牠……」

他話還沒說完，林晚就一副「我知道你要說什麼」的表情打斷道：「對，我知道你不是牠爸爸。」

她彎起眼，在皎潔的月光下笑得動人，「但你是牠的救命恩人，說不定牠看你長得帥，願意以身相許呢。」

「……」

周衍川斂了笑意，轉過身，朝後揮手道別。

受傷的小鴉鵑當晚就被送到動保基地，拍X光片、做手術、住進籠子裡靜養。

說來還算幸運。

那天周衍川沒有加班，回去得早，及時止住了血並通知林晚，才讓牠保住了性命。

不過正如林晚診斷的那樣，右翅被彈弓打成粉碎性骨折，做完手術哪怕勉強恢復滑翔的能力，也無法再在野外生存下去，只能等傷好後送到動物園居住。

幾天後，林晚讓基地的同事傳來照片，再將其轉傳給周衍川：『過段時間就要送到動物園了，確定不來看看牠？』

『不看，怕牠以身相許。』

『拜託你清醒一點，人家是國家二級保護動物，很尊貴的。』

『所以……？』

『所以，你配不上牠。』

周衍川又不理她了。

林晚發現跟他鬥嘴還挺有意思，拿著手機笑了好一陣子，才認真回覆：『好了放輕鬆，只是按照制度向救助人彙報牠的近況而已。不過你哪天有空，我把欠你的那頓飯補上？』

周衍川：『最近都沒時間。』

「？？？」

林晚撐著下巴，把他這短短六個字從頭到尾看了四五遍，心想這是什麼意思，還開始矯情了？

好在周衍川很快就補充道：『我明天出國參加無人機論壇，預計半個月後回國。』

人不在國內，這頓飯只好繼續欠下去了。

林晚見午休時間馬上結束，便回他一句「等你回來再說」，然後點開了何雨桐午飯前交上來的PPT檔。

從這週開始，林晚要代表研究所前往南江各所中小學校，開展一場愛鳥護鳥的科普講座。講座是由科學院與教育局牽頭發起，算是本年上半年度的重點專案，可偏偏林晚手頭還有其他工作需要處理，只好把做PPT的工作交給了何雨桐。

鳥類圖片與介紹都是林晚提前整理好的，何雨桐只需要把它們完善成一個到時用來展示的PPT就行。

可林晚卻沒想到，這種基礎得不能再基礎的工作，小白蓮也能給她搞出岔子。

「何雨桐，妳過來一下。」

林晚把人叫到辦公桌前，指著螢幕上張冠李戴的投影片，「從這一頁開始，後面所有的資料和圖片都對不上。」

何雨桐望著螢幕看了半天，也沒看出哪裡不對。

畢竟她根本不認識。

「林姐，我是按照妳給的資料做的呀，可能資料太亂了吧，加上我又不太懂……」

「需要我馬上調資料出來確認嗎？」

一聽這試圖甩鍋的語氣，林晚就冷冷地笑了起來，「妳進宣傳科半個月了，連鳥的六大生態類群都記不住？」

何雨桐見她態度嚴厲，悄悄翻了個白眼，還想張口再辯，突然看見有同事從走廊進來，好像找林晚有什麼事。

她立刻垂下頭，捏緊裙擺柔聲說：「對不起，林姐妳別生氣，我馬上就去改。」

變臉的速度之快，讓林晚很想自費送她去川劇院進修。

送走了一臉無辜的小白蓮，林晚走向門邊的同事：「怎麼了？」

這位同事和她同期進研究所，兩人雖然不在同個科室，但關係向來不錯。

對方往何雨桐的背影輕蔑地笑了笑，然後才說：「出來一下，有情況。」

林晚茫然地跟了出去，等到四下無人了，才聽見對方問：「你們宣傳科新來的何雨桐，是不是特別煩人？」

提到這裡，林晚就忍不住嘆了聲氣：「我還蠻奇怪的，她成天跟我作怪，到底是想幹嘛？我和她之間又沒有競爭關係。」

「誰說沒有。」

同事勾勾手指，示意她湊近了些，「我也是剛收到的消息，科學院下屬幾個單位要縮減人員編制了。」

林晚睫毛顫了顫：「真的？」

「千真萬確，何雨桐應該是提前知道了。」

「你是說……？」

「小心點，她絕對想搶妳的位置。」

回到辦公室，林晚往何雨桐的方向掃了一眼。

她總感覺自己剛才聽了一場天方夜譚，以至於懷疑最近是不是梁靜茹終於開始不限量派送勇氣，才會導致何雨桐覺得能夠從她這裡搶走宣傳科科普專員的職位。

相比起來，她更在意的是研究所即將縮編的事。

最近一直有消息在傳，南江不少社會服務組織將改制為企業，但像鳥類研究所這種涉及公益類型的單位，真放到市場上根本沒辦法創造太多營業額，所以基本屬於能夠保留事業編制的那一波，除了減少人數以外，根本不會有大影響。

可坦白來講，林晚不認為縮編就會改變這裡的現狀。

就拿幾乎已經沒有下文的野生鳥類科普圖鑑來說，以圖文並茂的形式向大家介紹這種與人類息息相關的動物，原本是一個很好的主意，市場上也出現過成功的案例。

然而等到研究所想要製作科普圖鑑了，就會有無數繁瑣的流程等待在前方，畢竟沒有壓力，人難免會懶散一些。

有時候看著魏主任捧著茶杯悠哉悠哉的模樣，林晚都忍不住會想，難道幾十年後，她也會變成那樣？

只要一想到那種可能性，她心中那股不安分的小火苗就躍躍欲試地燒了起來。

隨後兩天，辦公室裡都有魏主任坐鎮。

何雨桐也順勢化身為乖巧新員工，不僅準確地將ＰＰＴ整理了出來，閒暇時還坐在辦公桌前，認認真真地翻看資料。

她不作怪，林晚也不會主動去跟她玩宮鬥，兩人相安無事地迎來了第一場科普講座開辦的日子。

臨出發前，魏主任囑咐道：「這次講座何雨桐也一起參加，看看林晚是如何做科普的，今後幫她分擔一些工作。」

何雨桐軟綿綿地應了聲「好」，趕緊去收拾東西。

林晚倒是無所謂，反正今天的主講人只有她一位，何雨桐在不在場都不重要。

今天的目的地是南江一中。

一中是以素養教育為特色的學校，面向學生開展課外科普講座也是他們的一大傳統，加上被選為講座的第一站，校領導為表重視，還特意請了記者和相關人士到場。

剛進報告廳，林晚就被前排的鏡頭震了一下。

場面搞得還挺大。

學生們都已經陸續到場，一片黑壓壓的腦袋填滿報告廳的座位，人頭攢動之中，隱約傳來細碎的議論聲。

林晚沒浪費時間，直接上臺把筆記型電腦交給現場負責調試設備的老師。

等待的時候順便往臺下看了一眼，發現幾位記者身後，坐著一位西裝革履的男人，約莫五十歲左右的年紀，兩鬢斑白，但看起來卻很有精神。

這人有點眼熟。

但一時想不起來叫什麼。

旁邊傳來的聲音打斷了她的回憶：「林小姐，妳只帶了一部電腦嗎？」

「壞了嗎？」

林晚回過頭詫異地問，不應該啊，她離開研究所前明明才用過。

對方笑了笑：「沒壞，只不過我們的投影機無法識別。要不然這樣吧，講座時間馬上開始了，妳先跟同學們聊一下天，稍微耽誤幾分鐘，我去辦公室另外拿一部過來。」

「也行，那就麻煩你……」

林晚的話才說到一半，何雨桐就不知從哪裡冒出來：「不如用我的吧，反正我的電腦裡也有PPT。」

學校老師當然樂意少跑一趟，接過何雨桐的筆記型電腦試了試，發現還真連上了。

如此一來，小小的報告桌就放不下兩部筆記型電腦。

何雨桐主動伸出手：「這部給我拿著吧。」

她在外人面前表現得特別友好，還親切地笑著對林晚握了下拳頭，「加油哦！」

林晚不動聲色地皺了下眉。

這種無事獻殷勤的態度，實在讓她感到微妙。

她站到報告桌前，點開桌面的PPT，想要確認這究竟是不是正確的那一份檔案。

不料旁邊的老師卻誤以為她準備開始，便拿起麥克風示意現場安靜：「那麼同學們掌聲歡迎鳥類研究所的科普老師！」

臺下立刻爆發出熱烈的掌聲。

林晚卻在連綿不斷的掌聲中咬緊了嘴唇。

——何雨桐的電腦裡，只有被她打回去的錯誤版本，除了前面幾頁的資訊正確，剩下十幾頁的內容完全就是笑話。

然而臺下哪裡還有何雨桐的身影。

同學們的掌聲漸漸減弱，一雙雙眼睛茫然地望向講臺，不明白今天的科普老師還在等什麼，難道是嫌剛才的掌聲不夠熱烈？又或者是緊張得說不出話？

交頭接耳的嘈雜聲中，林晚不屑地勾了勾唇角。

「各位同學下午好。很榮幸今天能來到這裡，和大家一起探討關於保護鳥類的話題。我知道一中每學期都會不定期舉辦各種講座，所以相信大家對於用PPT照本宣科的方式已經很熟悉了。」

柔和的聲音透過麥克風傳遞到報告廳的每一個角落，不高不低，不急不徐，哪裡有半分緊張的樣子。

林晚抬起頭，鎮定地看向臺下。

燈光從天花板垂落進她的眼睛裡，像在裡面點亮了滿天星河。

她總誇周衍川的眼睛好看，其實她自己的眼睛長得也很美，睫毛濃密捲翹，眼神靈動，與人對視的時候便顯得格外明亮。

臺下立刻有男生坐不住了，跟身旁的好友感嘆道：「這姐姐好漂亮！」

「噓，別吵，聽聽她要說什麼。」

林晚握住滑鼠，把投射在大螢幕的PPT檔案上下滑動幾下：「如果你們對鳥類稍感興趣，這些知識其實都可以有免費的管道可以學習，所以……」

她迅速點開瀏覽器登錄社群軟體，往自己主頁的搜索欄裡輸入關鍵字，憑著記憶找到好幾篇相關的貼文，再握住滑鼠輕輕一揮，將瀏覽器放到了大螢幕上。

然後直接關掉了PPT。

林晚彎起眼睛，笑得明朗，「不如今天換種方式，我跟你們講一個搶救鳥類繁殖地的故事。」

這絕對是一場別開生面的科普講座。

許多原本是被學校強制要求參加的學生，也逐漸被林晚的故事吸引了進去。

故事的開端簡直集各種精彩劇情於一身。

一邊是需要馬上動工的國家重點工程，一邊是數萬隻候鳥在預定施工地點搭巢繁殖，工期與生命在同一片土地上，形成了抗衡對峙的緊迫模式。

隨著故事的深入，林晚找出一篇篇貼文，用最直觀的形式告訴大家，當時有多少人在為數以萬計的生命奔走求助，而事態又是如何一步步引起重視。

等她講到施工方經過多方商討，願意為這些鳥兒延後開工時，報告廳裡響起一片齊刷刷的歡呼聲。

講座結束後，臺下的掌聲比剛開始那次還要熱烈。

林晚闔上筆記型電腦，回答了一些同學的問題，才笑著向大家揮揮手走出報告廳。

一出報告廳，林晚的臉色瞬間冷了下來。

她邊打電話給何雨桐邊下樓，還沒走到教學大樓的底層，就看見何雨桐匆匆忙忙地從走廊那頭跑了過來。

「林姐，講座還順利吧？」

「妳說呢。」

何雨桐貌似無辜：「不好意思啊，我早上可能吃壞了肚子，剛才一直在廁所呢。」

「我看妳肚子沒壞，腦子倒是壞了。」

林晚奪過她手裡的筆記型電腦，同時把何雨桐那部直接拍到她身上，也沒管她「啊」的一聲尖叫，直接道，「何雨桐，我懶得跟妳玩那些小學生的把戲，今天乾脆告訴妳……」

抽泣聲忽然響起。

何雨桐緩慢地眨眨眼睛，嘴角跟著往下撇，雖然沒能成功掉下眼淚，但竟也把委屈二字詮釋出七八分來。

「哭，馬上哭，妳今天哭不出來別走。」

林晚根本不吃她這套，乾脆把筆記型電腦放在教室的窗臺邊，身體懶洋洋往牆邊一靠，然後動作就僵在了那裡。

難怪小白蓮緊急發動演技。

附近什麼時候站了個人？

林晚再一細看，發現站在離她們不到十公尺距離的男人，就是剛才在報告廳裡看著眼熟的中年男人。

到底叫什麼名字，居然一下子死活想不起來。

中年男人意識到林晚的目光，禮貌地朝她笑了一下：「林小姐。」

林晚一愣：「你認識我？」

這人該不會是小白蓮的親戚吧，以為她在這裡欺負小女生，準備過來教訓她？

彷彿為了印證她的猜想，何雨桐演得更努力了。

只可惜，中年男人根本沒欣賞何雨桐的拙劣演技。

確切來說，他好像根本沒發現在場還有第三人似的，徑直走到林晚面前：「我是曾楷文，妳應該聽說過我的名字。」

林晚當然聽說過，國內赫赫有名的鳥類生態學專家。

大學時她用過的某本課本，就是這人編寫的。

「曾老師好。」

林晚站直身體，恭恭敬敬地點了下頭。

曾楷文擺手，示意她不用客氣：「我剛才在臺下看完了妳的講座，覺得很有意思，而且沒想到原來妳就是我關注很久的科普博主，不知道林小姐有沒有興趣，約個時間再聊聊？」

存在感稀薄到即將透明的何雨桐一怔，錯愕地抬起眼。

講座很有意思？

怎麼可能……

林晚心中的驚訝其實不比何雨桐少，但她悄悄捏緊手指，假裝輕鬆地笑了笑：「好啊，不過曾老師想談哪方面的內容，我可能需要提前補補課。」

「不用。」曾楷文也是個妙人，竟然直接說，「我想請妳跳槽，來我的基金會工作。」

「……」

林晚徹底愣了。

第六章　還沒放下

林晚忘了她是如何回答的，也忘了何雨桐露出怎樣的表情，事實上她只隱約記得和曾楷文交換了聯絡方式。

腦神經亢奮地躍動著，在頭皮留下突突的跳動聲，震得她整個人靈魂都開始發麻。

范進中舉也不過如此。

曾楷文的基金會集結了多家企業與民間NGO團體，算是國內數一數二的綜合生態環境保護組織。

林晚對他們的重點專案「鳥鳴澗」頗為了解。

顧名思義，這是專門針對鳥類保護而開設的項目。

而且他們的資金實力與行動力都遠超過研究所，成立以來已在全國建立數十個鳥類自然保護區。

能收到曾楷文伸出的橄欖枝，當然是一件意料之外的喜事，不過林晚還是決定把接下來的科普講座辦完，再跟所裡提辭職的事。

一來她不喜歡半途而廢，二來她不願意把自己的成果拱手讓人。

經過筆記型電腦這場風波後，林晚算是徹底和何雨桐撕破臉了。有工作需要溝通時態度還算平常，出了辦公室的門，她就當不認識這個人。

沒過幾天，提前進入養老狀態的魏主任發現不對勁了。

私底下把林晚叫進一間會議室：「妳跟何雨桐鬧矛盾了？」

林晚沒有隱瞞，將事情的經過原原本本說了出來。

魏主任聽得茶都喝不下去了，坐在那跟隻海獺似的不停用手搓臉。要不是他年紀大了皮膚比較耐磨，林晚都怕他當場搓破皮。

「這、這何雨桐……」

魏主任大概心裡在瘋狂罵娘，可又不好直接罵出來，只能委婉地勸道，「她可能忘了電腦上沒有正確的版本，妳別往心裡去，等下我就好好批評她，讓她跟妳道歉。」

林晚一聽這話，就猜魏主任是打算和稀泥了。不痛不癢地教訓幾句而已，又傷不了何雨桐一根寒毛，說不定人家還能藉機再演一場戲，博得眾人的同情。

「我不在乎她道不道歉。」

林晚搖了搖頭，猶豫了一下，還是決定說出來，「魏主任，等做完講座，我就要辭職了。」

魏主任差點從椅子上摔下來。

他連忙扶住桌沿，總是笑咪咪的圓臉上擠出一絲慌張：「這麼委屈？欸欸欸妳別辭別辭，年輕人真的不要衝動，有話好好說，妳走了宣傳科怎麼辦。」

後面半句話，他幾乎用上了懇求的語氣。

林晚心中一酸。

魏主任其實並不討厭，對待下屬也沒有什麼官威，有時候被她奚落了，還會笑呵呵地搖頭晃腦表示不介意。

總體來說，就是一個標準的老好人，不爭不搶，不急不躁。

否則也不至於五十多歲了，還只是一個小小的科室主任。

魏主任急得顧不上其他，直接說：「妳可能還不知道，下半年所裡要縮減編制，何雨桐我是管不了，但妳的位置我無論如何都會保住。」

「……您別這樣，年輕人出去見見世面是應該的嘛。只不過等我走了，您手裡沒能用的人，記得下次所裡再放新人名額，膽子大一點，有需要就去申請，別再讓給其他科了。好人當久了，沒人會感謝你的。」

魏主任被她說中了弱點，動動嘴唇想反駁，最終卻佝僂下背，望著陪伴他多年的搪瓷茶杯靜了許久。

再開口時，語氣複雜：「我這宣傳科主任的位置，本來打算退休後留給妳的。唉……」

林晚莞爾一笑：「沒關係呀，以後留給其他人吧。」

反正只要不是何雨桐就行。

走出會議室時，林晚的腳步久違地輕快起來。

有種她自己都感到陌生的情緒，從胸口沿著血管，舒展到她每一寸皮膚的脈絡。

就像春天枝頭浸潤過雨水的嫩芽，在萬物復甦的季節裡醒過來，等待一場生機勃勃的旅程。

她想起今天是周衍川回國的日子，傳訊息問：『今天晚上出來吃飯？別怪我沒提醒你，錯過這個村，就沒這個店啦。』

周衍川剛下飛機，坐在回城的車裡，笑著問：『妳這頓飯還有時限？』

『上次代表研究所請客，忘記叫上你了嘛。』

林晚十分仗義，沒有把鍋甩給郝帥，『不過我很快就不是研究所的人了，等我一辭職，這頓飯憑什麼還要請？』

周衍川視線低垂，看見她的訊息傳來時，輕笑了一聲。

光憑文字內容，他都能想像林晚臉上那種靈動又理直氣壯的神色。

『那就明天？』

『明天是週五，我想和小姐妹看電影呢。今天真的不行？你要倒時差嗎？』

『今晚有飯局，明天我會去妳單位附近辦事，剛好順路接妳。』

『好吧，那明天見。』

放下手機，周衍川捏了下眉心，長途飛行的惺忪倦意漸漸消散。

他讓助理把今晚飯局的情況說明了一遍，便沒再說話，低頭用筆記型電腦看起了檔案。

四十多分鐘後，車輛停靠在餐廳門外。

周衍川邁出車門，神色淡漠地繫好領口。

男人一身襯衫西褲，襯得身形俐落而勻稱，剛進店內，就吸引了數道半遮半掩的目光。

周衍川一概沒有回視，直接進入電梯，去往樓上的包廂。

服務生替他推開包廂沉重的木門，裡面已經有交談聲傳出。

見到他來了，圍坐在沙發邊的幾人都回頭與他打招呼。

周衍川一一應了，最後才看向坐在最裡面的中年男人，頷首示意：「曾教授。」

曾楷文和氣地招呼他坐下來：「辛苦周總，剛下飛機就趕過來。怎麼樣，這趟出國都還順利？」

「還不錯。」

「豈止不錯啊。我看了你在論壇當天發表的演講，對星創新一代無人機很期待啊。年輕有為四個字，就是為你量身打造的。」

周衍川極淺地笑了笑，沒有否認，也沒順著對方的話往下自誇。

這種商業場合，他向來懂得如何拿捏分寸。

此時還未到飯局開始的時間，話題自然也沒有急於往商談合作的方向聊。

沒過多久，曾楷文就聊起前幾天受邀參加一場講座時發生的趣事。

周衍川原本只分了一半精力留神，結果聽到一半，便忍不住抬起了眼。

曾楷文還在繼續：「多虧在場的大多是學生，孩子們沒看出問題。那位小女生表面上不慌不忙，實際上我一看，就知道她肯定是臨時救場決定講故事。不過她倒是聰明，反應也很快，加上肚子裡有實質內容，才不至於當場下不了臺。」

在場一位中年女士問：「你因為這個就叫她來我們基金會？萬一她不過是運氣好糊弄過關

呢？」

曾楷文指著自己的額頭：「我像那麼傻的人？雖然那天我和她是第一次見面，但我在網上可關注她很久了。」

周衍川問：「您說的小女生究竟是哪位？」

「你可能不認識，」曾楷文說，「南江鳥研所的科普專員，網名叫林子大了，真名叫做林晚。」

周衍川挑了下眉。

曾楷文看出他神色的變化，問：「是你認識的人？」

「嗯。」周衍川勾起唇角，笑了一下，「認識。」

曾楷文心領神會地點點頭，靜了一下，抬手招來在水吧那邊準備茶具的祕書，低聲囑咐：「你去打聽打聽，鳥研所有個叫何雨桐的人是什麼來歷，就說是我問的。」

第二天下午，林晚參加完又一場科普講座，回到辦公室時，就發現何雨桐趴在桌子上哭。

聽動靜，像是真哭。

她以為是魏主任終於拿出領導的作派把人罵哭了，心裡還有點意外，覺得自己可能一直以來小看了魏主任。

不過她跟何雨桐的關係肉眼可見的差，當然不會在這種時候還裝好心安慰，乾脆默默坐回自己的位子上，打開電腦忙工作。

沒過多久，何雨桐的手機響了。

林晚聽見她哭哭啼啼地接起來，話語斷斷續續的。

「媽，我、我知道……妳幫我跟舅舅，求求情，好嗎？我再也不會了，我……我會好好工作，別、別讓我走……」

「？？？」

林晚愣了愣，發現這對話怎麼聽都彷彿是何雨桐在她舅舅那翻車了。

魏主任這麼強的嗎？還是說他的隱藏身分是研究所的掃地僧？

林晚越想越糊塗，偏偏何雨桐在那邊哭得肝腸寸斷，實在干擾她的工作狀態，於是她想了想，便抱著筆記型電腦去檔案室查資料了。

在檔案室耗掉一個多小時，等到下班時間到了，林晚才重新回到辦公室。

結果一進門，就險些被何雨桐嚇出尖叫。

何雨桐就站在門邊，臉上滿是淚痕，一張小臉慘白慘白的，眼睛直勾勾地看著她。

林晚把筆記型電腦抵在胸前：「麻煩讓一讓。」

「林晚……」何雨桐剛張開嘴，眼淚就又掉了出來，「對不起，之前的事都是我不對，妳能不能別生氣了。」

哇哦，精彩。居然都不叫她「林姐」了。

林晚琢磨回頭得送一面錦旗給魏主任，但就像她之前所說的那樣，她根本不在乎何雨桐所謂的道歉。

她側過身與對方擦肩而過，一邊收拾一邊說：「我不管妳為什麼向我道歉，但我只有一句話，不接受。並不是因為生氣，而是因為我覺得妳不配。」

把手機放進包裡時，林晚發現周衍川傳來訊息說他已經在研究所外面等候，便加快動作，頭也不回地出了辦公室。

出了研究所大門，林晚一眼便看見等在路邊的周衍川。

不知是不是錯覺，周衍川今天似乎帥得格外明顯。

他慵懶地靠在車邊，單手插口袋，好像還沒看見她，眼神有些許的放空，卻因此顯得非常乾淨。戶外的陽光也不願意辜負他的到來，一筆一劃組合得精確，沿著他的額頭往下，溫柔描出他整張臉的輪廓。

因為何雨桐而產生的不悅，瞬間被拋到了九霄雲外。

林晚放緩腳步，走到他面前：「好久不見！」

「好久不見。」周衍川說，「想吃什麼，我請妳。」

林晚睫毛顫了顫：「嗯？你為什麼請我？」

「慶祝妳即將加入曾楷文的基金會。」

「欸，你怎麼知道？」

周衍川稍低下頭，望向女孩那雙清澈的大眼睛，片刻後低聲笑了笑。

「因為曾楷文是我的合作夥伴。」

研究所和東山路一樣，都在南江的老城區一帶。

而且和許多城市老城區日漸冷清的情況不同，附近來來往往的人群未曾減少，永遠保留著童年記憶裡那種熱鬧而繁華的景象。

林晚記得離研究所不遠的地方，有一家遠近聞名的海鮮店。

她讓周衍川就近找地方把車停好，輕車熟路地帶他往目的地走。

街道兩邊都是頗具南洋風情的騎樓，從建築底層往外再擴展出與人行道同寬的外廊，遮陽避雨最有用不過。

林晚怕曬，專帶周衍川往騎樓鑽。

有時候遇上剛放學的小學生，就不得不跟他靠近一些，讓那幫嘰嘰喳喳的小豆丁從他們身邊魚貫而過。

「咦，原來現在還有賣這種汽水呢。」

又一次避讓行人後，林晚在一家老店面裡發現了童年回憶，當即付款買下兩瓶，然後順手分享一瓶給周衍川。

細長復古的玻璃瓶上貼著紅白色的包裝紙，周衍川拿在手裡看了半天，終於從記憶深處挖掘出一點印象。

好像是他小時候第一次來南江玩時，堂哥買過一瓶給他解渴。

林晚以為他有涼茶的陰影不敢喝，湊過來認真地說：「是蜜桃味的，不苦。我們小時候夏天都愛喝這個。」

「妳從小住在南江？」

周衍川沒有當街飲食的習慣，修長的手指握住瓶頸，繼續往前走，「其實妳長得不像南江本地人。」

她皮膚白皙細膩，身高在女孩子裡也算高挑。

鼻尖小巧微翹，唇型飽滿卻不厚，除了眼型偏圓眼窩也較深以外，很容易讓人誤以為是外地過來的。

「我媽媽是北方人。」林晚下意識回道。

周衍川：「北方哪裡？」

她長得也並不像北方女孩，五官有種細膩的明媚感。

「滬城。」林晚清清嗓子，掐出吳儂軟語的腔調，「儂看我像伐？」

「……」

周衍川確信，她的確從小在這裡長大，除了最南邊的幾個省市，其他地區在他們眼中一律算作北方。

從研究所到海鮮店，短短十幾分鐘的路程。

林晚的目光一路流連著街邊小店，發現什麼新奇的就指給他看，幾次之後簡直讓周衍川懷疑，她會不會在眼睛裡裝了一個雷達，掃過去就能發現別人不曾留意的小角落。

可這種有點遊玩意味的步行，又不會讓人感到厭煩。

反而讓一段隔天就忘的普通街道，慢慢在記憶裡落了地、生了根。

好像很久以後回憶起來，還能記得關於它的聲音與氣味。

走走停停閒逛了一陣，兩人終於在晚飯尖峰時間抵達海鮮店。

運氣還算不錯，店內只剩最後一張小桌。

服務生過來問他們喝什麼茶，然後就叫他們去店外選海鮮。

「妳去吧，」周衍川按照南江人的習慣，先用熱水燙碗筷，「想吃什麼自己選。」

「這麼闊氣？小心我吃到你破產。」林晚笑盈盈地留下一句「威脅」，跟在服務生身後出去點單了。

五月過後，所有海區進入休漁期。

店內出售的也全是養殖或進口海鮮，林晚雖然口口聲聲要吃到周衍川破產，可等她真的走到水箱前了，卻還是避開了那些價格昂貴的進口貨，只挑了些常見的品種。

廚房加工需要一段時間。

回到座位上，林晚喝了小半杯茶，才轉而問起正事：「你和曾楷文怎麼會有合作？」

周衍川看著她：「基金會想用無人機巡邏自然保護區，從而搭建更完善的資料網，曾先生找到我，希望星創能提供無人機和技術支持。」

這是一種比較新穎的合作方式。

以往檢測保護區的情況，要麼利用人工，要麼利用無線紅外監測儀。

前者費時費力還有危險，後者又容易受多方面影響出現故障。

林晚露出好奇的表情：「現在進行到哪個階段了？」

「才剛開始談，」周衍川單手搭在桌邊上，「等妳入職，說不定就要接手這部分的工作。」

決定辭職之後，林晚就和曾楷文通過一次電話。

基金會的要求很明確，表示希望她將來不僅只做鳥類知識科普，言下之意，便是機會與挑戰並存，做不好可能就要打道回府。

林晚能離開研究所，就沒想繼續過以往那種單調安穩的生活。

她把雙手併到一起，做了個「拜託」的動作：「如果真是那樣，你多幫幫我。」

周衍川笑了笑，覺得難得見到她乖巧的一面。

不過林晚還是對基金會直接找星創合作感到好奇。

雖然如今她已經清楚，星創科技的實力很強，但基金會的體量顯然比星創大出太多倍。

按照一般想法來看，商業合作強強聯手，難道不該找像德森那種更出名的公司嗎？

面對她的疑問，周衍川淡淡地說：「有位看著我長大的叔叔，是曾楷文的朋友。」

林晚抽了抽嘴角，她能得到曾楷文賞識，完全是靠撞大運。

曾楷文是一中的知名校友，講座恰好是他專業相關的內容，一中校領導才會在那天將他請到現場。加上何雨桐當天作怪，使她不得不打開社群軟體講故事，陰差陽錯讓曾楷文注意到她的網路身分，兩相結合之下，才有了現在的結果。

否則就憑曾楷文的頂級專家身分，林晚可能還要再花許多年，才能進入大神的視野。

畢竟曾楷文不僅是知名鳥類生態專家，更是嘴裡含著金鑰匙出生的富N代，年輕時搞學術從不擔心生計，年紀大了參與籌建基金會，也很順利地拉到了許多資源。

如此想來，林晚發現她還是小看了周衍川的背景。

原來他光憑身邊的人脈，就能直接接觸到曾楷文這樣的大人物。

理清這一點後，林晚望向周衍川的眼神更複雜了：「你好像一直在刷新我對你的認知呢？」

周衍川抬起眼，端著茶杯問：「嗯？妳現在認為我是什麼樣的人？」

林晚意味深長地看著他：「一個創業失敗就要回去繼承家產的少爺。」

「……」

海鮮店的生意很好，人影憧憧之間遍布歡聲笑語。

服務生抬高手臂端著做好的海鮮從桌子的空隙裡穿梭來回，沿途留下菜餚的香味，讓嗷嗷待哺的食客垂涎欲滴。

周衍川就在如此歡騰的氣氛裡，沉默了半晌。他側過臉，目光淡而虛無，不知落在哪裡。

有那麼一瞬間，林晚覺得他想看的，並不是海鮮店裡的景象。

可她又說不上來，那句平平無奇的玩笑話，究竟讓他想到了什麼。

直到服務生把菜端上桌，周衍川轉回視線，另一隻手搭在椅背上，人往後靠了靠。

散漫又矜貴的少爺勁好像在他身上活過來了。

「是嗎？」他勾起唇角，笑著逗她，「那妳是不是該表現得殷勤點，說不定將來哪天有需要的時候，我還能一擲千金送妳上青雲。」

林晚拿起面前一隻蟹鉗，「喀嚓」一口咬開，才抬起頭凶巴巴地說：「又開始了是不是？不如我現在就送你上天吧。」

周衍川笑而不語，收回手重新坐好，慢條斯理地用筷子理魚肉。

「再說我幹嘛要費心討好你。」林晚振振有詞，「我自己又不差，雖然不是大富大貴，但也算衣食無憂，信不信哪天我不高興了回家吃利息，也能快快樂樂活到老呢。」

周衍川點頭：「信。」

他看得出來，林晚的話裡沒加半分誇張的成分。

她雖然不是那種吃穿用度樣樣都挑最貴的類型，但看她開的車住的地段，都能看出的確不缺錢。

更明顯的，還是她身上那種自信明朗的氣質，絕非為錢所困的家庭能培養出來的。

聊到這裡，林晚又不自覺地想起了下班時的情況。

她其實不是心硬的人，如果何雨桐沒有三番五次讓她不痛快，面對縮編這種關乎生計的情況，對方好聲好氣跟她商量，說不定她還真願意主動退出。

反正她之前就有了離開研究所的想法，成人之美，何樂不為。

當然現在她肯定不在乎何雨桐的死活了。

「說起來，我不是跟你提過，研究所新來的同事很煩心嗎？」她把剝開的蟹殼整整齊齊地擺在盤子裡，「今天下班的時候，我聽見她接電話，好像工作保不住了。」

周衍川動作一頓，又聽她繼續說：「我沒想到魏主任竟然這麼有能耐，直接把事情捅到她舅舅那裡去。」

周衍川：「我沒猜錯的話，是曾楷文和你們領導說過什麼。」

他將飯局那天的前因後果講述了一遍，連曾楷文看出林晚是倉促應對都說了出來。

林晚聽完愣了好半天。

先是感嘆大神不愧是大神，一眼看穿事實真相。

再是詫異於曾楷文居然有這份閒心，願意插手處理這些小打小鬧。

她不會盲目理解成曾楷文是替她出氣。

對於曾楷文而言，她不過是一個可堪任用的晚輩，再優秀也不至於讓對方在工作之外多加照拂。

思來想去，這完全是賣周衍川一個人情。

理清了這一點，林晚覺得這頓飯不能讓周衍川請了。

她藉著去廁所的機會，出來溜到收銀臺爽快地買好了單。

再回去時，眼前一亮，臉上浮現出看好戲的神色。

林晚知道周衍川英俊非凡，卻也沒料到她就離開那麼幾分鐘的時間，就有人趁虛而入。

一個模樣標緻的女孩子站在桌前，正拿著手機跟他要聯絡方式。

女孩子一看就是熟手，大大方方地說明來意：「我聽見你和那個小姐姐聊天了，她應該不是你女朋友吧。那你不如考慮考慮我呀，先交個朋友，我們慢慢發展嘛。」

林晚暗讚一句有眼光有勇氣。

明知周衍川頂著一張生人勿近的冷淡臉，還能笑盈盈地走到他面前表示欣賞，好像完全不怕被他拒絕似的。

這女孩是個幹大事的人。

不過轉念一想，去年在玉堂春見到周衍川，她也有過相同的想法。

想到這裡，林晚乾脆沒有著急回去，雙手抱懷站在附近，打算看周衍川會如何處理。

反正她的確不是周衍川的女朋友，何必關鍵時刻過去湊熱鬧。

萬一打擾人家發揮怎麼辦。

誰知周衍川幽幽抬起眼皮，越過女孩的肩膀，似笑非笑地掃了林晚一眼。

他放下筷子，抬手指向林晚，對那女孩說：「妳問問她同不同意。」

「……」

你有事嗎？這跟我有鬼關係！

林晚在心中咆哮起來。

女孩子轉過頭，認出林晚就是方才和周衍川吃飯的人，表情暫時變得有幾分狐疑。

林晚硬著頭皮走過去，沒好氣地說：「想加就加嘛，拿我當藉口是什麼意思，我看這位小姐姐蠻好看的，加了不虧。」

拿手機的女孩語氣誠懇：「妳也很漂亮，真的。」

「謝謝。」林晚嫣然一笑，「不如妳加我好友呀，我可以把他的傳給妳，妳還能同時收穫兩個朋友呢，多划算。」

周衍川皺眉，這是什麼奇怪的邏輯。

沒想到那女孩也不是個普通人，竟然當場答應。

兩人就在初次見面極其投緣的輕鬆氣氛裡，互相加了好友。

「那我不打擾你們啦。」女孩心滿意足地揮揮手告辭。

林晚坐下來，撐著下巴歪著腦袋：「考慮得怎麼樣了，想要好友隨時告訴我哦。」

周衍川沒見識過這種操作。

他心中有些微妙的不爽，可又說不出來具體是哪裡讓他不爽。

見他神色漸漸冷漠，林晚腦子裡「嗡」的一聲。

她坐直身體，小聲問：「不是吧，你真想加？」

她以為周衍川之所以把她拉下水，是因為他不想太直接傷害那女孩的自尊呢。

虧她急中生智想出辦法，對方腦子也清醒順著臺階往下走，才沒讓場面變得難堪。

「想加的話，」林晚打開手機，螢幕朝上遞到他眼前，「喏，號碼就在這裡，現在申請好友還來得及。」

周衍川還當真垂下眼眸，緩慢且仔細地看著。

林晚抿抿唇角，心想至於看那麼久？難道是被人家頭貼的自拍吸引到了？

安靜片刻，周衍川緩聲開口：「五月傳記海鮮店短髮女，妳加好友還備註資料？」

「是啊。」

林晚沒有否認，她因為工作原因，經常需要加一些陌生人的聯絡方式，有時加了很久都還不知道對方姓甚名誰。

後來索性按照認識的時間地點性別和外貌特徵備註，等熟悉之後再改成正經的名字。

這個方法特別好用，自誕生之日起就沿用至今。

「看不出來啊。」

周衍川身體往前傾，不慌不忙地勾起唇角，語氣裡糅雜進幾分調侃的意味，「原來林小姐是個海王。」

林晚：「……」

請問氣死我對你有什麼好處嗎？

林晚喝光杯中的茶水，放下茶杯時已經想好說辭。

「對呀，你不知道通訊軟體就是我的魚塘，住滿我的三千後宮？」

黑白分明的眼眸靈動地閃爍幾下，配合她彎起的唇角，讓整句話聽起來都格外歡欣，「像周先生這樣嘴不夠甜的，最多也就是個答應吧。」

「周答應」低下頭，不鹹不淡地輕笑一聲。

從林晚的角度看過去，男人的臉很窄，輪廓深邃，眼尾那顆痣被店內的光線襯得分外清晰，更別提他身上那種乾淨又勾人的勁。

她在心中撤回前言，周衍川憑這張臉就能榮登貴妃寶座，還是禍國殃民的那種。

周衍川不知道他實現了史上最快的晉升速度，抬手把她的手機推回去：「我不加她，妳把手機收好。」

林晚聳聳肩，默默對「五月傅記海鮮店短髮女」說了聲抱歉。

不好意思，盡力了，只能幫妳到這裡。

離開海鮮店前，周衍川叫服務生過來結帳，得知林晚提前買過單後，也沒多說什麼，只道了聲謝並表示下次再由他請。

林晚對他的態度非常受用。

她很不喜歡成年男女出來吃飯就必須是男方付款的潛規則，更不喜歡為一點餐費就嚷嚷「怎麼能讓女人花錢」的大男子主義。

搞得好像女人天生沒有賺錢的能力不配請客似的。

受此影響，原路返回的時候她心情很不錯，決定不再計較「海王」的事。

到了周衍川之前停車的地點，林晚想說她乾脆步行回家，反正離得也不遠，她還可以走走路消化一下。

主意一定，她就轉頭準備跟周衍川告別。

然而出乎意料的是，他忽然停住腳步，眼睛牢牢盯緊停車場的某個方向，連呼吸都瞬間慢了下來。

這架勢，難道看見前女友了嗎？

林晚挑了下眉，順著他的視線往前望去，卻只看見一對六十來歲的老年夫妻，共同提著一袋重物，慢慢往一輛車走去。

看得出來兩人身體都不算康健，步伐比許多同齡的老人都慢。

尤其那位女士，明明看臉還不算蒼老，卻不知為何生出了滿頭白髮，單薄的身影在夕陽照映下，拖出悽楚寂寥的影子。

「要過去幫忙嗎？」林晚問。

周衍川沒有回答，事實上他彷彿沒聽見林晚的聲音，只是繃緊了下頜旁觀著，鋒利的喉結微微滾動，洩露出某些不為人知的壓抑情緒。

林晚滿頭問號，不得不瞇起眼，再看清楚些。

這一次，她意識到了關鍵的所在。

那位身材高大瘦削的男人，年輕時應該算是很英俊的類型，而且他的臉型和眉眼，與周衍川有幾分相似之處。

直到兩位老人上了車，周衍川才收回目光。

他的嗓音變得沙啞低沉：「上車吧，我送妳回家。」

此時的氣氛太過怪異，林晚不好拒絕，只能老老實實坐進副駕。

引擎還未啟動，載著老年夫妻的那輛車先從後方開了過來。

兩車交錯的剎那，林晚透過車窗，看見兩位老人也注意到了周衍川的存在。

分明只有十幾秒的對視，卻好似度日如年般的煎熬。

連空氣都變得黏稠了起來。

那位女士打開車窗，目光彷彿淬了毒，陰冷地從周衍川身上刮過，直至車輛完全駛離停車場都沒有收回。

而周衍川卻只平靜地目送他們遠去。

林晚下意識抓緊安全帶，反覆猶豫幾次，終於出聲詢問：「你們認識？該不會是你爸媽吧？」

「認識，不是。」

周衍川聲音很輕，幾乎微不可聞。

之後的一路很順暢，也很安靜。

林晚能感覺到，她無意中撞見了不可多看的一幕。

背後的真相或許極其不堪，否則她想不到為何一個長輩會對晚輩露出那樣的表情，就好像周衍川是罪不可赦的犯人，與他們之間擁有一段無法原諒的血海深仇。

回到家後，林晚坐在院子裡發了一下呆。

等到夜幕降臨，牆外的路燈一盞盞亮起來，記憶深處某張早已淡得快要遺忘的臉，陡然變得鮮明清晰。

林晚猛地一怔。

她見過比周衍川更像那位老年男人的一個人。

是她還在附中念國三時，意外認識的一位高三學長。

林晚依稀記得，學長的名字應該是叫……

周源暉。

週末兩天，林晚與周衍川沒有再聯絡。

那晚的意外像是一個休止符，變成了兩人都不好再來往的的象徵。

不過通訊軟體裡卻沒有因此沉寂。

因為「五月傅記海鮮店短髮女」這兩天和林晚打得火熱。

林晚把備註改成了對方的真名蔣珂，每次打開通訊軟體，總能看見她時不時傳來幾則訊息。

自從週五海鮮店一遇，蔣珂就對林晚留下了極深的印象，用她的話來說，就是「我長這麼大，沒見過比我還能撩妹的女生」。

林晚當時就傳去一個拱手的貼圖：『承讓，誰叫我是海王呢。』

蔣珂非常上道：『想在姐姐的魚塘裡游泳，想咬住姐姐的魚竿不鬆口，想為姐姐喝下女巫的藥水上岸行走。』

林晚發現這位姐妹是個人才：『妳 freestyle 說得不錯，可以當個 rapper。』

蔣珂回她一張哈哈大笑的貼圖，接著又傳來一家酒吧的地址：『rapper 就不必了，我有個樂隊，每週二四六在這裡演出，有空來玩啊，我請妳喝酒。』

林晚把地址存好，也回了她一張貼圖。

貼圖是三隻圓啾啾的小鳥，雄赳赳氣昂昂排著隊，擺出隨時準備出發的興奮姿態。

其實就是用貼圖表示答應的意思，但蔣珂卻注意到了別的細節：『為什麼貼圖的名字叫『吃腦花去』？什麼鳥啊，這麼凶殘？』

林晚馬上進入科普狀態：『大山雀，猛禽，食腦狂魔。』

蔣珂大概去搜索了一番，很快就被大山雀與軟萌外表不符的凶殘本性震驚了，飛快發出一串驚嘆號，然後問：『妳還挺了解？』

林晚：『忘記介紹了，我是個鳥類科普學者。』

『……』

『？』

蔣珂：『恕我直言，我沒想到妳的工作這麼有文化，畢竟妳漂亮得不太正經。』

林晚：『巧了，妳也是。』

兩個女人的友情在奇妙的商業互捧中得到飛速昇華。

沒過多久，蔣珂又問：『那天的帥哥，到底是不是妳男朋友？』

『不是。』林晚說，『喜歡他的長相？勸妳三思，他嘴特別毒，跟他說話能氣得妳吃不下飯。』

蔣珂：『可我那天看妳吃得很香呢。』

「……」

林晚悻悻地放下手機，摸了摸臉頰，怎麼感覺像被打臉了一樣？

她躺在沙發上望著天花板，過了一下又百無聊賴地蹬了蹬腿，終於得出了結論。

一定是海鮮店的廚師手藝太好的錯。

隨後的一週，陽光一天比一天猛烈。灼熱的氣溫蒸發著南江的溼氣，把整座城市變成一個巨大的蒸籠，悶熱潮溼地將人籠罩在裡面，連同枝頭的樹葉都失去了往日的生機。

林晚要辭職的消息在研究所不脛而走。明裡暗裡來向她打聽消息的人不少，她全部大方承認了，只不過保險起見，沒有提前告訴大家，她已經拿到了某家基金會的offer。

研究所最近本就是人心惶惶的時候，聽說她要走，許多人也情不自禁思考起自己的職業規劃。

平心而論，拋開辦事效率太低和裙帶關係複雜不談，研究所其實是一家很不錯的組織。他們的科研設備和科研人才都是南江頂尖的好，過去幾十年中也發表過不少頗有見地的學術成果，但近幾年止步不前卻也是不爭的事實。

然而出乎眾人意料的是，最終的縮編名單還沒出，林晚也還沒做完講座，第一個離開研究所的人就出現了。

何雨桐走的那天神情失落，再也不復當初的風采。

她走到樓下，見林晚和幾個同事站在那談事，便故意走到大家面前：「林晚，妳贏了，現在得意了吧？」

幾個不清楚何雨桐真實面目的人紛紛一愣，心想這小女生吃錯藥了不成？

林晚倒是一點也不意外，只撣了撣肩頭並不存在的灰塵，微笑著說：「說什麼輸贏呀，我都沒把妳當作對手，妳也別惦記我了。」

何雨桐雙眼通紅：「別以為有幾分姿色就了不起，妳不就是靠男人上位的嗎？」

「？？？」

小白蓮剛才說她靠什麼？

幾位同事齊齊轉過頭來：「妳交男朋友啦？」

何雨桐刻意提高音量：「上週五下班的時候我都看見了，有男人開豪車在外面接妳。我回家打聽過了，妳託人找到曾……」

「說夠了嗎？說夠了就把員工卡交到保全處，趕緊滾。」

林晚不耐煩地揮揮手，扭頭藉旁邊的玻璃當鏡子，理了下頭髮，「謝謝妳眼睛還沒瞎，知道誇我漂亮，沒辦法呀，我就是人美心善林小晚。」

周圍有人「噗哧」一下笑出聲來，氣得何雨桐咬牙切齒地跺跺腳，扭過腰揚長而去。

有同事望著她的背影感嘆：「這小女生，看不出來啊，臨死也要拖個墊背的。不過她說的男人是誰，妳瞞著我們交男朋友了？」

林晚嘆了聲氣：「什麼男朋友，星創科技的周衍川，你們見過的。他們不是幫了忙嘛，我就代表研究所請人家吃飯。」

眾人不約而同「哦」了一聲。

因為幫助灰雁遷徙的關係，研究所的人對星創上上下下印象都非常好，聽說是周衍川來接她下班後，更加認為何雨桐純屬散布謠言。

末了，有人建議道：「不過轉頭想想，你們看起來還挺般配？」

「對啊對啊，如果妳成為他的女朋友，今後我們跟星創借無人機，說不定還能享受內部價呢。」

林晚哽了一下，莫名想到之前蔣珂那句吃得很香的評價。

她用手在臉邊搧了搧風，好半天後才慢吞吞嘟囔一句：「我看出來了，你們就是想靠我撿便宜而已，沒良心。」

大家嘻嘻哈哈又鬧了幾句，才轉而聊完正事，各自回到自己的辦公室。

林晚則上樓拿東西，出發去南江三中開講座。

這是本年度科普講座的最後一站，結束之後，林晚就打算正式將辭呈交給魏主任。

邁入三中的校門，林晚心中感慨萬千。

這就是中學時期碾壓他們附中學子的萬惡宿敵啊！她是不是應該在這搞點破壞什麼的，才對得起那憋屈的六年中學生涯？

感慨歸感慨，林晚還不至於幼稚到真的在三中幹壞事。

見到負責接待的老師後，她就拿出和煦如春風的溫柔笑容，跟隨對方的腳步往報告廳走。

經過一條長長的走廊時，牆上的照片吸引了她的注意力。

接待老師注意到她的目光，介紹道：「這裡全是三中畢業的傑出校友，各行各業的都有，您如果感興趣的話，等講座結束可來看看，說不定還有您認識的人呢。」

林晚笑著點點頭，心想大可不必，她哪裡想不開需要來這瞻仰曾經打敗過附中升學率的敵人們。而且萬一看到周衍川的照片怎麼辦，豈不是以後每次見到他，就又要勾起對三中的深深怨念？

最後一次講座，林晚講得比以往任何一次都認真。

既是因為這是她在研究所處理的最後一份工作，也是因為三中的學生足夠配合，當她偶爾講到相對冷門的內容時，也有幾個人能和她互動回應。

或許這就是傳說中的學霸根據地吧。

林晚輸得心服口服。

講座結束，進入提問環節。

一位女生把手舉得高高的，等林晚示意她站起來後，就拿過麥克風問：「您好，我和您一樣是一名鳥類愛好者，前段時間關注過灰雁回家計畫，請問你們是怎麼想到和星創科技合作，利用無人機率領灰雁遷徙呢？」

林晚怔了怔，才說：「這個計畫其實是星創科技的人提出的，當時他得知有幾隻灰雁滯留南江無法回北方後，很快就想到曾經有過利用滑翔機送大雁回棲息地的故事……」

她把事實複述了一遍，想了想又用玩笑的語氣補充道，「說起來，星創科技的這位ＣＴＯ還是你們的學長呢，名字叫周衍川，你們聽說過嗎？」

「聽說過！」

「老師成天拿他當例子來教育我們！」

「校友牆上有他的照片，超帥的！」

「現在的男生都是渣渣，根本比不過他！」

「說什麼呢，我們不要面子的嗎？？？」

亂七八糟的回答讓林晚忍俊不禁，等到走出報告廳，唇邊的笑意都沒能完全收斂。

她一邊想著周衍川那張照片究竟有多帥，一邊想著不然乾脆去看一眼，畢竟她確實有些好奇，想知道十幾歲的周衍川長什麼樣。

走到樓梯轉角，身後忽然傳來了腳步聲。

林晚回過頭，看見一位戴著黑框眼鏡的中年女性跟在身後，見她停下便也止步道：「林小姐，妳好。」

「……」

這場面是不是有點熟悉？該不會又是哪家基金會的吧？

林晚清清嗓子，打斷自己天馬行空的想法，笑著回應：「您好。」

中年女性走下幾步臺階，來到她面前：「我是三中的老師，姓張，妳叫我張老師就好。剛才聽妳提到周衍川，就想跟妳打聽打聽他的近況，他最近一切都還好嗎？」

「很好啊，自己開了一家公司。」林晚猜測出她的身分，「您以前教過他？」

張老師說：「對，國中三年，我是他的班導師。」

林晚點點頭，想起上週在停車場見到的一幕，內心深處的問號突然就翻湧了上來。

她抱緊筆記型電腦，有點不好意思：「呃，張老師，您對周衍川的家人有了解嗎？我沒有別的意思，就是前一陣和他出去吃飯，看見和他長得很像的男人，大概六十幾歲的樣子。他當時表現得有點異常，然後我和他關係還不錯，作為朋友就比較擔心。」

張老師推了下眼鏡，稍作思考：「可能是他的伯父吧。」

「這樣啊。」

那就沒什麼奇怪的了，說不定就是兩家人有矛盾，彼此都不待見對方而已。親戚之間關係差，也不是什麼新聞。

林晚鬆了口氣，笑著說：「那就好，我還以為是他父親。」

張老師眼中客氣的笑意眨眼便消失不見。她望著林晚：「他是不是沒告訴過妳？」

「什麼？」

張老師搖搖頭，語帶疼惜：「這孩子，多少年了還沒放下。」

她揉了下太陽穴，低聲說，「周衍川的父母已經去世了，小學之後，就是伯父伯母在照顧他。」

年長女人的一番話，像巨石墜落，「哐」一聲把林晚砸愣了。

在一陣迷迷糊糊的懊惱中，她想起自己與周衍川發生過的某些對話。

「你父母還在一起嗎？」

「……嗯。」

「難怪了，人類的悲喜並不相通。」

「嗯？妳現在認為我是什麼樣的人？」

「一個創業失敗就要回去繼承家產的少爺。」

林晚愣愣地咬緊舌尖，被席捲而來的愧疚感和羞恥感狠狠地淹沒了。

她當著周衍川的面，都說過些什麼啊！

「那……」

林晚聲音有些顫抖，輕聲問，「他們是怎麼去世的？」

離開三中的校園，林晚在路邊攔了輛車，疲倦地靠在椅背閉上了眼。

胸口有種無法形容的滋味，密密麻麻地纏繞著她的心臟，令她想對周衍川說些什麼，卻又不知道能說什麼。

幾分鐘前，空蕩蕩的樓梯轉角。

綠色的牆面吸收了陽光的熱度，又加強了張老師的音量，讓它們一聲疊一聲，震得林晚耳朵發麻。

「山崩引起的土石流，夫妻兩人當場死亡。」

「周衍川是車上唯一的倖存者。」

第七章 打下江山

林晚花了一整晚，上網把關於星創科技的消息瀏覽了一遍。

星創成立近三年，除了周衍川跟她講過的電力巡邏以外，其他專案全部圍繞環境保護展開，其中最具代表性的，就是荒漠綠化與治理水土流失兩大類。

相關媒體報導放出直觀的衛星圖片對比，證明星創利用科技力量參與協助之後，多地的綠化率與山林植被破壞現象都有了極大的改善。

林晚看著圖片裡大地從荒蕪到蔥郁的景象，感覺心臟一抽一抽的。她把檯燈的亮度調至最弱，在光線黯淡的房間裡閉上眼，第一次放開對他外表的欣賞，仔仔細細地在心中勾畫周衍川的形象。

當巨石捲裹著泥沙從山林奔騰而下，他是否也曾害怕無措？

如今他將所有精力全部投入到改善環境的領域，是因為童年時遭遇的那次意外嗎？

看見猙獰貧瘠的山脈重新煥發出綠意，他會不會感到哪怕一丁點的慰藉？

越想，林晚就越無法平靜。

這人太會藏了。

他們明明好幾次擦邊討論過類似的話題，他卻始終沒有表現出能引起注意的特殊情緒。

其實林晚多多少少能夠理解他的避而不談。

就像父親去世之後，她也不會在別人面前述說自己有多麼想念他一樣。

有時候明知大多數人都心懷善意，但過多的同情對於他們而言，或許只是牽動傷口的負擔而已。

所以她不能為之前的言論突兀地去跟周衍川道歉，更不能被他發現她私底下找張老師打聽過他的家庭。

林晚無奈地嘆氣，把蓬鬆的長髮揉得亂糟糟的。

感覺快憋死了。

之後幾天，林晚辦理完辭職手續，抽空去醫院做了一個入職需要的體檢。

等體檢報告出來後，就和基金會的ＨＲ聯絡，定好下週一入職。

週一當天，她上班就差點遲到。

基金會根據專案不同，在全國多地設有辦公點。南江地區主要負責鳥鳴澗項目，辦公點位於離東山路有一小時車程的科園大道。

她提前一個半小時出門，結果正好趕上尖峰時段，在路上差點沒被塞死。

在ＨＲ的帶領下辦完入職手續後，林晚抱著零零落落的一堆用品，問：「科園大道的地鐵站，平時上下班擠嗎？」

HR面露沉痛：「堪比喪屍圍城。」

行吧。

林晚露出一個「我懂」的表情，不禁懷念了一下曾經步行通勤的美好時光。

到了樓上的項目組，林晚見到了她未來的同事們。

組裡基本全是年輕人，誰跟誰都能幾句話打成一片，林晚剛把她的辦公桌收拾好，就有兩個女孩子神祕兮兮地帶她去參觀項目組的5A風景區。

所謂5A風景區，其實就是辦公室外的露臺。

露臺種了不少植物還做了水景，往外能看見連綿不斷的山脈與湖泊，環境確實雅致。

只不過臨近推拉門的位置有一棵樹，每當有人從樹下路過，樹冠上幾隻模擬喜鵲就會發出嘈雜的「喳喳」一聲。

林晚扶額：「……為什麼啊？」

喜鵲的叫聲是出了名的難聽，這幫人何苦自己折磨自己。

同事甲津津有味地跟她科普：「以前辦公室剛裝修好的時候，本來沒有這幾隻模擬喜鵲的，這邊風景好嘛，我們沒事總愛往露臺跑。後來大魔王來了，覺得這樣不利於提高效率，乾脆就想出了這招。從此以後，大家每當聽見喜鵲叫『喳喳』，就會想起被大魔王支配的恐懼。」

林晚：「大魔王是誰？」

「舒斐，我們的項目總監。」同事乙小聲說。

話音未落，林晚就看見總監辦公室的門從裡面打開。

走出來的女人約莫三十多歲，鳳眼紅唇高鼻梁，細看不算美人，但就是第一眼便讓人印象深刻，很像時裝週上高貴冷豔的模特。

舒斐四下掃視一圈，目標鎖定林晚，朝她勾了勾手指。

林晚行動也很敏捷，迅速告別5A風景區，在喜鵲的「喳喳」聲中拿起辦公桌上的記事本，直奔總監辦公室而去。

舒斐沒有辜負她大魔王的稱號，開門見山：「我知道妳是應曾先生的邀請加入鳥鳴澗，但提前強調一點，曾先生是基金會理事長，他不負責具體執行事務，帶領團隊的人是我。所以只要妳在這個項目組一天，一切就要聽我的。」

林晚點頭，她好歹是社會服務組織出身的，這點職場規則還是懂的。

「很好。今後妳不僅需要做科普，還需要即時跟進每個保護區的進展與變化、分析鳥類群體分布狀態，定期向基金會合作的各個NGO組織發布最新資料，配合他們展開公眾宣傳，其實還是妳的科普老本行，只不過涉及的事務會更繁雜，所有工作直接向我彙報。」

「好。」

林晚發現跟舒斐交流是真的很順暢，一句廢話也沒有。

舒斐稍作停頓，念出幾個人名：「妳出去通知這幾位，十分鐘後我帶你們去星創。」

林晚一怔，她聽到什麼了？

舒斐挑眉：「星創科技今後將為保護區提供技術支援，上週四剛簽完合約，有什麼問題嗎？」

「沒有。」林晚起身推開椅子，「我現在出去通知他們。」

十分鐘後，包括林晚在內一行五人，搭乘電梯下樓進車庫。

在拖拖拉拉的研究所待久了，好不容易遇到這種雷厲風行的辦事風格，她不僅沒有出現任何不適應，反而心裡還有點小激動。

當然了，如果此行的目的地不是星創科技的話，她情緒可能會再高漲一些。

見面來得如此突然，她還沒想好要怎麼面對周衍川。

他們坐的是舒斐的車，舒裴直接把鑰匙拋給同行一位男同事，示意由他開車，然後就走到另一邊坐進了副駕。

林晚和之前帶她參觀露臺的兩個女孩坐在後排，三人體型都偏瘦，她坐在中間也不覺得擠。

車輛緩緩開出車庫。

科園大道一帶，都是近幾年新建起來的。

林晚以前沒來過這邊，打算藉此機會好好看看周邊的配套設施，畢竟不出意外的話，她很可能要在這裡混好幾年。

誰知出發沒幾分鐘，她就眼睜睜看著前排的同事轉方向盤，一副準備靠邊停車的樣子。

林晚愣愣地把頭轉向右邊，下一秒便看見一幢獨立的深灰色建築映入眼簾。建築外觀的設計有種理工科的俐落感，樓體線條筆直，黑色窗框沿層分布，靠近馬路的一側用磚紅色塗料做出燈光斜照的視覺效果，以此突出這家公司的名字。

——星創科技。

「……」

她怎麼就一直忘了問問周衍川的工作地點。

這麼近的距離，別說工作需要了，恐怕有時中午出來吃飯，都會在同一家餐廳遇見吧。說不定哪天還能併個桌呢。

舒斐沒有給林晚留出消化的時間，又風風火火帶他們進了星創的辦公大樓。

在前臺做好登記後，貌美如花的前臺小姐姐引他們上樓去會議室。

如果說光從建築外觀看不出星創的業務範圍，那麼從踏進大門的那一刻起，基金會的眾人便扎扎實實地感受到了，這就是一家科技公司。

透明電梯從下往上，每上升一層，便能看見一架無人機模型懸掛在外面。出了電梯迎面而來就是灰色自平水泥地面，撐起內部簡約實用的設計風格基調，走廊裡甚至還有一個觸控互動機器人，據前臺小姐姐介紹，員工不僅可以用它查詢會議室的使用情況，還能藉此查詢同事透過刷卡進電梯到達了公司哪層，方便大家有需要時能馬上找到人。

林晚看見舒斐眸光一閃，懷疑這台機器人不久後便會出現在鳥鳴澗的辦公室。

一行人進入會議室，沒等多久，星創的人就到了。

領頭進來的就是周衍川。

依舊是襯衫西褲的穿著，寬肩窄腰大長腿，帥得一如既往。

他與舒斐握了下手，目光掃到林晚時，桃花眼裡掠過一絲淺淡的笑意。

林晚只好還他一個笑容。

與周衍川同時出現的，還有星創各部門參與此次合作的負責人。

發言商討大多由幾位負責人進行介紹，他基本不怎麼開口，只有在員工被舒斐強勢的態度逼問得無法應付時，才輕描淡寫地解釋幾句。

這是雙方的初次正式會議，不少細枝末節的合作規則都需要在此時定下，一時片刻結束不了。

一小時後，周衍川出去接電話，舒斐見他不在，便建議其他人先休息一陣，等他回來再繼續。

IT宅男們被舒斐折騰了大半天，一聽這話，立刻作鳥獸散狀，大概是出去聚眾吐槽了。

「我去下廁所。」舒斐對身邊的林晚說了一句，也踩著高跟鞋出了會議室。

大魔王不在，會議室的氣氛變得輕鬆起來，同行的兩個女孩馬上開始交流帥哥觀後感。

「妳知道嗎，我全程不敢跟他對視。」

「我也是我也是，中間不小心看到一眼，感覺我脖子都紅了。」

「帥成這樣還做什麼無人機啊，一人血書求他出道好不好！」

「哎呀妳別胡說，我覺得他這種性冷淡的類型，再加上一個聰明的大腦，魅力值要翻好多倍的。」

林晚盯著筆記型電腦螢幕，假裝投入地回顧會議內容。

在場唯一一位男同事也加入閒聊：「聽說這位周總只負責技術這塊，其他事務一概不管。妳們要花癡的話，不如看看他們的曹總，長得也不錯，而且還是CEO呢。」

「CTO有哪裡不好，反正都是合夥人。林晚妳說對不對？」

林晚突然被cue，只好彎起眼睛笑了笑：「太對了，職位是一時的，但帥是一輩子的。」

跟她搭話的同事臉色忽地一變，接著就變得通紅。

林晚眨了下眼睛，心想不妙。

她回過頭，果然看見周衍川就站在會議室門邊，清瘦修長的手指還搭在門把上，顯然是剛剛推門而入，就聽見了他們的對話。

四目相對，林晚莫名退縮了：「我去倒杯水。」

她端著紙杯低著頭，假裝沒看見會議室的飲水機，飛快從周衍川身邊閃過奔向走廊盡頭的茶水間。

不行啊，朋友，妳這不是做賊心虛嗎？

林晚站在飲水機前，默默唾棄自己。

拿出妳海王的氣勢來，不懼任何艱難險阻，永遠笑對任何場面！

沒等她想好海王到底該有怎樣的氣勢，身後傳來的腳步聲就讓她神經一顫。

周衍川走過來，半靠在吧檯邊，稍偏過頭，似笑非笑地看著她。

開會時他把襯衫鈕釦解開了兩顆，清晰突出的喉結在脖頸掃過抹淡淡的陰影，再往下是平直凹陷的鎖骨，英俊得驚心動魄。

林晚把心一橫：「我解釋一下……」

她想說剛才是同事在讚美他的顏值，她當然要禮節性地附和幾句，然而話還沒說出口，周衍川就勾唇笑了笑。

「行，妳解釋清楚，躲我做什麼。」

他語氣有幾分散漫，逗她似的輕聲低語，「幾天不見，有新答應了？」

「……」

早知如此，當初就該說周衍川這種人只能被打進冷宮，永世不得面聖。

林晚關掉飲水機，把紙杯往吧檯一放，理直氣壯：「誰躲你了，我出來裝杯水都不行，你們星創這麼吝嗇嗎？」

周衍川看了眼紙杯，覺得他再問下去，說不定這女孩得當場把它捏扁。

他收回視線，繼續打量著林晚的神色，好像看不出任何異常，但又有哪裡不太對勁。

「上次遇見的人，」他想到一個可能性，「是我伯父伯母，我跟他們關係不太好，說出來怕妳感覺煩心，沒別的意思，也不是故意想瞞妳什麼。」

林晚沒料到他這次居然如此坦誠，一下子啞了火。

倘若是沒去過三中的她，面對這個解釋可能就不再深究了。可現在她知道周衍川雙親過世後就來南江由伯父伯母照顧，因此心裡的小問號反而越來越多。

「哦，這樣啊。其實你也不用解釋，我就是、就是剛才在跟同事討論你，不小心被當事人聽見，有點尷尬就出來避一避。」她悶聲悶氣地說。

這個說法也算合理。

周衍川露出了然的表情：「現在還尷尬嗎？」

「都說開了還有什麼可尷尬的。」

「那走吧，其他人都回來了。」

林晚和周衍川一前一後走進會議室，換來基金會兩位女孩充滿豔羨的注視。

光看她們的表情，林晚就猜到這兩人可能想像出了什麼粉紅泡泡的故事，只能微微笑了一下，若無其事地坐回位子。

會議照常進行。

包括項目總監舒斐在內，鳥鳴澗的所有人都是第一次與無人機行業合作，星創方面不得不從原理上為他們講解。

講解部分交由現場知識最全面的周衍川負責。

他站到會議室的白板前，拿筆在上面邊畫邊說：「我先梳理雙方的工作範疇。基金會的諸位需要提供每個自然保護區的具體面積，通常來說，每架無人機一次飛行可管理的面積是一百萬平方公尺，到時我們會根據你們提供的資料，為保護區配備對應的無人機數量。」

星創的辦公大樓不是時下流行的全玻璃幕牆設計。

幾扇窗框林立有序，離白板最近的那一扇，將陽光攏成了一片畫框，窗外無風，樹葉靜止，唯有周衍川一人是畫中搶眼的風景。

林晚目不轉睛地望著他，忽然感覺二十幾歲，真是一個再好不過的年齡。

沒有少年的莽撞，也沒有中年的認命。

他就那麼隨意地站在那裡，不用張揚也無需修飾，舉手抬足之間，就好似有萬丈驕陽與他同行。

「根據合約規定，三到六個月內就能開發出適用於保護區的無人機。與此同時，我們會在各個保護區的地面架設鏡頭搭建虛擬的環境模型，今後配合無人機巡邏拍到的畫面，一起透過雲端回傳資料。你們不用去現場勘察，只需要坐在辦公室裡就能看到3D成像，保護區的各類變化都非常直觀。」

舒斐：「能舉例嗎，比如哪些變化？」

「比如保護區水位高度、空氣品質、樹林形狀，以及……」

周衍川放下筆，轉過身，淡聲說，「是否有盜獵者搭設捕鳥網。」

回到鳥鳴澗後，林晚坐在辦公桌前沉思許久。

實話實說，聽完周衍川的講解後，她內心有些興奮，還有些震撼。

她終究意識到自己以前的許多看法有多淺薄。

因為她完全侷限在鳥類和無人機不共戴天的矛盾上，竟從未想過無人機不需要對鳥類本身進行干涉，而是透過監視生態環境就能做到保護鳥類。

就像鳥鳴澗的命名來源一樣。

王維曾經寫下「月出驚山鳥，時鳴春澗中」的優美詩句，他所描繪的其實也是一代代鳥類愛好者想要看到的畫面。

山清水秀任鳥飛。

與林晚同樣被刷新世界觀的大有人在，周圍同事還在談論不久前結束的那場會議：「無人機居然已經發展到這等地步了，到底是周衍川他們技術強大，還是我們以前太無知？」

「多半是我們無知吧？我剛在網上搜了搜周衍川，除了跟星創有關的消息以外，就是他大學時期的一些事蹟了，可你看他不像剛畢業的樣子，中間幾年好像沒什麼姓名。」

林晚皺了下眉，用訊息問鐘佳寧：『妳能幫我問問鐘展嗎？為什麼現在網上都搜不到周衍川在德森時期的經歷？』

沒過多久，鐘佳寧就把鐘展的答覆貼了過來。

林晚盯著螢幕愣怔許久，怒火漸漸席捲了她整個身體。

周衍川離開德森後，德森不僅在企業資料裡刪掉了他的名字，還額外花了一筆高價，用於刪除與他相關的所有報導，因此才導致圈外人根本不知道，德森之所以能夠成為行業領先的品牌，還有他的一份功勞。

德森把屬於周衍川應得的榮譽，全部一筆筆抹掉了。

媽的，憑什麼。

林晚忍不住在心裡罵了句髒話，千絲萬縷的情緒湧上來，令她控制不住內心的衝動傳了一則訊息給周衍川。

『明晚有空沒？出來喝酒。』

週二晚上，林晚加了一下班，就開車前往蔣珂駐唱的酒吧。

周衍川今天不在科園大道這邊，兩人約好直接在酒吧碰面。

蔣珂看見她來很高興，聽說她約了周衍川後，笑著問：「等下需要我幫妳唱點情意綿綿的歌助興嗎？」

「妳有沒有熱血點，能激勵人心的？」林晚認真地問。

蔣珂跟看外星人似的注視她三秒，很有自知之明：「妳看我這樣子，像唱那種歌的人嗎？」

說得也是。

林晚撇撇嘴角，又興致不高地跟蔣珂閒聊了幾句。

有人過來通知蔣珂準備上臺，她站起身，拍拍林晚的肩：「姐妹，妳真想振奮精神的話，跟妳推薦我家樓下那家理髮店，他們每天早上都會做操喊話，聽得我在夢裡都熱血沸騰。」

「謝了，有空我會去的。」

林晚揮揮手，目送她上臺。

蔣珂站到直立式麥克風前，把她一身搖滾模樣的條條鏈鏈理了理，扭頭對吉他手做了個手勢，爆炸般的掃弦便配合躁動的鼓點響了起來。

蔣珂唱歌的聲音和她說話不同，稍微沙啞的菸嗓，唱著不知道為什麼反正就是今天很頹廢很無聊的歌詞，竟比林晚想像中要好聽不少。

等唱到第二首歌，周衍川到了。

他坐到林晚身邊，抬眼看見臺上的女主唱時愣了一下，顯然也認出了這就是那位「五月傅記海鮮店短髮女」。

周衍川一言難盡地側過臉：「妳約我出來，就是讓我看她？」

「……不是。」林晚仰頭喝下一杯酒，「你就當作是我想見我的新歡吧。」酒吧迷離的燈光掃在她臉上，捲翹睫毛下的眼睛低垂，莫名有幾分鬱悶。

周衍川：「新工作不適應？」

「沒有啊，蠻適應的。」

林晚正在瘋狂幫自己做心理建設，不知不覺又連灌了幾杯酒，才鼓起勇氣問，「你為什麼離開德森？」

驟然亮了一瞬的光芒，讓她看見了周衍川眼中一閃而過的游移。

她加重語氣：「為什麼？」

周衍川靜了一陣，才拿起桌上的酒杯，放在唇邊：「理念不合。」

「再具體一點呢？」

「幾年前，德森做一個山林巡邏的項目。利潤不高，他們沒用心，導致那一年蟲害爆發，死掉不少樹。」

林晚鼻子一酸。

周衍川繼續說：「當地政府為推廣退耕還林費了很多心神，剛開始環境好了，野生動物重新出沒，經常下山咬死村民養殖的動物，政府為此賠了不少錢。」

「我懂，都是合理開銷。」林晚悶聲接道，「我們也遇到過，保護區的老鷹飛出去捕食，也是要賠償損失的，否則大家不配合。」

周衍川沉默地喝下一杯酒，喉結滾動。

放下酒杯後，聲音有點啞：「最後一切都白費了。我忍不了，就離開了德森。」

林晚咬緊嘴唇，聽見蔣珂在唱「說不清緣由看不盡因果，漫長的道路只剩下我獨自走」，她緩慢地深呼吸幾次，終於問出：「你做這樣的選擇，是因為你的父母嗎？」

周衍川目光微沉，漂亮的桃花眼浸在昏暗光線中，彷彿有無數情緒在翻湧。

林晚想，那麼深情的眼睛，不應該用來看生離死別的悲愴。

這一次，周衍川安靜得更久，久到她以為他會站起來走人時，他才重新抬起眼，嗓音比剛才更嘶啞：「妳知道了。」

他用的是肯定的語氣。

林晚點頭：「我上週去過三中，遇到了你國中的班導師。」

周衍川苦笑了一下：「難怪。」

或許是酒精作祟，或許是林晚的目光太溫柔。

他內心掙扎了片刻，就彎下腰，手肘撐在膝蓋上，沒看林晚，也沒看任何人，只是凝視著腳底那片借不到光的黑暗處：「這麼多年，我早就接受了，只是不喜歡對人提而已。妳不用同情我，我後來過得也並不慘。」

「我沒同情你。」

「嗯。妳之前說我是個少爺，其實差不多吧。我爸媽留下不少遺產，我這輩子就算混吃等死也花不光。別看星創的CEO是曹楓，事實上我的股份比他多，不過我只想管技術，才把他推出來應付雜事。」

「那你來南江之後，還會經常想起他們嗎？」

「現在想得少了，剛開始一兩年，每天都會夢見出事的那一幕。」

周衍川將十指交錯，頭更低了些，酒吧的燈光照在他修長的後頸，掃出一片流動的光影，「我爸當時抱住了我媽，我媽往後伸出手想拉住我，然後一切就結束了。」

林晚聽著他平淡的語氣，不知喝下了多少酒。聽到最後，她捂住胸口，一句話也說不出來。

周衍川閉了閉眼，再次坐好時，見她眉頭緊皺的樣子，問：「喝多了，想吐？」

「不是。」

只是有點心疼。

林晚感覺大腦昏昏沉沉的，心臟像被人絞緊又鬆開，促使她的血液流通時慢時快。

可能上頭了，她想，說不定今晚會丟臉。

丟臉的念頭才剛升起，她就噌地一下站起來，抓住周衍川的手腕往外走。

服務生認得她是蔣珂的朋友，也不怕他們逃單，任由她跌跌撞撞拽著男人出了酒吧。

被室外的風一吹，林晚反而更不清醒了。

這家酒吧在一棟大樓的頂層，她四下望了望，看見附近的觀景臺，又扭頭往那邊走去。

周衍川當她發酒瘋，手指動了動，沒費什麼力氣就變成了反握住她的姿勢。

林晚一口氣衝到觀景臺邊緣，甩開他的手，從高處俯視整座城市的繁華。

接著大喊一聲：「愛妃！」

「……」

林晚回過頭，抬手指向遠方，讓他看川流不息的車河與燈火通明的街道。

她的長髮被高樓的風吹亂，臉有些泛紅，眼神卻格外清澈，清澈得就像她並不是在胡言亂語。

「這是朕為你打下的江山！」

周衍川眼皮跳了幾下，應該是真喝醉了。

他無奈地搖搖頭，上前一步，用了點力氣，摟過她的肩膀把人往回帶。

林晚哼唧幾聲，又不安分地扭了幾下，就把最後的力氣也耗光了。

她軟綿綿地靠在周衍川的胸口，揚起下巴，捧著他的臉，花瓣般誘人的嘴唇吐出些許酒氣，然後認認真真、咬字清楚地說：「所以你別難過，世界那麼遼闊那麼美，它不會一直辜負你。」

濃稠如墨的夜空乍然撕開一道縫隙。

絢麗的燈柱從鱗次櫛比的高樓間穿梭變幻，彷彿有無數條身披鱗甲的巨龍蜿蜒而過。

那些斑斕的光暈散落在林晚的身後，讓周衍川有幾分目眩。

他對此刻的感受很陌生，好像冥冥中要抓住點什麼，可是又不敢伸出手，怕那只不過是曇花一現的錯覺。

最終他只能按住林晚的肩膀，想扶她站穩，至少不要貼這麼緊。

誰知他剛有所動作，林晚就輕輕拍他的臉：「不許乘人之危，我沒醉。」

口齒依舊清晰。

「沒醉就自己走，」周衍川鬆開手，在她腰側虛攔著，等她搖晃兩下站穩後才拿開，「我進去買單，裡面人多，妳到門口等我。」

林晚用力點頭：「好！」

周衍川看她一眼，拿不準她到底清不清醒。

只能叫來酒吧門口的服務生，讓他幫忙看著點，然後自己進去把錢付了。

刷卡時留意了一下酒水單，也就一些度數不高的雞尾酒，才稍微放下心。

結果再出酒吧，周衍川落下去的心又吊了上去。

「人呢？」他問門口忙著接待新客的服務生。

服務生神色複雜，指向旁邊：「帥哥，你女朋友攔不住啊。」

周衍川繞到另一邊，看清林晚在做什麼後，頓時無話可說。

酒吧旁邊有個小型藝術裝置。幾根柱子從地面撐向天花板，配合幾個塗得漆黑的人體模型，組成一個藝術家本人可能也看不懂的東西。

林晚此刻就甩著手，在柱子之間繞來繞去。動作還挺敏捷，彷彿眼前有千軍萬馬殺來似的，咻咻咻地就從一根柱子繞到另一根柱子後面，應該是在忙著逃命。

周衍川站在原地看了一下，拿出手機，打開了錄影功能。

等林晚繞到離他最近的那根柱子時，他伸手一把將人攬了過來，這次沒管她再哼唧什麼，冷著臉帶她到了樓下。

兩人都沾了酒，只能叫代駕過來。

好在酒吧附近等著接活的代駕不少，很快有個年輕人出現在他們面前，接過周衍川的車鑰匙時眼睛亮了一下，好傢伙，邁巴赫。

周衍川懶得管林晚的車了，直接把人塞進後座：「先去東山路。」

林晚的醉酒方式極其別致，迷迷糊糊還記得把安全帶繫好，可見是個遵紀守法的好市民。然而酒量差得驚人，不知道哪來的膽量敢約人在酒吧見面。

就這水準還想開後宮，也不怕幾兩酒下肚江山都丟了。

周衍川經歷一整晚的心潮起伏，此刻本該是喧鬧過後獨自神傷的時候。

現在被林晚這麼一鬧，什麼心情都沒了，只能安安靜靜地看著她，目光在她被酒精浸潤出光澤的嘴唇上停留數秒，而後又悄無聲息地錯開。

其實他一直不認為自己有多慘。

可能確實遭遇過一些坎坷，但命運待他並不薄——至少沒有殘酷到趕盡殺絕的地步。他也始終對自己說，往前看，別回頭。

他還有許多想做的事，不能停下來消沉，否則很可能會被那些沼澤般的過往困住，陷入其中，再也無法掙脫。

所以多年以來，他慢慢學著習慣、忍耐、克制，不把傷口露出來給別人看，也不去計較歲月中經歷的得與失，就好像天大地大無處宣洩，只有這樣才能撐住、才能堅持下來。

但今天晚上，林晚就這麼直接站到他面前，迎著萬家燈火的光輝，用只有彼此能聽見的聲音告訴他，「世界不會一直辜負你」。

燈影在車窗上流動蕩漾，周衍川側過臉，看向窗外，無聲地笑了一下。

車子開到林晚家外面的巷口，周衍川把她扶下車，讓代駕在外面再等一下。

今夜巷子的路燈全開著，溫和的光影將一切變得明亮。

林晚像是睏了，軟軟地把腦袋靠在他的肩頭，睫毛一顫一顫的，目光帶著點懵懂的天真，她揉了下眼睛，輕聲問：「到家啦？」

「妳到底醉沒醉。」周衍川無奈了，攙著她在院門外站好，「鑰匙給我。」

林晚睜大眼睛瞪著他：「你怎麼可以隨便要女孩子家的鑰匙！不要臉！」

「……」

行，是他不對。

林晚低下頭，把滑到身後的包拽回到身前，拉開拉鍊：「自己找。」

周衍川稍彎下腰，手指有點僵硬地撥開她散落在胸前的長髮，從她塞滿七零八碎小東西的包裡翻了好半天，才終於摸到一片冰冰涼涼的鑰匙。

剛把鑰匙插入鎖孔，隔壁院子的門就先打開了。

一個國中生模樣的女生探出頭來：「你哋依家最好唔好入去（你們現在最好別進去）。」

周衍川不會說粵語，但能聽懂，聞言問：「怎麼了？」

女生揚起下巴示意他看林晚家沒關窗戶的二樓，換成普通話：「最近一陣有白蟻，社區今天安排除蟲，姐姐家的窗戶沒有關，現在肯定遭殃了。」

周衍川往後退開幾步，抬眼朝上看了看。

他轉過身，望著眼巴巴等他開門的林晚，認真地沉思起來。

把她帶去飯店，或者把她留在白蟻過境的家裡。

到底如何選擇，才能避免明天早上被她痛罵一頓。

次日清晨，林晚睜開眼，意識尚有一半停留在夢中的刀光劍影。

她爸從前愛看武俠片，她跟著看多了，導致經常做夢都會夢見。昨天晚上她依稀記得做了一場聲勢浩大的夢，這次劇情升級加入了朝堂元素，反正亂七八糟讓她累得慌。

等她注意頭頂的天花板非常陌生時，已經是五分鐘過後。

林晚一下子坐起來，起得太猛又差點栽回去。

她抱住腦袋哀號一聲，又趕緊掀開被子看了幾眼，還好，衣衫完整，可見沒有發生什麼不該發生的事。

記憶停留在觀景臺的那個瞬間，當時仗著酒意還不覺得，如今清醒過後再回想起來，簡直羞恥心爆棚。

林晚就這麼跟鴕鳥似的頹靡了一下，意識漸漸回籠。

她左右觀察了一下，發現自己身處一家飯店房間裡，看裝修還挺豪華，多半是周少爺昨晚把她送到這裡來的。

手機顯示已是早上七點半，留給她收拾的時間不多。

林晚匆匆忙忙進廁所洗完澡，拆洗護用品時看了眼包裝上的資訊。

就是離她家不遠的一家飯店，現在退房還來得及回去換身衣服。

外面響起敲門聲。

林晚把沾著酒氣的衣服穿好，邊拿毛巾擦頭髮邊過去開門。

門剛打開，她就一怔。

原來還是個套房。

周衍川不知起了多久，反正看神色很清醒，他站在門邊，低頭看她：「醒了，吃早餐嗎？」

林晚難得羞怯了一秒，小聲說：「我想回家換衣服。」

周衍川垂眸掃過她身上的連衣裙，其實看不出來髒，因為材質的關係穿了一天也沒皺，想了想還是告訴她：「妳家可能進白蟻了，確定現在回去？」

林晚彷彿被雷劈了似地愣在當場，白皙明豔的臉龐寫滿「我怎麼這麼慘」的錯愕。

幾縷頭髮溼漉漉地貼在臉邊，襯得整個人看起來生無可戀。

哪裡還有昨晚喊他「愛妃」時的意氣風發。

周衍川轉過頭，唇邊揚起一抹笑意。

「是人嗎？你還笑？」

林晚簡直要崩潰了，一想到她可愛的小洋房此時正在遭遇什麼，她就感到一陣心如刀絞。

周衍川輕咳一聲，收斂了笑容。

他不笑的時候，就又變回那種疏離冷淡的樣子，聲音卻是清洌的，還帶了點哄她的安撫感：「去把頭髮吹乾，吃完飯先送妳去公司。」

林晚無奈地轉身去找吹風機，窈窕的背影都透著股沮喪的氣息。

等她吹完頭髮出來，周衍川叫的客房服務也把早餐送到了。

種類還算豐富，西式中式都有。

可惜她沒什麼享受美好時光的心情，幾次與周衍川目光接觸時，都隱隱流露出無法掩飾的哀怨。

周衍川單手拿著塊三明治，另一隻手滑開手機螢幕：「星創合作過一家很好的蟲害治理公司，我幫妳預約一下？」

林晚眨眨眼睛，可憐兮兮地點頭：「越快越好。」

「那就今天？」周衍川邊打字邊說，「不介意的話可以把鑰匙留給妳的鄰居。」

林晚和隔壁那家人關係不錯，也沒多想就答應了。

直到周衍川告訴她「約好了」之後，才遲疑著問：「我昨天後來……沒幹丟臉的事吧？」

周衍川放下手機，懶洋洋地抬起眼：「看妳對丟臉的定義是什麼了。」

叮，不祥的預感。

林晚在腦海迅速過了遍丟臉的一百種方式，最終認命地察覺到，其實她把人約出來想安慰幾句，最後由於心情太沉重先把自己灌醉了，本身就已經很丟臉了。

她有氣無力地叉了幾片蔬菜沙拉，餵進嘴裡嚼了幾下，小聲嘀咕：「說吧，我承受得住。」

「不太好形容，」周衍川把手機推過來，「妳自己看影片。」

林晚狐疑地看他一眼，腦洞不受控制地往十八禁的方向疾馳而去。

男人的長相和身材都太對她胃口，難不成她借酒裝瘋見色起意，直接放飛自我對人家做了很不道德的事？

可他居然還錄了下來？這種行為未免太狗了吧！

林晚顫悠悠地點開相冊，盯著最新的那個影片做了下心理建設，一咬牙按下了播放鍵。

時間一分一秒地過去，空氣一點一滴地凝固。

長達兩分鐘的影片播放結束後，林晚恨不得挖個地洞鑽進去。

該如何形容呢，或許這就是傳說中的「一世英名毀於一旦」吧。

她也沒想到自己喝多了，竟然會在那繞柱子，而且為什麼還繞得那麼熟練啊！

林晚清清嗓子，裝出無所謂的樣子：「就這呀，還好。」

周衍川沒說話，一雙桃花眼無聲地望著她，片刻後不知哪裡來的閒心，忽然說：「我不該開玩笑說妳是海王。」

「？？？」

男人骨節分明的手指微彎，在手機上叩了一下：「妳可能是秦王。」

「……」

林晚一口血差點吐出來，耳邊甚至迴響起高中國文課上的朗朗書聲。

荊軻逐秦王——秦王還柱而走。

林晚覺得接下來很長一段時間，她都不想再見到周衍川了。

真的，這事換了誰能忍。

她順手拿起一塊麵包，狠狠咬下來一片，彷彿手裡抓住的不是麵包，而是對面那人的脖子。

周衍川望著她咬牙切齒的憤怒臉，笑了笑，淡聲開口：「妳昨天還說……」

林晚一驚，想叫他別說了，可惜嘴裡的麵包還沒嚥下去，只能悲痛欲絕地聽見他的聲音在房間裡繼續響起。

「妳說這個世界，都是妳為我打下的江山，還說它不會一直辜負我。」

林晚心態崩了，抬頭冷眼與他對視，等待他這次又要嘲諷出什麼新鮮句子。

反正她都是秦王了，打江山有哪裡不對嗎。

問天再借五百年，她能統一全宇宙。

然而出乎她的意料，周衍川沒有急於吐槽。

他抿緊唇角，凌厲的喉結上下滾動著，眼睛卻在晨曦中慢慢低垂，陽光照進的角度剛好，在他眼尾渲染出繾綣的光影，比平時還要勾人，甚至傾向於某種獨特的性感。

「以前沒人跟我說過這些。」

提到這裡，他聲音還是很平靜，但又有哪裡不同，像荒蕪了很久的懸崖，不經意間抽出一粒綠芽，等到來年春暖花開，就能還她漫山遍野春意盡染的理想國。

「謝謝，妳這句話，我會永遠記住。」

林晚愣愣地點了下頭，心中鑼鼓喧囂，旗幟飛揚。

她突然覺得，昨晚那幾杯酒，喝得值了。

第八章 有來有往

早上八點一刻，林晚把鑰匙交給鄰居，告訴他們晚點會有人過來取，然後也來不及想現在家裡是什麼慘狀，就急匆匆地走出巷子，上了停在路邊的邁巴赫。

通往科園大道的路依舊塞得厲害。

沿路司機把喇叭按得震天響，也無法撼動緩慢行進的車流。

六月的南江，已經熱得人心浮氣躁。

林晚吹著空調，聽著外面那些嘈雜的聲響，心想周衍川開車的時候倒是很淡定，偶爾遇到幾個冒失的司機想搶位，能過的就讓他們過去了。不像有些人總愛爭那一分半秒，其實根本快不到哪裡去。

開車的事由周衍川全權負責，她坐在副駕關心起別的事。

林晚有點輕微的潔癖，一天沒換衣服總感覺渾身不自在，她趁著周衍川不注意，悄悄聞了下衣領，越聞就越懷疑上面的酒味還沒散去。

路口的紅燈亮起，車流再次被阻斷。

周衍川手指輕扣方向盤，往前面的後視鏡裡瞥了一眼，剛好看見她鬆開衣領，露出一臉不痛快的表情。

雖然全是她心理原因作祟，但他還是順手從中間的抽屜翻出一瓶男士香水：「用嗎？」

「謝啦。」

林晚彎起眼笑了笑，如獲至寶地接過來。

車內很快散發出乾淨清爽的香水味，偏冷的搭配，像冬天的松柏，又像雪融後的清泉。

林晚把瓶蓋蓋好，放回去時問：「原來你會用香水啊。」

如今的年代，男人用香水並不罕見。

她之所以會好奇發問，只不過是因為平時沒在他身上聞到過香水味，因此她一直以為周衍川是那種與香水絕緣的男人。

周衍川默數著紅燈的秒數：「有時候連續應酬，抽菸的人多，趕下一場來不及換衣服，就在車上準備了一瓶。」

林晚點了下頭，發現跟周衍川熟悉之後，就能看出他身上的確有許多少爺習慣。

倒不是說多矯情，而是很自然的在細節處會比較注意。

不像有些男人，自詡純爺們不在乎外表，渾然不知影響到的是周圍的人。

趁她浮想聯翩時，周衍川看了眼即時路況，問：「你們幾點上班？」

「沒事，你慢慢開，反正塞得這麼厲害肯定會遲到。」

林晚已經開始琢磨，她是不是該在科園大道那邊租間房子，否則長此以往，她很可能因為頻繁上班遲到而被開除。

「到底幾點？」

「九點半。」

路上塞得太久，現在已經九點了。

而十字路口對面那個方向，看起來也不像路況順暢的樣子。

周衍川沒說話，等紅燈亮起後駛過十字路口，然後在經過一條小路時轉方向盤彎了進去，同時車速忽然提升，接連將幾輛車甩在身後。

七彎八繞的小路彷彿一座複雜的迷宮，可周衍川心裡裝著地圖一般，該在哪裡轉彎該從哪裡掉頭，他比林晚這個開車全靠導航的本地人還清楚。

而且這種時候他臉上也沒什麼炫耀的神色，唯有動作比剛才更俐落了些，側臉輪廓在窗外不斷後退的街景襯托下，帥得讓人移不開眼。

林晚想了想，問：「星創難道不是九點半打卡？」

周衍川靜了幾秒，才說：「沒有固定的打卡時間，所以我剛才就忘了這事。」

「……」

難怪他之前始終不慌不忙，原來根本沒意識到這裡還有個苦命上班族不想被扣薪水。

林晚嘆了聲氣，嘆完又感到好笑，幸好周衍川臨時想起問了一句，否則他們兩人一個心急如焚一個心如止水，不知道還要在路上浪費多少時間。

九點二十五分，邁巴赫穩穩停在路邊。

林晚揉了揉腰，邊開車門邊笑著說：「難怪走這邊不怎麼塞車，路也太破了吧，我半路差點以為要顛散架了。」

「不然妳以為大家都傻嗎？」周衍川側過臉，也笑了笑。

林晚還想再說什麼，剛一回頭，視線就與男人帶著笑意的眼睛對上。

室外的熱浪捲進半開的車門，冷熱兩股氣流在車內交纏糅合，悄然為時間按下了暫停鍵，空氣裡還漂浮著淡雅的香水味，沾在她的肩頭，落在他的腕間。

兩人同時安靜了下來，靜靜地注視著彼此。

一個恍惚的須臾過後，又不約而同地錯開視線。

林晚清清嗓子：「我先下了。」

「嗯。」

在樓下等電梯時，林晚找出鏡子照了照。

可能是今天的陽光太毒辣，她的臉居然有點紅。

到了辦公室後，林晚算了算昨晚的酒錢，又查了下飯店套房的房費，用通訊軟體發了一個紅包給周衍川。

發出去的紅包遲遲沒被接收。

她猜測周衍川應該到了公司在忙，也沒太在意，打開電腦從基金會的內網下載了合作的NGO組織名單，爭分奪秒地看了起來。

按照舒斐那種雷厲風行的辦事風格，林晚相信，一週之內倘若她不把鳥鳴澗需要的資料背得滾瓜爛熟，絕對會被叫去總監辦公室挨訓。

上午的時間總是過得很快。

等林晚再從螢幕前抬起頭，就已經到了午飯的時間，她帶上手機，和同事一起下樓吃飯。科園大道沿途遍布辦公大樓。

每天中午十二點一到，馬路上就會冒出數不盡的男男女女，不管薪水多高職位多光鮮，全部目的統一地奔向街邊各家餐廳覓食。

同事甲頂著烈日，提議道：「中午吃煲仔飯？」

「這麼熱的天吃煲仔飯？」同事乙搖頭，「不如去吃竹昇麵啦。」

「煲仔飯嘛。」

「竹昇麵呀。」

鳥鳴澗這群人的關係是真好，居然沒一個人站出來吐槽他們。

反正都是熱氣騰騰的食物，選哪個其實都沒差。

林晚初來乍到，當然也沒開口，任由這兩人 battle 半天，最後決定兵分兩路。

她見選擇竹昇麵的剛好是那天和她一起去星創開會的幾人，比較熟，便和他們一起進了一家人潮流動的麵店。

等餐時，林晚無意中提起每天通勤路上的擁堵情況。

坐她對面的女孩叫鄭小玲，聽完後問：「妳家住哪裡？」

「東山路。」

「東山路？哇，過來要好遠的……」對方敬佩地看著她，「妳每天往返至少都要兩小時，時間長了很累的。」

實際上，林晚現在就已經感覺到累了。

她撐著下巴，撇撇嘴：「對呀，我在想不然乾脆在附近租房算了，每月房租抵油錢，還能多睡美容覺。」

鄭小玲一聽，立刻來了精神。

她指指左右兩邊的同事，笑咪咪地說：「那妳不如跟我們合租啦，剛好我們多出一間房。」

林晚面露猶豫，委婉地說：「可我不太習慣和人共用廁所。」

按照常識來說，幾個年輕人一般都是租間面積大點的房子，帶廁所的主臥租金最貴，住其他房間的人則只能共用一個或兩個公衛。

此時旁邊還坐著一位男同事，考慮到性別不同，所以那間主臥多半是被他占了。

不料鄭小玲卻搖搖頭：「不是啊，大魔王在周邊有間閒置的別墅，她說反正空著也浪費，就比市場價低了不少租給我們了。每個房間都有廁所和陽臺，完全不需要擔心的。」

「真的？」林晚一聽感興趣了。

另一個女孩軟綿綿地接話道：「妳不如住進來吧，正好我們下週打算在花園開烤肉 party，還能當作是幫妳開歡迎會呢。」

林晚這下還真有點心動：「不如今天下班，你們帶我去看看？對了，是哪個別墅？」

「雲峰府。」鄭小玲一臉羨慕，「大魔王真是單身女性的榜樣，有錢有能力。」

林晚卻是一怔。

雲峰府……這不是周衍川住的地方嗎？

彷彿冥冥中有人聽見她的心聲一般。

下一秒，一個人影從旁邊湊了過來。

郝帥不知道從哪兒冒了出來：「林晚！」

「嗨，這麼巧。」

林晚笑著朝他揮揮手，大家同在科園大道上班，吃飯的時候遇見簡直太正常了。

郝帥也和她揮揮手，見他們旁邊那桌的人走了，就一個箭步跨過來，坐到椅子上跟她聊天：「妳怎麼會在這裡？」

「我換工作了。」

林晚回了一句，又為他們做了介紹。

一聽郝帥是星創的人，鄭小玲他們的態度也順勢變得熱情起來。

那位男同事見郝帥一人占張大桌，提議說：「不如你坐過來？」

郝帥擺手，客氣地說：「不用不用，我還有其他同事在後面，我腿長跑得快，專門過來搶座的。」

話音未落，麵店的玻璃門便從外面打開。

郝帥原本還笑呵呵地站起來招手，不想卻看見周衍川也混在星創的人裡，立刻身體一僵，變成一隻老實的鵪鶉。

至於鳥鳴澗的幾個人……

林晚左右看了看，兩個女孩子正在用手機前置鏡頭整理髮型。

周衍川還沒看見他們。

他走在最後，和一個年紀稍長的男人交談著什麼。

郝帥膽小地問最前面的同事：「老大怎麼也來了？」

「他和組長在談工作。組長不是胃不好嗎，」同事遞給他一個「你懂」的眼神，「就直接把老大叫上了。」

林晚發誓，她絕對看見郝帥用嘴型說了句「我靠」。

社畜的通病展露無遺。

工作上崇拜和信任是一回事，私底下同桌吃飯又是另一回事。

換作是她現在要和舒斐面對面吃竹昇麵，她也會覺得碗裡的麵就不香了。

偏偏此時郝帥還幽幽地抬起眼，向她投來求助的目光。

於是林晚笑了一下：「不然你過來坐吧，你們剛才不是聊得很投機嗎？」

說完偷偷在桌子下碰了碰男同事的腳。

男同事心領神會：「是啊兄弟，快到我懷裡來！」

幾句話的時間，周衍川已經走了過來。

看見幾小時前還出現在他車上的熟悉的身影時，腳步一頓。

還沒等他下意識勾起唇角，下一秒，他就看見郝帥一臉幸福地直奔林晚那桌而去。

「……」

周衍川輕哼一聲，淡淡地收回了視線。

剛準備和他打招呼的林晚一看，腦袋裡冒出無數的小問號。

早上還好好的，怎麼中午就裝不認識了？

四人方桌坐了五個人，稍顯擁擠。

郝帥不得不把凳子往旁邊挪了點，與林晚靠得近了些。

緊接著他就頓住動作，皺皺鼻子嗅了嗅，小聲說：「咦，妳身上的香水味好熟悉啊，好像和我們老大是同一款。」

林晚看他一眼，心想你屬狗的嗎？

都兩個多小時了，這款又是留香不長久的淡香，最多也只剩下一點點後調而已。

郝帥看懂她的眼神，點頭認真說：「我從小鼻子就特別靈，真的能聞出來，應該就是我們老大那款吧，你們很有默契哦。」

林晚剛要開口，隔壁桌就傳來一道不鹹不淡的聲音。

「她用我的那瓶。」

……她用我的那瓶。

四周聽見這句話的人集體石化。

特別是鄭小玲他們幾個，今天上班就察覺林晚穿的是昨天那條裙子，如今兩相結合之下，更覺得真相撲朔迷離。

倒不是說鳥鳴澗的人有多膚淺，成天盯著人家穿什麼。

純粹是因為昨天她們幾個女同事就在茶水間議論，說林晚身上那條裙子蠻好看，設計說不上哪裡特別，但就是顯得人很精緻。

後來鄭小玲還打聽過裙子的牌子，回去網上一搜，發現價格抵她兩個月薪水，加上買家秀裡其他人穿著顯得很一般，才悻悻打消了念頭。

而星創某些沒見過林晚的人，則更好奇這個「她」是何方神聖。

他們有時私底下討論周衍川的感情生活，都認為他有種不近女色的禁欲感，很難想像他會選擇什麼類型的同齡異性展開工作之外的來往。

眾人齊刷刷轉過頭來，看清林晚的長相後，彼此交換著眼神，覺得這事可以理解。

就兩個字，漂亮。

簡簡單單坐在那，沒化妝也沒戴首飾，根本不用特意凹什麼造型，就已經足夠出眾。

光憑這樣的條件，周衍川的心哪怕是遠古冰川做的，也差不多該鬆動了。

眾目睽睽之下，林晚笑咪咪地看著郝帥：「對呀，早上我搭你們老大的順風車啦。你喜歡這款香水的話，去他車上找嘛。」

郝帥：「？？？」

我哪敢啊。

沒等他說話，周衍川把菜單傳給身旁的人，眼睛沒往這邊看，話卻是對郝帥說：「或者不如送你一瓶，省得你去別人那裡聞。」

「……」

「沒關係，喜歡這個味道就說。」林晚拿出手機，親切地歪過頭問，「你幾月生日，我送你生日禮物吧。」

「……」

靠啊。

郝帥在心裡暗罵一句，這是什麼城門失火殃及池魚的場景啊。

作為一條躺姿最標準的鹹魚，他不過是鼻子靈敏了一點，難道就應該被這兩人有來有往地當工具人嗎？

鹹魚也是有尊嚴的好不好！

郝帥「啪」一聲拍響桌面，甩了下頭髮，站起來轉過身，鼓足勇氣直視周衍川。

這個動靜鬧得挺大，周衍川也配合地看了過來。

一副氣定神閒的模樣，跟平時在公司裡沒太大區別，不過就是眼神稍微冷淡了點。

電光火石的一瞬間，郝帥想起前一陣在動保基地，他因為灰雁成功起飛跑去跟林晚吹噓，他還想起有次林晚請客，他忘記把周衍川叫上。

周衍川此刻的眼神，跟那兩次一模一樣。

「老大。」

郝帥中氣十足，走到他面前，緊接著便露出燦爛的笑容，「你們看好了嗎？我去幫你們點餐？」

周圍頓時笑作一團，有人打趣說：「剛才看你站起來，還以為你要幹嘛呢。郝帥，你不如改名叫郝膽小。」

你們懂個球！

郝帥恨鐵不成鋼地瞪著這幫傻瓜直男，只有身處風暴中心的他，才能體會到其中的刀光劍影！

郝帥乖乖排隊去點餐時，林晚他們的竹昇麵也送上桌了。

她把麵裡的餛飩放在湯匙裡，小口呼氣吹了吹，餵進嘴後又扭過頭去看周衍川。

嘴裡的餛飩混合著整隻蝦仁的鮮美，眼裡的男人側對著這桌，只留給她一個流暢而冷峻的側臉輪廓。

林晚眨了下眼睛，嘗試代入周衍川的視角，想像了一番他進店以來的所見所聞，似乎突然明白了什麼。

她收回目光，把餛飩嚥下去後，悄悄笑了笑。

等林晚專心吃她的麵了，周衍川才放鬆姿勢，往後靠上椅背。

視野稍許開闊了些，能看見她吃東西時，臉頰微微鼓起來一點，會有一種與她明豔面容不同的可愛感。

她應該是人緣很好的類型。

和郝帥見面的次數不多，就能大大方方地邀請他過去坐；明明剛換新工作沒幾天，和新同事吃飯時也能有說有笑；哪怕是在海鮮店意外結識的陌生人，她都能跑去酒吧為人家捧場當聽眾。

不知怎的，周衍川久違地想起去年在玉堂春的那次見面。

當時林晚站在走廊裡，很坦然也很直白地對他說：「這件襯衫蠻好看，很襯你。」

分明是很唐突的話，可從她嘴裡說出來，似乎就變成了順理成章。就好像她生來便是這樣，讓人感覺不怎麼走心，但又矛盾地讓人想把她的話聽進去。

這樣的性格，很容易討人喜歡，也很容易和陌生人熟稔。

周衍川無聲地笑了一下，薄薄的眼皮半闔下來，遮住了桃花眼中的隱晦目光。

隨後便錯開視線，繼續與下屬討論正事。

幾公尺外的距離，郝帥雙手捧著幾個點餐的號碼牌，被方才無意中目睹的一幕驚得靈魂出竅。

媽媽，難道這就是傳說中的……暗戀嗎？

過了一下，林晚放下筷子開始玩手機，順便等鄭小玲吃完。

鄭小玲說她在減肥，一口必定要嚼三十下才能嚥。

慢吞吞的動作直接導致星創那群後來的人都吃完了，她碗裡的麵都還剩半碗。

林晚聽見隔壁桌的動靜，見郝帥也跟著大部隊離開了，稍作思考便說：「我出去一下。」

到了門外，星創一行人還未走遠。

一幫年輕人走路都不安穩，非得互相打鬧幾下才舒服，活脫脫一群小學雞。

周衍川當然不會參與這種幼稚行為，他獨自走在最後，和其他人拉開一段不遠不近的距離。

林晚小跑幾步追上前：「周衍川。」

男人停下腳步，回頭時的表情有幾分困惑，眼睛由於猛烈的陽光而微瞇著，莫名讓人聯想到深情款款的形容。

「嗯？」

林晚說：「紅包記得收一下。」

周衍川神色中出現瞬間的空白，頓了頓才想起來：「沒事，不用給。」

「那怎麼行呢？」林晚揚起頭，一臉認真，「以後經常出來玩，總不能每次都是你付錢吧，有來有往才是長久之計嘛。」

周衍川眉眼低垂，安靜地看著她。

過了片刻，彷彿被她所描述的「長久之計」打動了，拿出手機點了幾下。

林晚的手機同時震了震。

不用看她也能猜到，這是他把紅包收了。

錢給出去了，她卻沒有走的打算，直接往樹蔭下挪過去幾步：「還有除白蟻的錢呢？我不清楚他們怎麼收費，不然直接轉給你？」

「我也不太清楚。」

林晚看他一眼，心想我信你個鬼，這不是你合作過的公司嗎。

周衍川被她的表情逗笑了，勾了下唇：「他們通常都是治理大型蟲害，這種家庭服務的收費，我是真的不知道。回頭幫妳問問，行嗎？」

林晚點了點頭：「那你記得傳訊息告訴我。」

「妳特意追出來，就問這個？」周衍川挑了下眉，也走到陰涼的地方，淡聲笑著，「我們之間除了錢以外，沒別的好談了？」

林晚哽了一下。

正午時分，高溫如火一般炙烤著大地。路上行人步履匆忙，個個頂著一張受不了這鬼天氣的臉，只有他們像不怕熱似的，站在路邊聊天。

林晚把耳邊垂落的髮絲捋過去：「我這不是看你好像有點不高興嗎？本來你們那桌人就多，我跟郝帥又見過幾面，把他叫過來併桌也很正常吧。」

她說這話時，耳垂被太陽曬得泛紅。

周衍川盯著她薄而粉紅的耳垂看了看：「所以出來解釋呢？」

末尾那個字他說得很輕，像輕飄飄的一縷煙，被送進林晚的耳中。

她緩緩抬起眼，嘆了口氣：「不然呢？」

總不能是她看見愛妃一臉悶悶不樂的樣子，為了後宮安寧，就急匆匆跑來哄人吧。

周衍川低笑一聲，看著她沒說話。

被他那雙桃花眼近距離注視，其實需要很大的定力，才能做到像林晚這樣，毫不躲閃地與他對視。但凡道行淺點的小女生，此刻絕對已經鬧得面紅耳赤。

可即便是林晚，被他用這種貌若深情的目光看久了，心跳也在不自覺地加快。

她清清嗓子，揮揮手：「好了你走吧，我繼續回去寵幸新歡了。」

「行，不耽誤妳。」

周衍川從善如流，讓她從身邊擦肩而過。

林晚回到麵店，開得很足的冷氣讓她一顆小心臟總算恢復了該有的節奏。

她端起桌上涼透的茶杯，迎著三位同事好奇卻又不好意思問的表情，隱隱約約地意識到，昨晚之後，她和周衍川之間的關係……

似乎有了點變化。

整個下午，林晚都在和電腦裡的資料鬥爭，等大概記住七八成後，也到了該下班的時候。

按照之前的約定，她坐上鄭小玲的車去看房子。

她上次來雲峰府時是深夜，當時心裡惦記著受傷的小鴉鵑，根本沒有留神關心此處的環境。這次白天仔細一看，發現確實對得起它高昂的房價。

純別墅社區，綠化做得很好，大樓間距也很寬敞。

整體來說，挑不出任何毛病。

舒斐租給他們的別墅靠近中庭，加地下室一共四層，一樓留做公共區域，二樓與三樓每層兩個套房，現在剩下的就是三樓靠左的那一套。

鄭小玲一進去，就帶她看外面的花園：「六十坪私家花園，視野開闊無遮擋，鳥語花香隨便逛，朋友，心動不如行動，快來幫我們分攤房租吧！」

「妳哪天改行了，或許可以去當房屋仲介。」

林晚眉眼彎彎地笑了起來，「不過房子確實蠻好，乾脆這週末就搬過來吧。」

「好好好。」鄭小玲連連點頭，「妳還能趕上我們的烤肉 party。」

一直沒出聲的男同事湊過來，撓撓腦袋：「烤肉 party 能不能多叫點人？到時候全場就我一個男的，喝酒都熱鬧不起來。」

鄭小玲：「你想叫誰？」

「住得近的朋友啊、公司同事啊都可以吧，」對方想了想，補充道，「可以把郝帥也叫上，這兄弟跟我很投緣。」

林晚眼皮猛地一跳。

她找了把戶外椅坐下，聽他們兩人三言兩語就快做好決定了，就打開手機通訊軟體，找到與周衍川的聊天畫面，慢吞吞地打字。

『週末想不想來我家烤肉？』

幾分鐘後，周衍川發來一串刪節號。

林晚還他一個問號，接著又問：『到底來不來？』

周衍川直接傳語音：『⋯⋯妳家不是剛除過白蟻？』

遲疑中還帶著點「到底是我瘋了還是妳瘋了」的不解意味。

林晚「噗哧」笑出聲來，終於想起該把她打算搬到雲峰府的事告訴對方。

這次他沒有猶豫，直接回了一個「來」字。

「我也帶個朋友可以嗎？」林晚加入鄭小玲兩人的對話，「周衍川，他就住在這社區，萬一缺點什麼還能向他借。」

鄭小玲愣愣地點頭，敗給好奇心：「妳和星創的那位周總，是朋友呀？」

「對啊，之前認識的。」

林晚把烤肉 party 的時間傳過去，抬起頭笑了笑，「他人其實蠻好的，以後熟了妳就知道了。」

鄭小玲心想她與周衍川可能一輩子都很難熟起來。

她信奉人與人之間都有看不見的氣場，像林晚這種就是和周衍川氣場相投的，兩個人站在一起就很養眼，所以如今知道他們是朋友關係，鄭小玲覺得也很正常。

帥哥從來都是和美女一起玩的嘛。

林晚辦事很俐落，決定搬過來後，就把錢轉給鄭小玲了。

除了一個月的押金和先付了三個月的租金，還額外多給了一千，當作是烤肉 party 的分攤費。

鄭小玲說她給多了。

林晚搖搖頭：「不多的，我週末要搬家恐怕沒時間，到時候還要麻煩你們提前去準備食材，少出一份力，當然就該多出一點錢。」

她說完這句話，鄭小玲看她的眼神就變得不一樣了。

之前只當她是同事兼未來室友，現在發現她性格灑脫，一點都不斤斤計較，完全沒有那種漂亮女孩子的驕縱，親切又可愛。

林晚不知道自己無意中又俘獲了鄭小玲的芳心。

她離開雲峰府，擠上傳說中如喪屍圍城般擁擠的地鐵，去蔣珂駐唱的酒吧樓下拿車。回到東山路已經臨近九點。

半路蔣珂還傳了訊息來，問她昨天究竟怎麼回事。

林晚從鄰居家拿到鑰匙，站在院子裡回覆：『對不起啊，喝多了就提前撤了，下次再好好聽妳唱歌。』

蔣珂：『我唱歌隨便聽聽就行，不用太捧場。我就是八卦一下，妳跟周衍川聊什麼呀，醉得那麼快？』

晚風從小巷吹進院子，引得頭頂的樹葉沙沙作響，將路燈的影子搖搖晃晃地落進來。

林晚站在半明半暗的光線裡，打字說：『可能走心了。』

俗話不是說酒不醉人人自醉嗎？

『沒走腎？』

『沒！我們像那種人嗎？！』

『周衍川不像，但妳嘛……』

林晚抿抿唇角：『要不然先把我們友誼的大門關上？』

『哈哈哈別呀。我知道妳不是，沒酒後亂性就好。我出去排練了，回頭再聊。』

林晚收起手機，回頭望向沒有開燈的小洋房，有種逃避現實不想進去的感覺。主動罰站幾分鐘後，她還是把心一橫，勇敢打開了洋房的房門。

情況比她想像中要好不少。

空氣裡殘留著除蟲藥劑的味道，窗邊牆角零星散落著幾隻白蟻，雖然按照她輕微潔癖的習慣還是覺得不太舒服，但幸好沒有出現令她崩潰的場面。

而且傢俱擺飾都被放回到原來的位置，連她昨天早上出門時忘記扔掉的餅乾包裝都被一應帶走了。

可見周衍川找的公司服務水準相當優秀，值得打出五星好評。

林晚在心裡默默道聲謝，上樓把這幾天需要用的東西塞進行李箱，便出門投奔鐘佳寧了。

鐘佳寧的公寓比東山路更靠近市中心，但只有一房一廳，比林晚家小很多。

一進門，林晚踹掉鞋子就撲向客廳的懶人沙發，陷在裡面繪聲繪色地描述她的悲慘遭遇。

鐘佳寧笑得面膜都裂了：「妳到底是不是南江人？居然會犯這種低級錯誤？」

「早上出門的時候有心事嘛！」

林晚伸長了腿，任由拖鞋在她腳上晃來晃去，「我滿心就想著晚上要怎麼和周衍川談，完全忘了社區貼過通知提醒大家關好門窗。」

鐘佳寧：「妳和他談什麼？」

談點不方便對外人透露的話題。

林晚用手肘撐起身體，仰頭對她說：「具體不好講，反正就是關於他過去的事。」

鍾佳寧進廁所洗面膜，過了片刻才探出頭來問：「你們都進展到這一步了？林晚，妳該不會喜歡上他了吧？」

「……我不知道。」

「妳又不是情竇初開的小女生，這有什麼不知道的？」

鍾佳寧轉回去，對著浴室鏡開始繁複的護膚程序，「三番兩次找鍾展打聽他的情況，至少說明妳很在意他。」

林晚從懶人沙發爬起來，湊到門邊歪著頭：「我確實在意他，但在意和喜歡不是同一回事，就像我對妳也很在意一樣，那並不代表我想和妳百合。」

「我也不想，謝謝。」鍾佳寧笑著翻了個白眼，「不是說長得很帥又很有能力嗎？換作是我，管那麼多呢，談戀愛而已，又不是結婚，不合適再分手也不遲。」

話是這麼說沒錯。

大家都是未婚的成年男女，先從外貌被吸引，再被能力所打動，最後再加上若有似無的小曖昧，差不多就組成了戀愛的先決條件，可以往情侶的方向發展了。

林晚讀書時談過兩次戀愛，初戀還是在高中的時候。

這兩次都談得特別平靜，也就比其他異性同學來往得更頻繁一些，分手後可能失落了幾天，但也沒什麼萬念俱灰的悲痛。

學生時代的戀情，大家的流程都差不多。

所以她有信心，哪怕和周衍川分手，也能處理得沒有後顧之憂。

可是……

林晚扯著牆上一幅蠟染畫的流蘇，輕聲說：「我不想這樣對他。」

鍾佳寧放下精華液，從鏡子裡沉默地看著她。

「可能有點心疼他吧，他已經失去很多了。」

林晚渾然不覺好友的打量，還在繼續梳理，「我不希望今後，也成為他失去過的一部分。」

鍾佳寧無話可說。

她輕輕拍打著精華，等到皮膚都吸收了，才說出自己的判斷：「那妳大概不僅是在意，或許還有點心動。」

「沒辦法呀，我就喜歡他的樣子。」林晚笑嘻嘻地承認，「不是跟妳說過嘛，去年在玉堂春就看中了。」

鍾佳寧挑眉：「究竟有多帥，能讓妳這麼久都念念不忘。能不能拿明星或者認識的人舉個例子，至少讓我知道他的顏值是哪個級別的。」

林晚沉思片刻，想起一個人：「我們國三的時候，高中部的學生會會長周源暉，妳還有印象嗎？」

提到周源暉三個字，鍾佳寧神色中糅雜進幾分唏噓，她點點頭：「記得，那是我學生時代見過最帥的男生了。」

林晚實話實說：「他和周源暉有點像，但更好看。」

「……真的假的。」

鐘佳寧隨口回了一句，心思卻沒繼續往顏值的方向放，而是惋惜地嘆了口氣，「妳今天不提，我都好久沒想起這個人了。」

林晚的情緒也隨之低沉下來：「我也是。」

要不是那天見到周衍川的伯父，她恐怕要再過好幾年，才會無意中想起，國中時還認識過那樣的人。

鐘佳寧打開面霜，皺了下眉：「我到現在都沒想通，周源暉為什麼會自殺呢？照理說他升學考都考完了，錄取的學校科系聽說都很好，怎麼會還在那種時候……」

「也許有不為人知的煩惱吧。」

林晚輕聲回了一句，有點洩氣。

她一直沒和周衍川提過周源暉。

哪怕昨晚在酒吧，他們已經聊到了德森、聊到了他的父母，她都不敢再追問一句「你是否認識一個叫周源暉的人」。

周衍川的伯母看他的眼神，太恨了。

那種恨意如果能夠化出實體，恐怕當場就能將他碎屍萬段。

林晚想像不出，一位曾經撫養過周衍川的長輩，到底要經歷什麼，才會對幾乎由她親手養大的孩子，投以如此入骨的恨意。

思來想去，很大一種可能，就是與她自己的孩子有關。

但這個問題她不知該如何提。這像一個雷區，稍有不慎，就會徹底引爆。

南江附中建校五十幾年，在青少年心理壓力越來越大的如今，自殺過的學生不只周源暉一位，可其中也只有他一個人，讓學校的老師和同學，都想不明白緣由。

英俊、優秀、和善、風趣，大家都喜歡用類似的詞彙來描述他們印象中的周源暉。

對於林晚而言，後面還要加上一個「志同道合」。

周源暉和她一樣，都很喜歡鳥。

他們之所以會認識，也是起源於某次在學校樹林的邂逅。

那時候林晚新買了一部相機，想起前幾天在樹林裡看見幾隻畫眉出沒，就偷偷把相機藏進書包帶去學校，想趁午休的時候去拍幾張。

結果到了樹林，剛把相機拿出來，還沒找到畫眉在哪，就先撞見了周源暉。

周源暉在附中是個名人，林晚當然也認得他。

她心裡一驚，唯恐自己偷帶相機，會被學生會會長抓去教務處，嚇得轉身就想跑。

「同學，等一下。」周源暉叫住她，「學校不准帶電子設備，妳知道嗎？」

林晚把相機背到身後，小聲辯解：「我是在做科學研究。」

「什麼科學研究？」

「觀鳥。」

兩位鳥類愛好者就此意外相識。

從那以後，周源暉偶爾會帶幾本鳥類學相關的課外書借給她，空閒時也會和她探討一下如今野生鳥類的生存環境之類的問題。

只不過他當時畢竟念高三，學業壓力重，除此以外和林晚並沒有過多的交集。

林晚自己認為，他們雖然不算交往多麼親密的朋友，但在關於鳥的話題上，也的確是非常聊得來的同好。

在大多數同齡人只會悶頭看課本的年紀，她和周源暉彼此之間，有種高山流水遇知音的欣賞。這種欣賞無關男女感情，僅僅是在愛好與興趣初初萌芽時，遇見了一個能夠互相理解的人。

特別純粹，也特別值得緬懷。

所以倘若……周源暉確實是周衍川的堂哥，而他的死真的和周衍川有關……

林晚嘆了聲氣，生平第一次產生了鴕鳥心態。

週六一大早，林晚預約的搬家公司到了。

行李零零碎碎裝滿整車廂，隨她一起搬進了舒斐的別墅裡。

她這間套房朝南，上午時分的陽光就足夠明亮。

光線穿過百葉窗的縫隙，以一種極具藝術感的效果揮灑在木地板，將室內的傢俱變成仿若精心陳設的布景。

林晚趿拉著拖鞋，在房間裡來來回回地整理。

等她差不多感到饑腸轆轆的時候，樓下花園也傳來了動靜。

她打開窗戶探出頭，果然看見鄭小玲他們提著滿滿當當的食材回來了。

林晚進廁所沖澡，洗去一上午勞動的疲憊，換上白色短T恤和牛仔短褲，就趕緊下樓去幫忙。

鄭小玲正從地下室把燒烤架搬上來，林晚過去幫忙：「徐康呢？他是這棟別墅唯一的男生，怎麼讓妳來幹體力活？」

「徐康出去接郝帥了，」鄭小玲全部五官都在用力，面目猙獰地說，「郝帥買了三箱酒，他一個人拿不動。」

林晚點點頭，沒再說話。

她懷疑這燒烤架是用鐵做的，看起來就重，搬起來比她想像中還要重。

另一位女同事宋媛見狀，也想過來幫忙。

鄭小玲咬牙切齒：「妳力氣那麼小，離遠一點，千萬別砸到了。」

宋媛只好乖乖退回廚房。

林晚卻有點扛不住了，在地下室通往一樓的轉角提議：「等等，休息一下。」

燒烤架重重放回地面，兩個女孩都止不住地喘氣。

「不愧是大魔王的燒烤架，」鄭小玲擦了擦額頭的汗水，「和她的話一樣有分量。」

林晚揉著痠脹的手臂：「依我看吧，不如先放在這裡，等男生來了讓他們搬。」

話音未落，客廳就響起了歡快的門鈴聲。

宋媛跑過去看電子門鈴，很快又急匆匆跑過來，半是嬌羞半是緊張地說：「林晚，周總來了。」

林晚揚眉歡笑：「來得好！」

周衍川被前所未有的熱情迎了進來。

他站在一樓樓梯，從上往下看了眼燒烤架，又側過臉，看了眼一臉期待的林晚。

在他的印象裡，從未見過她做如此素淨的打扮。

長髮綁成高馬尾，白T恤乾淨，沒有任何圖案，淺藍色的牛仔短褲下，露出一雙筆直勻稱的長腿。

林晚笑咪咪地說：「周總，您請。」

「……」

周衍川勾了勾唇角，取下手錶，然後輕輕往她懷裡一拋，「幫我拿著。」

眼看周衍川往樓下走了，林晚拿著他的錶退到一旁，目光又開始擔憂。

他今天穿得比較休閒，寬鬆的T恤與長褲，不像往日裡的襯衫西褲那麼顯身材，一副高高瘦瘦的樣子，其實不像是應該被她們使喚來搬重物的類型。

結果下一秒，林晚就被啪啪打臉。

周衍川稍彎下腰，骨節分明的手掌的扣住燒烤架的兩端，流暢的手臂線條驟然繃緊，白淨皮膚下的青筋也比平時更明顯了些。

他穩穩地抬起燒烤架，用眼神示意女孩子們都讓開，好像沒費多大力氣，就把燒烤架搬到了花園裡。

「厲害厲害！周總好帥！」

林晚代表鄭小玲與宋媛，喊出了在場三個女孩的心聲。

周衍川調整了一下燒烤架的位置，轉頭淡淡地看她一眼：「差不多就行了。」

林晚牽起嘴角，剛想再說什麼，就聽見花園裡傳來一聲慘叫。

郝帥哭喪著臉：「啊——！老大，你也在啊！」

伴隨他悲痛欲絕的淒慘叫聲，腳下還應景地被臺階絆了一下，要不是旁邊的徐康眼疾手快，一箱啤酒可能就要用來澆花了。

周衍川「嗯」了一聲，像嫌郝帥不夠悲催似的，補充道：「怎麼，你能來，我不能來？」

「……能，當然能。」

郝帥垮著臉垂著眼地縮縮脖子，把酒搬到另一邊放好，亡羊補牢道，「等下讓你嘗嘗我祖傳的燒烤手藝！」

事實證明，郝帥家的燒烤手藝或許失傳已久。

人陸陸續續到齊後，林晚在花園裡轉了四五圈，依舊沒能聽見燒烤部隊研發成功的喜訊。

她搖搖腦袋，跟兩個新認識的小女生溜到甜品桌那邊，決定先吃點蛋糕果腹。

今天到場有二十人之多，周衍川不是愛湊熱鬧的性格，跟幾個人彼此寒暄幾句後，就站到角落裡接了一個供應商的電話。

手機裡供應商夾雜著南江口音的說話聲還在繼續，他閒散地靠著欄杆，目光若有似無地追隨著林晚。

還是老樣子，像隻漂亮的花蝴蝶一般在人群裡穿來穿去，迅速和陌生人打成一片。

周衍川收回目光，神色莫測。

林晚吃掉一個小蛋糕，感覺有些口渴，就想去拿點酒來喝。

考慮到今天有一半女士，郝帥買酒時還特意選了一箱酒精含量低得可以忽略不計的水果酒，喝到吃不下飯也不會醉的那種。

林晚喝過這個牌子，最喜歡桃子味。

她邊往酒箱裡看邊往這邊走，從周衍川身邊經過時，突然被男人攔住了。

周衍川垂下眼眸，把手機從臉邊拿開幾寸：「妳做什麼？」

「拿酒啊。」林晚理所當然。

周衍川眼神沉了沉，收回手，從身邊的紙箱拿出一瓶橙汁。

「……」

林晚不肯接，她又不是小孩子。

「別喝酒。」

周衍川微皺著眉，把橙汁遞到她手裡。

兩人的指尖碰到一起，傳遞著彼此溫熱的體溫，不約而同地顫了顫。

「今天人太多，我怕看不住妳。」

第九章　滿天星辰

林晚不清楚周衍川是出於何種原因，會把看住她當作是他的責任。

但胸口那顆小心臟顯然很受用，還為此不爭氣地加速跳了幾下。

她接過橙汁，假裝使不上勁地擰了擰：「打不開。」

墮落啊林某人！

她在心中笑話自己，什麼時候也學會用這種裝柔弱的招式了？

周衍川眼梢帶風，若有所思地掃她一眼。

「不肯幫忙啊，」她露出一種這可不怪我的表情，「那我去拿酒了。」

周衍川側過一步，擋在她和酒箱的中間。

左手還維持著拿手機的姿勢，只伸出右手，修長白淨的手指擦過她的皮膚，握住瓶蓋：

「拿穩。」

林晚下意識用了點力。

接著就感覺男人指間的力度透過瓶身傳遞過來，帶著橙汁在她手心裡轉了小半圈。

她笑著眨了下眼睛，沒說話。

周衍川把擰開的瓶蓋塞到她掌心縫隙裡，又多強調了一句：「我沒看見的時候別偷喝。」

他是真不信任林晚的酒量，更不信任她酒後的行為。

今天除他們以外還有十八個人在場，他怕林晚一個激動，管這院子裡都是什麼阿貓阿狗，全部現場舉辦冊封大典。

「那我不敢保證。」

林晚喝了一口橙汁，蓋好後舉起瓶子朝他做了個敬酒的動作，「有本事一直看著我囉。」說完就轉身往人多的地方去了，步子還挺歡喜，引得高馬尾一晃一晃的，莫名有種得意洋洋的氣息。

周衍川無奈地嘆了聲氣，重新對手機那頭說：「不好意思，您繼續。」

供應商：『……』

原來您還記得有我在呢。

林晚經過燒烤架，看見郝帥又把幾串雞脆骨烤焦了。

「浪費糧食可恥啊。」

她痛惜地搖搖頭，也沒有過去幫忙的意思，見同樣在燒烤架前操作的鄭小玲率先拿出至少看起來能吃的肉串，就伸手從鄭小玲手裡順走了幾串。

味道還不錯，外焦裡嫩，孜然灑得很足。

林晚回到嗷嗷待哺小分隊那邊，找了個位子坐下，津津有味地品嘗著鄭小玲的手藝。

花園裡是幾張三人座的戶外長椅，她坐在最左邊的座位，還沒吃上兩口，右邊的座位就有人坐了過來。

林晚回頭，認出是今天認識的新朋友，也不知道誰帶來的，反正是個五官端正的小帥哥。

小帥哥與她相視而笑，又湊近了些：「終於有吃的了？」

「你現在過去搶還來得及。」林晚語氣誠懇，「記住不要拿郝帥的，吃了恐怕會死。」

小帥哥捧場地點點頭，人卻沒往那邊走，而是乾脆將手臂搭在椅背上，側過身面對她：「妳是叫林晚吧，剛才介紹的時候，我就注意到妳了。」

林晚模仿某知名訪談節目主持人的語氣：「真的嗎，我不信。」

「真的不騙妳，『停車坐愛楓林晚，霜葉紅於二月花』，雖然這句詩現在都被大家惡搞了，但我一直特別喜歡詩裡的氣氛。」

小帥哥誇人的方式非常別致，先抒發了一番對杜牧的欣賞，才奔向主題，「妳的名字很有意境，和妳人一樣。」

實話實說，林晚不覺得自己拿著烤串的樣子有什麼意境，但還是笑了笑，說，「謝謝呀。」

其實她之所以對小帥哥笑，完全是出自一種禮貌的社交禮儀。

面前這人好看倒是好看，三庭五眼都長在了該長的位置，但就是帥得有點平庸，不像周衍川那樣，桃花眼搭淚痣，點睛之筆幫助他扔帥哥堆裡都能脫穎而出。

小帥哥明顯被她友好的態度鼓舞了。幸好大家都是人類，萬一換作是鳥，他此刻抖擻著鮮豔的羽毛，展開翅膀準備表演求偶舞。

可惜沒等他想好下一個切入點，身旁就傳來冷淡的一聲：「麻煩讓個位子。」

大概有人想坐過來。

他想也沒想，就打算往林晚那邊挪。

不料林晚的笑容比剛才更燦爛了幾分：「你忙完了？」

她彎起眼，對動作猛然停頓的小帥哥說，「那你坐過去吧，我朋友來了。」

小帥哥哽了一下，這才捨得抬眼看究竟是誰敢打擾他的好事。

周衍川單手插口袋，居高臨下地看著他。

清俊的容貌被陽光曬著，卻意外地顯得冷洌。

小帥哥看了看周衍川，又看了看林晚，好像明白了什麼。

打擾了。

周衍川坐下來，長腿交疊伸展，背往後靠，稍顯散漫地坐著。

剛才供應商說了沒幾句，就說要哄孩子睡覺，改成用訊息繼續聊。

他握住手機慢慢打字，眼角餘光看見剛才搭訕林晚的那位正在起身告辭。

林晚微笑送別了搭訕失敗的小帥哥，從盤裡拿起一串烤肉：「吃嗎？」

「妳自己吃。」

林晚沒跟他客氣，咬下一塊牛肉，邊嚼邊問：「不是打算搶我的肉啊？那你過來幹嘛的？」

周衍川把訊息傳出去，等待回覆的空隙裡，抬起頭，慢條斯理地說：「過來看著妳吧。」

「……」

林晚差點就噎住了。

經歷過幾次失敗，燒烤小部隊的效率終於有了顯著提升。

大半個小時後，二十個年輕人把買來的食材席捲而空。

酒足飯飽，外面陽光又猛烈，人就開始犯睏。

為了振奮士氣，鄭小玲提議大家進客廳吹冷氣，還順便貢獻了自己新買的遊戲機。

遊戲機手把迅速被幾個人占了，沒搶到的人則默契地拿出手機，開始連線打手游，剩下不想玩遊戲的幾個人，突然就不知道該幹嘛。

林晚靈機一動：「不如看電影吧，我看地下室有投影機？就是不知道能不能用。」

「能用的，」宋媛接話道，「我們住進來用它看過好多電影了。」

很快，七八個人就轉移到了地下室。

朝向採光井的窗戶被人關上，厚重的窗簾也拉了起來，關掉燈之後，還真有點電影院VIP廳的氣氛。

宋媛拿來她的筆記型電腦，在投影機幽幽的白光襯托下，輕聲問：「你們想看什麼電影？」

她性格比較靦腆，人多的時候說話就特別小聲。

這時長髮披散地站在那裡，看起來竟然有幾分陰森。

有人被這一幕激發靈感：「有鬼片嗎？天氣這麼熱，最適合清涼小電影了。」

宋媛還真有，她在電腦裡翻了一陣，問：「《山村老屍》，可以嗎？」

林晚眼皮跳了跳，但見其他幾人都在熱烈響應，就不好出來表示反對。

畢竟她看起來不像是膽小的人，也不想掃大家的興。

電影很快開始播放。

這是部香港電影，當年特別經典的恐怖片之一，大致內容就是講有個枉死的女人，她的墳墓因為工地施工被毀了，她的靈魂卻藉此得到自由，跑到人間來報復的故事。

林晚縮在沙發角落，眼睛悄悄盯著螢幕下方的牆，恨不得自己是個聽不懂粵語的外地人，至少那樣她就不知道故事在說什麼。

周衍川坐在她的身邊，看得並不專注，大半的注意力都放在她那裡。

他聽見林晚咕嚕咕嚕喝光了一瓶橙汁，又躡手躡腳走到沙發後面倒水，回來後一口一口地抿著，活生生把自己當成一隻水牛。

林晚裝完第二杯回來時，周衍川側過臉，壓低嗓音：「妳怕鬼，不想看？」

昏暗的光線裡，他那雙桃花眼顯得深情款款。

「有一點。」林晚小聲說，「沒事，你看你的。」

周衍川其實也不想看。

他倒不是害怕，而是對這種怪力亂神的故事不感興趣。

偏偏就在此時，有個沒看過的女孩問：「是所有喝了水的人，都會看見鬼嗎？」

「我記得她的屍體就在湖裡，」郝帥為她解釋道，「妳就理解成水源地被汙染了吧。不過這麼一說，雲峰府外面是不是也有片湖啊，嘿嘿，你們喝這裡的水要當心哦。」

林晚嘴角一抽，水也喝不下去了。

她放下水杯，皺了皺眉，發現大事不好，剛才水喝得太多了。

思忖一陣，她悄悄扯了下周衍川的袖口：「你能陪我上樓嗎？」

她罕見地有些難為情，聲音小得幾乎聽不見，「我想去廁所。」

她知道周衍川一直有留意到她在喝水，提出這個請求時，自己還做了番心理建設，決定哪怕周衍川拿這事嘲笑她，她也要等去完廁所再反擊。

畢竟她現在真的很怕，需要有個陽氣重的人陪著。

然而出乎意料，周衍川什麼也沒說，只是點點頭，就起身陪她走了出去。

樓上的遊戲愛好者們忙著對戰，沒人發現他們一前一後從地下室走了上來，更沒人察覺林晚此時臉頰泛紅，跟在周衍川身後的模樣是難得的乖巧。

一樓廁所裡有人。

林晚想了想，指了下樓上：「去我房間吧。」

周衍川看她一眼：「好。」

三樓安安靜靜的，除了兩人的腳步聲，再也沒有其他聲響。

林晚的套房很寬敞，臥室外面還有一個起居室。

她打開房門，覺得自己像個小學生似的，但還是不得不認真地叮囑：「你就在這裡等我，別走哦。」

「嗯，等妳。」

林晚一步三回頭，確認過周衍川真的不會離開後，才關上了臥室的門。

周衍川獨自留在起居室，片刻後勾唇笑了起來。

他心裡有些意外，沒想到林晚原來並不是那種天不怕地不怕的人。

然而很快，他唇邊的笑意就斂了起來。

林晚的行李還沒完全收好。

她或許是打算將起居室當作書房使用，厚厚一疊專業書籍堆在地毯上，擺在最上面的那本，封面泛黃，邊角捲了起來，彷彿珍藏過許多年一般。

徹骨的寒意霎時間遍布周衍川的全身。

他在堂哥的書桌上看到過這本書，封面是一張翠鳥展翅的照片，因為那種鮮豔的藍色太罕見，他當時還不經意地盯著看了很久。

周衍川放輕腳步，走了過去。

下頜不自覺地繃緊，連帶著伸出去的指尖，也有些許的僵硬。

封面揭開的瞬間，答案也在眼前揭曉。

扉頁被人用龍飛鳳舞的筆跡，簽下了它原本主人的姓名。

周源暉。

林晚洗手時都不敢看鏡子，總害怕裡面會有什麼鬼影飄過。

她匆忙擦拭過雙手，就快步走出了臥室。

周衍川還在起居室等她，從始至終好像沒挪動過位置，依舊是她離開前的姿勢，倚在門邊看著窗外，乾乾淨淨的樣子，看得她心跳加速。

「我不想下去看鬼片了。」林晚說，「不然你陪我收拾房間吧。」

周衍川把視線從窗外撤回，落在她臉上，靜了幾秒才說：「我要回去了。」

「啊？太突然了吧。」

周衍川揮了下手機，聲音平靜：「供應商有點事，需要開一個視訊會議。有些資料在筆記型電腦裡沒帶過來。」

合情合理的理由，林晚也沒起疑。

她把周衍川送到花園外，隔著半人高的柵欄門說：「那下次再來玩？」

「……嗯。」

周衍川笑了一下，眼底掠過一抹溫柔的光，「怕鬼就別看電影，去看他們玩遊戲。記得別喝酒。還有妳房間的門鎖，最好盡快找人換掉。」

「……」

「對了，花園裡那棵樹，枝椏長到妳窗戶外面了，打個電話給物業，他們會派人來修剪。」

林晚困惑地問：「你是在跟我訣別嗎？」

她在陽光下笑得明媚，白皙的皮膚發著光似的，尾音也帶著歡欣的笑意，「開你的會去吧，再說下去我會以為你在交代遺言。」

周衍川沉默了一瞬，然後退開兩步笑了笑：「再見。」

「拜拜！」

林晚笑著跟他揮手，還沒等他轉過身，客廳裡就有人叫她的名字，她便轉過身，毫無警覺地離開了。

周衍川的眸色也隨之黯淡下來。

回到家中，他把手機扔到一邊，緩慢地沿牆坐在地板上，將額頭抵著膝蓋，指腹重重地揉著太陽穴。

思緒一片混亂，塵封已久的回憶從靈魂深處被扯了出來，攤開在光天白日之下。

他記得高二那年，有次在網路上看見環保人士抗議京劇行業繼續使用點翠工藝，一時好奇就去找周源暉，想問那本書封面上亮藍色的小鳥，是不是就是大家所說的翠鳥。

「就是翠鳥，等我把書找給你看。」

周源暉在書架上翻找半天，然後一拍腦袋，「忘了，之前借給學校一個朋友，我看她很喜歡的樣子，就乾脆送給她了。」

周衍川也沒在意，見他還在忙著做卷子，就關門離開了。

那一年，周源暉念高三，明顯變得比從前忙碌許多。

伯父伯母對他這次升學考的期待值也很高，幾乎全家圍著他一個人轉。

周衍川已經拿到資訊奧賽的一等獎，明年的升學考對他而言，不過就是走個形式而已。但他知道周源暉是真的想考個好成績，有時還會主動詢問，是否需要他幫忙。

有一次，周源暉笑著打趣：「這位高二的弟弟，你很跩啊，是覺得哥哥沒你聰明嗎？」

「我沒這麼說。」

「知道就好，」周源暉抬手在他額頭彈了下，「乖乖回房間敲你的代碼，不要打擾哥哥複習。」

周衍川當時，不太明白周源暉的心態。

他遇到拿不準的難題，寧願捨近求遠跟同學打電話討論，都不肯問一問住在家裡的堂弟，甚至越臨近升學考，就越不願意和周衍川聊任何關於學業的話題。

就像國中時，他們同時學習寫代碼，遇到處理不了的 bug，他也不願意問周衍川一樣。

其實如今想來，那就是一種不服輸。

不願意承認從小事事優秀的自己，卻事事都輸給小他兩歲的周衍川。

升學考成績出來後，周源暉消沉了幾天。

老師都說他考得不錯，但那個分數依舊沒有達到他自己和父母的要求。

伯父伯母也因此念叨了幾句，說他高中三年興趣愛好太過廣泛，多少分散了他在課業上的注意力。

錄取通知書拿到的那天，這個話題再次被提起。

周源暉叼著筷子，用下巴指向周衍川：「有愛好難道是錯嗎？你們看他，喜歡寫代碼就去參加奧賽，直接跟學校預簽約錄取。」

伯母白他一眼：「那是人家聰明。」

「我難道就不聰明了？」周源暉還在笑。

「你們兩個都聰明。」伯父放下筷子，似乎覺得應該鼓勵兒子幾句，「你這所學校也還可以，反正將來還能考研嘛，到時候考到衍川的學校就行。」

「不考。」周源暉說，「哥哥追在弟弟後面，像什麼樣子。」

周衍川怔了怔，心中隱約意識到什麼，可一時又分辨不清楚。

那天深夜，他寫程式而晚睡，從房間出來倒水時，看見周源暉獨自坐在客廳裡。

客廳沒有開燈，男生的身影浸在昏暗中，莫名有幾分陰鬱。

「你還好嗎？」周衍川問。

周源暉緩慢地轉過頭，臉上沒有任何表情，不像平時那樣，總是笑嘻嘻的。

像戴了一張無動於衷的面具，眼神直勾勾地盯著他。

「周衍川。」

「嗯？」

周源暉的聲音有些低啞，語速慢得像有人拿著刀，一下一下地刮在玻璃上：「你有沒有想過，你取得的成績對周圍的人來說，是一個負擔。」

周衍川握緊杯柄，在黑暗中挺直了背：「我……」

「別說話，不想聽。」

周源暉站起身，從他身邊經過時，投來冷冰冰的一眼，「我比不過你，我認輸。」

那是周源暉留給世界的最後一句話。

從殯儀館回來的車上，伯母佝僂著背，哭得泣不成聲。

伯父亦是同樣，眼睛裡布滿血絲，失神而憔悴，彷彿一夜之間老了幾十歲。

外面的天空昏昏沉沉地壓在頭頂，是暴雨來臨前的陰暗時刻。

伯父轉過頭，看向坐在最後一排的周衍川，質問道：「他為什麼說認輸？是不是那晚你跟他說了什麼？」

周衍川搖頭。

「他何必再說話，他不是都做了嗎。」

伯母的嗓子啞得能咳出血來，轉頭看向他的眼神，就是在看一個仇人，「你多了不起，成天在他面前炫耀得還不夠多嗎！」

往日和藹可親的女人，此時慘白的臉色如同索命的女鬼一般。

周衍川一句話也說不出來。

他想說「我沒有炫耀」，可話到了嘴邊，又被他咬牙嚥了回去。

少年的沉默與隱忍，使他成為了車內唯一的箭靶。

歇斯底里的發洩化作鋪天蓋地的箭雨，將他釘在原地無法動彈。

「你是不是嫉妒他有幸福的家庭，就故意處處壓他一頭！他對你這個弟弟有哪裡不好，啊？你告訴我啊，我替他擔啊！」

「你明知他學電腦不如你，還故意參加比賽拿獎，你就是心理變態！」

「自己爸媽死了就來害我兒子，你不配做人，你就該跟著一起去死！」

漸漸的，伯母猙獰的面容在周衍川眼中變得模糊起來。

他抬起眼，看向一言不發的伯父，從男人的臉上看見一種默許與贊同。

車窗外的大雨傾盆如注，雷閃雷鳴交加不斷。

周衍川在謾罵聲中低下頭，望著自己用力到骨節泛白的手，空蕩蕩的腦海響起一個聲音。

「對，就是你害死他的。」

那個漫長的夏天，對於周源暉而言，是一場痛快的解脫。

對於周衍川而言，卻是一場至今仍在繼續的凌遲。

哪怕時過境遷的數年之後，他也依舊無法控制內心撕扯的情緒。

太陽穴不斷傳來刀尖翻攪的劇烈疼痛，那些疼痛隨著血液的流動，延伸到身體每一個角落，最後又齊齊往上翻湧，扼住他的喉嚨，奪走肺部稀缺的氧氣。

周衍川皺著眉頭，汗水沿著額角滴落下來。

他用力掐緊手腕，直到白淨的皮膚底下漫出紫紅的血色，才終於找回了一線清明。

周衍川猛地喘了一口氣，緩慢地睜開了眼。

他沒想到周源暉所說的朋友就是林晚。

不過現在知道，也還不算太遲。

在一切將要發生卻未來得及發生的時候，把所有翻湧的暗流都遏止在心裡就好。雖然他現在感到很難受，但至少……好過被林晚發現，原來他就是害死朋友的罪魁禍首。

林晚最近幾天，有點空虛。

起初她以為是週末熱鬧的烤肉 party 帶來的後遺症，可等到她把收集到的保護區面積資料傳給星創那邊的負責人後，才遲鈍地意識到，好像有幾天沒跟周衍川聯絡了。

雖然以前他們也不是天天聯絡，但那天周衍川提前離場，總讓她覺得心裡空落落的，就像一部電影沒看到結尾似的，總感覺欠缺點什麼。

週四時，林晚終於想到一個藉口。

她傳了則訊息給周衍川：『剛才想起來，除白蟻的費用你還沒告訴我呢。』

訊息傳出去後，石沉大海。

林晚挑了下眉，切換到前置鏡頭照了下自己的模樣。

沒毀容啊，不應該啊，怎麼突然就不理人了呢？

總不能是周衍川發現她居然是個怕鬼的膽小鬼，頓時就不想再聯絡她了吧。

一個多小時後，周衍川才終於有了動靜。

他傳了一張聊天紀錄的截圖，上面顯示著那次白蟻治理的費用清單。

林晚發過去一個紅包：『麻煩幫我轉交哦，謝謝！』

周衍川：『收到。』

過了不到半分鐘，又是一張轉帳紀錄截圖，表示他把錢轉過去了。

林晚看著手機螢幕，眼睛一眨不眨。時間一分一秒地過去，直到手機徹底黑屏，她也沒等來新的訊息。

嘖。

她把手機反扣在桌上，決定今天不再找他說話了。

誰還沒點小矯情呢？

然而林晚的矯情還沒持續十分鐘，舒斐就從總監辦公室打開門：「林晚、鄭小玲、宋媛、徐康，跟我去一趟星創。」

大魔王發話，四個小兵聞風而動。

還是和上次一樣，舒斐踩著高跟鞋昂首闊步地走進星創的辦公大樓。

他們四個加快腳步，緊緊跟在總監身後。

舒斐今天帶他們過來，是有部分地形特殊的保護區環境需要與星創展開進一步溝通。

這次舒斐沒再讓林晚在旁邊當忠實的聽眾，直接讓她作為鳥鳴澗的代表，向星創眾人講解其中所涉及到的生態原理。

林晚早將相關資料背得滾瓜爛熟，她走到會議桌最前面，像以往開科普演講那樣，露出一個自信而甜美的笑容。

結果嘴都還沒張開，就被人打斷了。

「稍等一下，」左手邊一個星創的員工撓撓頭，「要不然還是把老大叫過來吧。」

舒斐點頭：「我同意，沒他坐鎮，我不太放心。」

星創眾人：「……」

傷自尊，真的。

剛才提議的那個員工灰溜溜地出了會議室，沒過多久，就把周衍川請了進來。

林晚站在會議桌前，看見周衍川坐到她右手邊的位子，把手機輕輕往桌上一放，抬頭與她對視時，桃花眼中目光平靜，還有點工作場合特有的疏離感。

聲音也是冷冷清清的：「可以開始了嗎？」

林晚點了下頭，從筆記型電腦裡調出相關檔案，然後稍側過身，按照檔案裡的地形資料輕聲慢語地講解起來。

會議室裡只剩下她一個人的聲音，所有人都在專注地聽她說話。

林晚卻稍稍有些走神。

她不時往周衍川的方向掃上一眼，見男人的目光與她對視片刻又錯開，可等她把目光投向在場其他人了，又總感覺右邊有人在看她。

這人該不會在跟她玩欲擒故縱的手段吧？

她在心裡嘀咕一句，抿抿嘴唇，再也沒將視線往右移動分毫。

講解結束後，林晚簡單回答了星創方面提出的幾個問題，接著就聽見舒斐發話：「已經十二點了。這樣吧，我做東請大家吃飯，下午回來繼續。周總，可以嗎？」

周衍川矜持地「嗯」了一聲。

態度其實不太熱情，可他在外面對其他人向來都是這副樣子，舒斐也沒覺得有哪裡奇怪，反正她早就聽曾楷文說過，星創的CTO是個挺冷淡的性格。

會議室響起一片齊刷刷的椅子拖動聲。

林晚把筆記型電腦放回原處，和鄭小玲他們都走到門口了，才發現周衍川還坐在那沒動。

「你不去吃飯嗎？」她問。

「中午有點事，你們去吧。」

林晚往門外看了一眼，轉頭小聲問他：「要不要幫你單獨點一份吃的，我們總監很土豪的，她請客肯定是好吃的餐廳，不會虧待你的胃。」

周衍川輕笑一聲。

他一笑起來，兩人之間若有似無的隔閡便彷若消散了一般。

「不用了。」他推開椅子站起身，「我會讓人付錢，記得提醒你們總監別破費。」

說完朝林晚和幾位同事點了下頭，徑直走了出去。

林晚望著他漸行漸遠的高大身影，納悶地擰緊了眉。

不對勁。

到了樓下，她突然捂住肚子，湊到鄭小玲身邊耳語：「我好像來生理期了，妳幫我跟大魔王說一聲，這頓飯我先不吃了。」

同為女人，鄭小玲理解有些不好直說的苦：「妳要回家換褲子？」

「對，我會盡快趕回來的，放心吧。」

等到大部隊走遠了，林晚才退回星創的大樓，坐在大廳點了兩份外送。

外送送到後，她用臨時參觀證刷開電梯，到剛才開會的樓層找了一圈，也沒看見周衍川的人影。

正在迷茫時，她終於想起加過郝帥的好友，就拜託對方用星創的那個機器人查一查周衍川在哪層樓。

『四樓。』郝帥很快回覆，『應該是去烤箱了，今天有一場老化測試。』

林晚不得不又搭電梯來到四樓。

她是一張生面孔，剛踏進去，就有人問她找誰。

「我找你們周總。」她抬高手裡的外送，「我們約好一起吃飯的。」

對方上下打量她幾眼，見她胸前掛著臨時參觀證，也沒有起疑，直接把她帶到了走廊盡頭的實驗室。

林晚兩隻手都被占用，只能用腳尖踢了踢門。

門從裡面被打開。

周衍川看見來的是她，神色一怔，似乎壓抑了什麼情緒，淡聲問：「怎麼？」

林晚往實驗室裡看了一眼，發現一個人也沒有，語氣便暫時變得嬌縱起來：「我還問你怎麼呢。一個人躲在這裡幹嘛？」

周衍川無奈地笑了笑：「看測試資料。」

「看測試資料需要保持空腹狀態嗎？」

她揚起臉盯著男人英俊的面孔，然後彎起眉眼，笑盈盈地問，「愛妃，跟誰鬧彆扭呢？」

平時除了測試以外，實驗室這邊很少有人過來。這時又是午休時間，大樓裡的人出去了大半，剩下不願外出覓食的，要麼趴在座位前等外送，要麼三三兩兩聚在一起打遊戲。零散的喧鬧都隔得很遠，走廊盡頭只有他們兩人互相注視彼此。

周衍川看了眼她手裡提的兩份外送，撇過頭，心中泛起一陣苦澀。末了，終究還是輕聲說：「進來吧。」

林晚不知道該把外送往哪放。

實驗室裡到處光潔如新，幾個大螢幕顯示著她看不懂的測試資料，中間唯一一張桌子上，又擺放著測試人員的工作用具，處處透露出「認真嚴謹」的學術氣氛。

她到底在研究所待過那麼久，擔心這裡同樣也有空氣環境指標之類的要求。

「這裡能吃飯嗎？」林晚問。

周衍川把長桌一角的東西往旁邊挪：「坐這吧，沒事。」

其實按照公司規定來說，老化測試實驗室禁止飲食，這規定還是他讓行政加上的。南江的氣候環境最容易滋生蟲蟻。星創剛成立時，就因為有人把吃剩的食物放在這忘記帶走，引發了星創史上第一次大規模蟲害。

周衍川當時還為此發過火，從此再也沒人敢把吃的帶進來。

可此時他不太想計較那些繁文縟節。

至少不想跟林晚計較。

林晚把兩份外送紙袋拆開來，聽見周衍川又走到控制臺那邊，一下一下地敲著按鈕。她扭過頭詫異地看了一眼，從自己那個紙袋裡拿出賣家贈送的鴛鴦奶茶，揭開蓋子喝了一口，又問：「你不吃？」

「妳先吃。」周衍川沒有回頭，好像真挺忙碌，「我的放在那吧。」

贈送的奶茶甜得過分，林晚試過兩口就不想碰了。

她拉開椅子坐下，突然感覺沒什麼胃口。

男人始終背對著她，一手撐在控制臺上，一手不知道在按鈕上按些什麼。

黑色襯衫籠住了他的後背，能依稀看見背部勻稱的線條。腰很窄，襯衫往下會在腰側兩邊形成凹陷的弧度，最後統一束進筆挺的長褲裡。

明明是很好看的背影，卻不知為何顯得太冷清。

林晚撐著下巴問：「你遇到什麼事了？」

「……沒。」

「那你鬧什麼彆扭，好端端的不跟大家一起吃飯。我專門為你蹺掉了總監的大餐呢，結果外送送到眼前也不肯動。」

周衍川眼眸低垂，設置好被測無人機一小時內的運行次數，手指懸在啟動按鈕上方，遲遲沒有動作。他咬緊下頜，竭力控制住逐漸沉重的呼吸，太陽穴一跳一跳地刺激著神經。

很難受。

而且是連帶著身體都變得難受起來。

周源暉死後，周衍川最後一年高中生活也過得渾渾噩噩。

伯父家沒辦法繼續住，他獨自搬到外面，一個人在家裡過成什麼樣也沒人看見。後來有次月考跌出年級前五十，把高三年級各科老師都扎扎實實地嚇了一跳。

班導師為此找他談話：「開學以來你狀態很不對，難道以為反正大學簽約好了，這一年就可以隨便玩？」

周衍川直到那時，才發現自己不對勁。

他為此看過半年醫生，狀態時好時壞，直到進大學後開始密集地接觸無人機——或許是注意力被轉移了——反正之後就沒再出現過大問題。

他以為自己早就好了。

結果這次意外把疤痕挖開，才發現裡面還在流血。

林晚太明亮了，燦爛得像三月的春光。

他不想自己鮮血淋漓的樣子，就這麼暴露在溫暖的陽光裡。

很不堪，也很卑劣。

林晚渾然不知周衍川在經歷什麼。

她只是意興闌珊地放下筷子，把一口未動的午餐重新裝好，靠在椅背上把頭往後仰，漫不經心地數著天花板上有幾盞射燈。

以前都是男生追她，她從裡面挑個最順眼的做男朋友。

如此正經地想好好談戀愛，還是第一次。

可周衍川的態度堪比冬天寒潮來襲，一夜之間變得冷冰冰的樣子，也確實讓她很不開心。

數完之後，她輕聲說：「算了，你不想說就別說，不想理人就別理。今天當我自作多情了，還想關心一下朋友。」

她沒看見周衍川的身影晃了一晃，在桌上下伸長腿，兩手垂在椅子邊，將身體擺成一個舒服的姿勢：「周衍川，我有點喜歡你。」

周衍川呼吸一滯。

「但目前為止還沒有特別喜歡。這麼說吧，但凡你長得稍微平庸一點，我或許對你就沒興趣了。我對帥哥的確比較寬容，不過也沒有寬容到放低自己的地步。」

她起身離開，沒看見身後的男人陡然彎下了腰。

幾天後的傍晚時分，茶餐廳熱鬧非凡。

拖家帶口的南江人圍著一張張圓桌，享受他們精緻又多樣的晚餐。

「妳真這麼說了？」鐘佳寧維持著筷子伸出的姿勢，瞠目結舌地盯著林晚。

林晚咬下一口春捲，腮幫子鼓鼓的：「說了啊，誰還不是小公主呢？就許他莫名其妙鬧彆扭，不許我有小情緒嗎？」

鐘佳寧：「不愧是妳，這些話也能大大方方講出來。」

林晚中午沒吃飯，此時餓極了，一口氣吃掉面前幾籠點心後才端起茶杯歇氣：「本來就是嘛。之前還好好的，突然一下不理人，換了誰能受得了？」

「也許他遇到什麼事了呢？」鐘佳寧掃了眼空空如也的蒸籠，跑到旁邊又端了幾份過來，放在桌上後繼續說，「然後那天心情不好，就冷落了妳。」

林晚搖頭，把手機拿出來給她看：「那他心情不好的時間也太長。我把話都說到那分上了，整整一週，連個標點符號都沒給我。」

她長長地嘆了聲氣，「所以只有一個可能，之前那些曖昧，完全是我想多了。」

鐘佳寧詫異地睜大眼睛：「妳是說他根本不喜歡妳？」

「否則還有別的可能嗎？」林晚指著手機強調道，「我可是說喜歡他欸，只要他對我有一點點動心，再怎麼樣也該有所表示吧。」

鐵證如山，鐘佳寧無法反駁。

她一邊心想周衍川是個很不近女色的男人，一邊又緊急開啟腦內風暴，琢磨應該如何安慰林晚。

畢竟這事想想挺挫敗的，自己有好感的男人居然完全不在意自己，哪個小女生能受得了這種委屈。

思考許久，鐘佳寧一咬牙：「上次妳不是看中一個包嫌貴嗎，剛好我年中獎金發下來了，不如……」

「買來送給我呀？」林晚擺手，「我被周衍川氣到的那天就已經買了，而且買了兩種顏色。」

「……」

行吧，還有精力花錢，說明問題不大。

鐘佳寧舀起碗裡的艇仔粥，想了想又問：「妳接下來打算怎麼辦？」

林晚笑嘻嘻地說：「有什麼要緊，既然他若即若離，那我再找一個離不開我的就好了。」

其實她當時也就過過嘴癮，在鐘佳寧面前撐面子而已。

雖然她和周衍川並沒有真正發生過什麼，但這個男人的後勁很大，遇見過他之後，再看其他長相英俊的男人，始終都覺得差了點什麼。

所以一時片刻，林晚基本沒考慮找男朋友的事。

星創和鳥鳴澗經過前期頻繁的商討後，終於正式進入開發流程。

舒斐把開發期間的溝通任務交給了徐康，已經好一陣沒帶其他三個女孩去星創開會。

聽徐康說，周衍川現在也不怎麼在與鳥鳴澗的會議上露面。

不過想來也很正常，人家好歹是CTO，一次兩次也就算了，怎麼可能長期把工作重心放在一件事上。

倒是郝帥的動態最近更新頗為頻繁——

『天乾物燥，小心老大。』

『我是誰，我在哪，我今天怎麼又被訓了？』

『有一說一，職場冷暴力難道就不是暴力了嗎？嚶嚶嚶，猛男落淚。』

有天晚上，林晚翻到最後一則時，給他點了一個讚。

沒想到不出兩分鐘，郝帥就在聯絡人裡找到她：『林晚妹妹，最近怎麼不找我們玩，妳在外面有別的狗了？』

林晚沒好氣地回：『玩什麼，玩你們老大？』

『……這多不適合。』

郝帥手速飛快，不愧他南江第一飛手的美名，『哎喲妳提起老大我就膽戰心驚。以前他雖然比較冷淡吧，但總體還像個人。現在他不是人了，他是閻王，每次跟他說話，我都覺得能被他的眼神凍死。信男願三年不吃素，換回一個在陽間的老大。』

林晚：『哦，你剛才那則，周衍川點讚了。』

郝帥：『靠！』

過了一下急得直接傳語音：『妳怎麼還騙人呢？嚇死我了，我就說記得隱藏了他的！』

林晚傳過去一串哈哈哈，笑得在床上翻了個身。

郝帥嚴厲指控道：『跟妳訴苦呢妳還笑，沒心沒肺啊！』

林晚心想，這不是廢話嗎？

她要不是沒心沒肺，那天肯定在實驗室就被周衍川氣死了。

郝帥還在那邊嘮叨最近的周衍川有多不近人情，林晚見提示跳出一則新訊息，就點出去看了一眼。

蔣珂問：『想介紹個帥哥給妳認識，有興趣嗎？』

林晚遲疑了一下，還是回覆：『有多帥？』

『見了妳就知道了。』

週六晚上，林晚盛裝打扮一番，出發去見蔣珂介紹的帥哥。

酒吧還沒開場，她剛進去，就看見蔣珂在吧檯那對她招手。

身邊坐著個戴耳環的年輕男人，頭髮剃得很短，看起來很扎手，左邊耳朵上面那塊剃出一個閃電的符號。

是個很帥的酷哥。

林晚一瞬間非常佩服蔣珂，不愧是在海鮮店就能找周衍川搭訕的女人。

挑帥哥的眼光一流。

「江決，樂隊新來的貝斯手。」蔣珂說，「林晚，我朋友，做鳥類科普的。」

林晚對江決笑了一下，眼睛彎彎的、盛著光。

江決性格沒他長相那麼躁，很友好地還她一個笑容：「喝什麼酒，我請。」

「呃，果汁吧。」林晚很沒骨氣地向現實認輸，解釋說，「我酒量不太好，上次來這裡就喝醉了，最後還是被人拽回去的。」

江決挑眉：「沒事，不能喝不要緊，我一般不跟女生勸酒，妳隨意就行。」

林晚道了聲謝，心想他應該也不是南江人，口音和周衍川比較像。但周衍川咬字比他清晰，語氣也沒他那麼痞，聽起來更有那種教養很好的富家少爺的感覺。

酒保幫林晚調了杯青檸薄荷水，清冽冰涼的礦泉水，混合著青檸與薄荷特有的刺激，在舌尖留下濃烈的口感。

林晚就著吸管抿了一口，腦子裡鬼使神差地想，這果汁很像周衍川給她的第一印象。

停止，看看旁邊的酷哥。

她在心裡警醒自己一句，轉頭跟江決聊了起來。

江決是個很健談的人，而且還不是郝帥那種話癆，而是不管林晚說什麼，他不僅能往下接，還能拋出自己的觀點，交談起來讓人感覺很愜意。

加上旁邊還有蔣珂助攻，兩人聊了一下彼此印象不錯，趕在樂隊登臺前交換了聯絡方式。

表演開始前，蔣珂特意向大家介紹江決。

男人懶洋洋地站在臺上，低頭來了段 Solo，貝斯低沉的樂聲混合著女孩子們的尖叫，直接把酒吧當晚的氣氛炸開了。

林晚坐在吧檯跟著喊了幾聲，然後就邊喝水邊聽蔣珂唱歌。

她今天出門前把髮尾燙成小捲，漆黑的頭髮如海藻般散開來，配上黑色的吊帶小短裙，襯得細膩的皮膚在昏暗光線中也雪白雪白的。

兩首歌不到的時間，就接連有幾個男人來跟她搭訕。

林晚一一回絕，等蔣珂他們表演結束了，就跟酒保要了張便條紙，溜過去找她說：「寶貝唱得真棒，快給我簽名，等妳紅了它就是我的不動產。」

蔣珂嘻嘻哈哈地拿唇釉幫她簽了：「讓江決也幫妳簽？」

林晚莫名猶豫了一下，然後才遞了過去。

江決似笑非笑地掃她一眼，接過便條紙寫下一個字跡潦草的鬼畫符。筆鋒毫無章法可言，好幾筆都竄出去一截，跟蔣珂的名字混淆在一起。

蔣珂一看，不高興了：「你簽遠點啊，占我位置幹嘛。不行不行，林晚妳再找張紙來，我重新幫妳簽。」

「不要緊，這算是限量版，」林晚把便條紙塞進包裡，笑著說，「等於兩間聯排別墅，賺大了。」

樂隊鼓手湊過來，提議大家一起去吃宵夜。

林晚想了想說：「我明天還有點事，就先不去了。」

「好吧，下次再來玩哦。」蔣珂扭過頭，問江決，「你呢？」

江決漫不經心地笑了笑，拖長音調：「我啊，要送她回家。」

兩人在樓下攔了一輛計程車。

離開充斥著音浪與酒精的環境，初次見面的生疏感便突顯了出來。

靜了一陣，江決問：「妳和蔣珂怎麼認識的？」

林晚把傅記海鮮店的經過簡短說了一遍：「我覺得她很可愛，一來二去的就做朋友了。」

江決卻關注起另一件事：「她今天跟我說，有個姐妹前幾天剛跟曖昧對象斷了，海鮮店的帥哥就是妳的曖昧對象吧。」

「是啊。」

江泱勾起唇角，冷嘲道：「可以啊她，出去吃飯還跟人搭訕呢。怎麼樣，後來妳曖昧對象有理她嗎？」

兄弟，你今晚生吃檸檬了嗎？

「好了，你也別酸了。」林晚從包裡拿出那張便條紙，抬手遞過去，「拿去吧，偷偷摸摸把名字簽在人家旁邊，也沒考慮下我的感受，這是什麼『我暗戀妳妳還介紹女朋友給我』的悲情戲啊。」

「……」

江泱酷哥的面具繃不住了。

林晚笑了起來：「真的你拿著吧，萬一將來哪天你們談戀愛了，這還是一段美好回憶呢。」

「美好個鬼。」江泱嗤笑一聲，身體還是很誠實地接了過來。

話題說開之後，車內的氣氛變得活躍起來。

原來江泱和蔣珂是在一次音樂節認識的，不過兩人各自都有自己的樂隊，加過好友後就沒怎麼聯絡。

直到江泱的樂隊今年換排練場地，才跟蔣珂從此熟悉起來。

蔣珂古靈精怪的，模樣也漂亮，一來二去，江泱就對她動心了。

然而蔣珂本人對此毫無察覺，天天喊著想談戀愛，都沒注意到身邊還有個高品質的帥哥在看她。

這個月中旬，江泱之前的樂隊解散了，蔣珂這邊的貝斯手恰好金盆洗手，招貝斯手的消息一傳出去，江泱就打算來個近水樓臺先得月。

誰知月亮還沒撈到，蔣珂就先把林晚塞了過來。

「談戀愛真不容易。」

聽完之後，林晚由衷地感嘆道。

江泱酷酷地比了個手勢：「祝福我們早日旗開得勝。」

林晚心想算了吧，還談什麼旗開得勝呢，她和周衍川幾乎都算偃旗息鼓了。

計程車開到雲峰府大門外停下，林晚跟江泱道過晚安，等車子開出去後，才轉身往社區大門走去。

剛往前邁出沒幾步，林晚腳步突然一停。

大門外一棵行道樹下，一個十三四歲的男生拿著手機，手機手電筒打開，由下往上在樹蔭間晃來晃去，似乎正在尋找什麼。

林晚藉著路燈的光，看清他另一隻手裡，握緊了一把彈弓。

數月前受傷的小鴉鵑猛然闖入她的腦海，她記得很清楚，小鴉鵑的翅膀就是被彈弓打骨折的。

眼看男生把手機放回口袋，拉緊彈弓做出危險的動作，她來不及細想，直接一個箭步衝了過去，怒斥道：「你做什麼！」

「靠！」

男生被她嚇了一大跳，手一抖，繃緊的橡皮筋反彈回他手背上，瞄準的子彈不知射去了哪裡，只聽見樹杈間響起翅膀拍動的聲響，緊接著便有一隻麻雀慌張地飛向天空。

還真是在打鳥。

「妳他媽誰啊？」

男生甩著被橡皮筋彈疼的手，看清林晚的長相與打扮後愣了一下，但隨即就因為被漂亮姐姐訓斥的屈辱感，燃起了更大的怒火。

他罵了句髒話，抬手把她往後一推，「我打麻雀關妳屁事！」

林晚踉蹌幾步，勉強站穩後皺緊了眉。考慮到對方還是學生，她克制住怒意，盡量用平靜的口吻問：「你知道那是保護動物嗎？」

男生像聽見什麼笑話一般：「神經病，麻雀到處都有，算哪門子的保護動物？再說了，打鳥怎麼了，我從搬來這裡就打過好多隻，有本事妳報警抓我啊。」

「你站在這裡別走。」

林晚懶得跟他囉嗦，直接拿出手機開始報警。

男生怔了怔，大概沒料到她真的會找警察來，一時間感覺荒唐又害怕。

荒唐的是，他不認為打鳥是值得報警的大事。

害怕的是，倘若鬧進派出所被父母知道了，回家說不定會挨罵。

情急之下，他直接扔掉彈弓，揮舞雙手往林晚撲了過去。

十三四歲的男生力氣可不小，幾乎就在他撲過來的那一刻，林晚感覺就像被巨石重重地撞了一下，高跟鞋猛地一歪，整個人失去平衡摔倒在地上。

男生搶走她的手機，慌亂掛斷已經接通的電話，又嫌不解氣想往她身上再踹一腳。

伸出去的腳還沒碰到林晚，衣領就被人從後面拽住往後一扯。

林晚抬起頭，看見江決一邊攔住男生，一邊不解地看著她：「車才剛掉頭，妳就跟人打起來了？」

話音剛落，門崗的保全也發現異常，急急忙忙趕過來扶起了林晚。

林晚揉了揉倒地時擦傷的手掌：「報警。」

派出所的警察很快趕到，了解過情況後，決定把包括江決在內的三個人一起領回去。

林晚出生以來，第一次坐上警車。

她有些不自在地理了下衣服，透過車窗看見一輛眼熟的邁巴赫停在路邊，隔得太遠，看不清車內那人的表情。

剛才兵荒馬亂沒太注意，應該是警察趕到後才開過來停在那裡的。

林晚扭過頭，提醒自己不要在意。

到了派出所後，有保全的證詞作證，事實真相很快查清。

保全把全程都看在眼裡，林晚從始至終沒出過手，江泱也只動了人家的衣領，勉強還能算是見義勇為。

可打人的男生是未成年，雖說林晚看見他企圖打鳥，但說到底也沒有確切的證據。最後警察把男生的家長喊來，讓他們把孩子領回去批評教育。

男生一家表現得不太服氣，相比傷害動物而言，父母更認為林晚有毛病，為這麼點小事害他們兒子進派出所，丟他們的面子。

只不過當著警察的面不好聲張，不情不願地道歉走人。

「不好意思，麻煩你們了。」離開派出所前，林晚對今晚值班的一位女警說。

女警微笑著看她：「不客氣，這是我們的工作，就像保護動物是妳的工作一樣。制止違法犯罪不是錯，不過下次當心些，至少等妳朋友趕到了再上去。」

林晚點點頭，很不好意思。

其實她平時沒那麼衝動，保全就在附近不遠處，她完全可以叫保全過來阻止。或許是最近心煩意亂，才會一時忘了自己的安危。

離開派出所已是凌晨。

白天下過一場雨，夜裡稍有降溫。

林晚攏了攏手臂，一不小心碰到手上的傷口，疼得皺起了眉。

江泱看她一眼：「在這等著，我去旁邊買點藥過來。」

「謝謝，你真是個好人，衷心祝福你和蔣珂有情人終成眷屬。」

「……我謝謝妳了，」江泱被她的調侃逗笑了，「妳這女生真有意思，人還在派出所門口站著呢，就有心情調侃我了。」

林晚想說「我這不是苦中作樂嗎」，結果嘴唇才剛剛張開，視線餘光就瞥見派出所旁邊的電線桿下站著一個人影。

她怔了怔，等江泱走遠了，才重新確認了一遍。

是周衍川。

周衍川站在電線桿下，身後是凌晨時空曠而寂寥的街道，顯得他的身影分外清冷，又分外遙遠。

他指間夾著一支尚未熄滅的菸，薄唇似乎呵出一口氣，煙霧嫋嫋扭曲著往上蔓延。

那麼短的剎那，林晚還走神想到，原來他會抽菸。

兩人隔著微涼的空氣對視彼此。

周衍川的眸中浸著難以言喻的目光，將他那雙深情的眼睛點綴得越發好看，像是有許多訴說不盡的愛意，通通藏在了裡面。

林晚扭過頭不看他。

有什麼可看的，桃花眼天生含情而已，信不信現在站在他面前的人是江泱，他也能看得好像性向轉變似的。

周衍川在原地站了許久，密密麻麻的情緒像一張網，將他罩在裡面，看笑話一般看著他痛苦，看著他掙扎。

他甚至聽見周源暉的聲音在耳邊對他說：「你害死我還不夠，還想碰我朋友。我媽沒說錯，你就是心理變態。」

指尖傳來菸頭灼燒的痛楚。

周衍川擰了下眉，將菸頭掐滅在旁邊的垃圾桶上，轉過身向著林晚的方向走去。

「那位是妳新朋友？」

嗓子嘶啞得不像話，也不知道一個人在外面抽了多少菸。

林晚故意冷淡地說：「是啊，彈貝斯的，超帥。等下介紹你們認識呀。」

周衍川的唇角繃成直線，鋒利的喉結急迫地滾動著，彷彿有什麼再也克制不出的野獸即將出籠，等待他下一個動作，就能把面前的女孩生吞活剝。

他點了下頭，低啞地說：「不是男朋友就行。」

林晚一愣，想抬頭看他此時的表情。

然而就在她揚起臉的瞬間，男人冰涼的嘴唇就裹挾著頹廢的菸草味，一併湧了過來。

長街漫漫，夜色如畫卷鋪開。

盛夏的親吻沾染了青檸薄荷與菸草的味道，打翻了滿天的星辰。

第十章　無法實現

周衍川親上來的那一刻，林晚還在想，你要是敢伸舌頭我就轉身把你扭送派出所。

結果事實證明她想多了。

那是一個非常淺的吻。

只淡淡地在她嘴唇上碰了一下，還不如林晚小時候親她家的小貓來得纏綿，結束得太快，害林晚愣在那裡，不知該拉開距離還是繼續回應。

雖然只有短暫的一瞬，林晚發現她有點著迷。

周衍川的嘴唇很涼，又比她想像中還柔軟。親完她後，就好像觸碰了什麼禁忌一般，克制地抿緊了。

他眼神裡似乎有許多情緒，繁雜地混在一起，在夜色中低頭沉默地看著她。

既禁欲又性感。

讓人幾乎以為是自己誘惑了他，引他犯了色戒。

林晚甚至開始想，吻技這麼生澀，他該不會是初吻吧。

她抿抿嘴唇：「你……」

話剛出口，便被汽車的鳴笛聲打斷。

她轉過頭，看見江泱在馬路那邊的斑馬線呈呆滯狀，也不知在那站了多久，路過的司機不得不按喇叭提醒他趕緊走。

兩人的距離一下子拉遠。

林晚理了下頭髮，眼角餘光看見江泱頂著一張生人勿近的酷哥臉越走越近。

江泱心中有千萬匹草泥馬在狂奔，他發現林晚這女生簡直厲害了，一不留神就跟未成年人打起來，再不留神就跟一個男的在街上親起來，派出所還在你們身後呢，你們睜大眼睛看看門上那莊嚴而神聖的警徽啊！

周衍川冷淡地看了江泱一眼，點了下頭，沒說話。

江泱此刻也沒辦法跟他寒暄，因為這種情況下他突然登場，感覺很像被迫拉進一場三角戀的修羅場。

不過他還是下意識打量著周衍川，猜測這十有八九就是蔣珂在海鮮店搭訕未遂的男人。雖然很不情願，但他也必須承認，這男的長得確實很搶眼。

一想到蔣珂或許喜歡這種淡漠清俊款的長相，江泱心裡就很不是滋味。

他把手裡的塑膠袋遞給林晚，語氣複雜：「妳那手，能搞定的話，我就先退場了？」

「好的，你先回家吧。下次請你和蔣珂吃飯。」

林晚對自己非常無語，為什麼要把「你和蔣珂」四個字加重音！她在心虛什麼！

江泱揮揮手，頭也不回地往前走了一段去攔車，只留給他們一個瀟灑的背影。

「手受傷了？」周衍川終於捨得開口，聲音還是啞的。

他不提還好，一提林晚就感覺掌心傳來鑽心的刺痛。

她撇了撇嘴角，攤開手掌給他看：「你說呢。」

路燈朦朧的光線下，白皙細膩的掌心紅了一大片，幾道細碎傷口滲出的血跡已經乾了，擦傷並不嚴重，但還是看得周衍川皺緊了眉。

「上車，幫妳擦藥。」他說。

邁巴赫就停在派出所不遠處的臨時停車位，月光下黑色的車漆泛著光，跟它的主人一樣，好看又矜貴。

林晚卻沒半點疼惜它，一坐進去就拿出那瓶香水，跟噴驅蚊噴霧似的唰唰唰對著周衍川按個不停。

換作以往，周衍川肯定免不了要笑話她幾句。

可經歷過剛才那次小爆發後，他情緒是往裡收著的，只打開車窗，讓夏夜的風徐徐吹進來。

處理傷口的過程，他一直低著頭，仔細地幫她清理消毒。

動作輕而熟練，如果換上一身白大褂，就是能讓女病患寧願永不痊癒的英俊醫生。

碘酒棉片碰到傷口時，林晚假惺惺地喊了幾聲疼。

她其實沒那麼嬌弱，但此刻就是想喊出來，想看他會有什麼反應。

周衍川抬起眼：「很疼？那我輕點。」

低啞的嗓音迴盪在耳邊，讓林晚不自覺地聯想到一些風光旖旎的場景。

等到傷口處理完了，她才盡量保持平靜的語氣問：「你剛才親我是什麼意思，被江決刺激了，發現原來對我有占有欲，不想看見我和別的男人說說笑笑？」

周衍川把用過的東西扔到袋子裡，抽出張溼巾擦手。

今晚剛見面時，他的模樣是罕見的頹廢。可現在還沒過幾分鐘，隨著清瘦手指沾到的碘酒被溼巾一點點擦掉，他整個人又恢復了平時那種乾乾淨淨的狀態。

要不是空氣中還糅雜著苦澀的菸味，林晚會以為他們之間莫名的冷戰完全是一場幻覺。

周衍川按了下太陽穴，啞聲解釋：「我本來……」

「嗯？」

「本來今天去找過妳，妳室友說……」他轉頭朝著窗外咳了幾聲，清清嗓子繼續，「說妳出門約會了。」

林晚哽了一下。

她的確是這麼對鄭小玲說的，誰還沒有負氣打嘴砲的時候呢？

周衍川隔著座位間的距離，深深看她一眼：「妳上次說喜歡我，還算數嗎？」

林晚反問他：「那你喜歡我嗎？」

周衍川沉思片刻，點了下頭：「這段時間我一直在想關於妳的事，很多次都想聯絡妳。如果這算是喜歡的話，那應該就是了。」

應該……

林晚挑了下眉，下意識認為如此不確定的詞彙，不該從周衍川口中說出來。

她想了想，問：「你該不會沒談過戀愛吧？」

周衍川沒說話，默認了。

他高中時一門心思撲在競賽上，覺得與其花時間談戀愛，不如多敲幾行代碼來得有意思。上了大學也沒多少空閒，起初是準備無人機比賽的東西，後來是幫德森寫飛控。時間一長，看著身邊的人交女朋友，也不會有什麼羨慕的感覺。哪怕追他的異性幾乎沒有斷過，但始終都不太提得起勁。

曹楓有次喝多了，還打趣說：「你不是看起來性冷淡，你是真的性冷淡。」

但林晚和其他女孩子的感覺不一樣。

或許是她足夠自信，所以對待他的態度向來很坦然，但坦然之下又有一點尋常人少見的細膩，因此能比別人多往他心裡走幾步。

車內車外都安靜了下來，只有馬路邊或經過的車輛行駛聲擦過耳膜。

林晚愣了好半天，發現事情遠遠超出她的預料。

她一直覺得周衍川不像濫情的人，交往過的女朋友不會太多，可任憑她想法再天馬行空，今天以前也沒想到他居然連初戀都沒有。

不過至少，周衍川對她是有好感的。

情況沒她想像中那麼糟糕。

林晚跌宕起伏地刷新完世界觀，輕聲說：「剛才那個吻我還蠻喜歡的，如果它發生在半個月前就更好了，那麼我會歡天喜地撲進你懷裡。我不清楚你怎麼想的，但對我來說，現在不是最適當的時機。」

周衍川仰頭靠著椅背，眉眼低垂，無聲地注視著她。

「這麼跟你說吧，我高中和大學談過兩次戀愛，但我一直都不是那種特別戀愛腦的小女生，我很清楚自己要的是什麼。」

「嗯。」

「比如我很不喜歡男朋友有所隱瞞，你有心事，我們現在的情況很彆扭，在一起也不痛快。」

林晚轉過頭，認真地看著他的眼睛，「我確實還喜歡你，而且打算只要在一起了，就會對你特別特別好。看在你這麼好看的分上，今天的吻就當作訂金，你把不能告訴我的事都處理好，然後再來找我。」

周衍川從來沒遇見過像她這樣的女孩。

她能把所有複雜的局面，都用自己的方式不卑不亢地去解決，好像從小心裡就裝著勇敢的力量，鼓勵她去表達，去熱愛。

周衍川沒再看林晚，收回的視線不知落在哪裡，漫無目的地掠過窗外的街道。

許久之後，他低沉地回了一聲：「好，等我一個月，行嗎？」

「行呀，誰叫你是我愛妃呢。」

林晚沒有討價還價，她不喜歡把人逼得太急，「希望一個月之後，有機會教你正確的接吻方式。」

「……」

周衍川靜了幾秒，忽地側過臉，勾唇笑了笑。

不知是不是林晚的錯覺，他眼中壓抑的色彩似乎變淺了一些。

車廂內的對話，從此成為林晚與周衍川之間心照不宣的約定。

隨後幾天，兩人都沒再碰面，只在通訊軟體有交流。

所談的大多是工作相關，閒暇時林晚會跟他吐槽公司附近哪家餐廳不好吃，又或者上班時在電梯裡遇見什麼不禮貌的人。

零碎的生活日常，慢慢重新填補了冷戰階段那些空白的痕跡。

某天下午，才剛起床的蔣珂打來電話，詢問她和江決的感情進展。

林晚當時正在茶水間買膠囊咖啡，一手握著手機，一手用員工卡在自動販賣機上刷卡：「我和他不太合適。」

『是嗎？那天我看你們聊得蠻投機呢。』

林晚：「我跟誰聊得不投機過？妳出去打聽打聽，我人美嘴甜林小晚，走到哪裡都能跟人相談甚歡。」

『是嗎？』蔣珂那邊傳來刷牙的含糊聲，『我怎麼記得某個人曾經告訴我，說周衍川的嘴特別毒，跟他說話能被氣死，難道那時候你們也是相談甚歡嗎？』

「……」

林晚自己都差點忘了當初說過這種話，她頓了一下，才小聲說，「偶爾也會有例外嘛。」

蔣珂無情地冷笑幾聲，咬著牙刷問：『那妳打算怎麼辦，還是和周衍川談？其實從我局外人的觀點來看，你們兩個的確蠻般配的，能互相奚落也算是相愛相殺嘛，哪怕有不愉快說清楚就行，不是什麼大問題。』

「怎麼不是大問題。」

林晚彎下腰，從販賣機裡取出剛剛沖好的咖啡，輕輕呼出一口氣，「我心裡的帳記得很清楚呢。」

蔣珂不解：『記清楚要幹嘛？』

林晚眨了下眼睛，在咖啡的氤氳熱氣中壞心眼地笑了笑：「當然是等到將來，一筆筆慢慢跟他算呀。」

林晚不知道周衍川爭取一個月是想做什麼，也沒有打算過問。

說給他一個月，她就留足三十一天的耐心。

情場進入停滯階段時，與此相對，鳥鳴澗的工作忙碌起來了。

啟動無人機巡邏只是鳥鳴澗眾多事務中的一環，他們作為聯合諸多環保組織的運轉中心，不僅每天要和分散於天南海北的工作人員聯絡，還要審核排著隊等待基金會撥款的新晉動保專案資格。

林晚最近的主要任務，則是編撰一套兒童科普手冊，用於下線保護區在當地開展自然宣傳教育。

舒斐專門囑咐她：「許多保護區都在比較偏僻的區域，當地兒童獲取專業知識的管道有限，需要盡量做得生動易懂。我記得妳履歷裡填了其他技能是會畫畫，可以做成用圖畫講故事的形式，寓教於樂，孩子們接受起來更容易。」

這對林晚來說不是難事，科普本就是她的老本行，畫畫也是她從小課外班就學起的技能，至於講故事……

還真不是她自吹自擂，她最擅長的就是跟人喋喋不休。

而且換工作這段時間，她差不多對鳥鳴澗的辦事效率也掌握清楚了。

有舒斐這個大魔王坐鎮，什麼事都恨不得昨天下令明天就辦好，像在研究所時畫完的鳥類圖鑑石沉大海的事絕不可能發生。

因此她領到任務之後，立刻興致勃勃地幹了起來。

用繪畫形式教育孩子們要保護動物不是多麼新奇的主意，但作為專業人員，林晚必須要把每種鳥類的真實形象與亞種區分等細節都做到位，可她的大腦不是無限量電腦硬碟，見過的鳥種也有限，多數時候還是要依靠專業文獻輔佐，連打一大堆草稿，心裡琢磨透徹了，才動手下筆。

其他同事有時候路過她的座位，也會饒有興趣地圍觀一陣。

某天徐康突發靈感：「妳的畫風很有設計感，下次開會的時候，可以建議大魔王考慮讓妳來做基金會的公益周邊。」

林晚筆尖一頓：「什麼公益周邊？」

「我們每年都會和品牌合作生產用於義賣的限量商品。妳懂的嘛，現代人都喜歡限量的東西，加上買了就等於做公益，所以在年輕人那裡還挺受歡迎的。」

林晚若有所思地點點頭：「可惜星創不做消費級無人機，不然配合這次合作還挺適合的。」

徐康八卦地看她一眼。

「看什麼看，我不是考慮到你跟星創的人混熟了，合作起來比較方便嘛。」林晚振振有詞，切換畫面開始研究卷尾鳥的羽毛分布。

徐康撓撓下巴：「說到星創，妳那位周總好像出差去外地參加國際氣候會議了。昨天開會的時候我聽人說起還查了下資料，不少政要名人都會出席，來頭好像很大。」

妳那位周總……

林晚咬了下嘴唇，心裡有點隱約的小歡喜，可又想到周衍川工作這麼繁忙，也不知道這一個月夠不夠用，一時間感到五味雜陳，乾脆笑嘻嘻地打趣道：「了解得這麼清楚？是你的郝帥告訴你的嗎？」

徐康：「……」

早知如此，當初他就不該對郝帥說那句「快到我懷裡來」，否則也不至於成天被三個小女生拿出來取笑。

送走一臉鬱悶的徐康，林晚才放下筆，打開瀏覽器搜索本月在國內召開的國際氣候會議。

會議全程為期五天，舉辦地點就是北方城市燕都。

林晚盯著瀏覽器愣了幾秒，忽然想到……

周衍川似乎就是燕都人。

燕都的下午，暑熱像點燃的火星，在空氣中掀起乾燥的熱度。

周衍川走出會議廳時怔了怔，彷彿已經不太適應故鄉的夏天。

意識到這一點後，他無聲地笑了一下，明明大學四年和進德森的那段時間都在燕都生活，如今重返故地卻有種遠客到訪的感覺。

或許是心理原因作祟，他此時竟有些懷念南江潮溼且漫長的夏天。

助理亦步亦趨地跟在他身側：「今天下午三點在麗晶飯店有一場『氣候變化與科技革新』的研討會，會議預計五點結束，晚上七點請行舟科技的程總吃飯，中間有兩個小時沒有行程安排，到時安排您回飯店休息？」

周衍川坐進車內，鬆開兩顆鈕釦，閉目養神了一下，才淡聲說：「不用，我有私人安排。」

傍晚時分，刺目的陽光終於趨向柔和。

周衍川獨自開車來到燕北衚衕。下車後往裡步行幾分鐘，就能看見一間鬧中取靜的四合院。此時院門緊閉，古樸的銅色被夕陽渲染得越發沉寂。

周衍川打開院門，迎面而來就是寬敞雅致的院落。太久沒人居住，院子裡的海棠早已謝了，石缸裡曾經養滿的漂亮金魚也早已不知蹤影，只有一塵不染的門透露出時常有人過來打掃的印記。

院門在身後輕輕閉攏，周衍川經過前面的院落，徑直走向後院。後院的景致與前院同樣冷清，他推開右側一扇房門，走進他小時候的房間，坐在窗邊看了一下天空。

這是父母去世後，他逐漸養成的習慣。

每次回來也不住一晚，只在這裡坐上幾十分鐘，宛如某種儀式一般，將最近經歷的事在腦海裡過一遍，既是整理過往，又是梳理頭緒。

他上次回來，還是決定離開德森的時候。

中途間隔好幾年，他經歷了簽下競業禁止協議暫離無人機行業、出國留學、回國創業、星創漸漸成長壯大，分明有許多與人生軌跡至關重要的大事，可不知為何此刻坐在這裡，滿腦子都只有一個人的身影。

手機突然一震，把林晚從他腦海中驚跑。

周衍川拿過來看了一眼，發現是曹楓傳來的訊息。

曹楓：『今年的『快遞』送到，我找藉口說是公司文件拿過來了，還是老規矩，用碎紙機幫你處理掉？』

周衍川的手指在螢幕上碰了幾下，始終沒有發出那個「好」字。

此時窗外暮靄四沉，將空曠的四合院浸潤在黃昏的光線裡。遠處依稀傳來隱約的笑聲，與許是哪家的幾個小孩子正在外面玩耍，嘹亮而稚嫩的童音嘻嘻哈哈，吵鬧著穿過古舊安寧的衚衕。

周衍川起身去廁所。

最初帶著雜質的水流盡之後，他彎下腰捧了一把水澆在臉上，濡溼的黑髮稍顯凌亂地垂下來，把不連貫的水珠從臉頰送下去，滑過清晰突出的喉結，最後漸次隱入領口。

胸膛感受到一陣涼意。

周衍川一手撐在水槽，一手握住手機，掃了眼鏡中神色淡漠的自己。

他從很小的時候開始，只要沒笑，臉上差不多就是冷淡的表情，要不是那雙桃花眼削減了輪廓的冷峻感，可能不會有太多女生敢遞情書給他。

她們總相信有桃花眼的人必定多情又溫柔，非要撞了南牆才會惱羞成怒地跟閨密抱怨：「周衍川沒有心！」

然而此時此刻，周衍川分明感到他整顆心臟，都在有力地跳動著。

他低下頭，按下語音對曹楓說：『把東西留著，我回來之後，抽時間去見他們一次。』

曹楓遲疑地回他：『……要帶保鏢嗎？』

周衍川低聲笑了笑：『不然帶你？』

『滾滾滾，我可是有老婆的人，不參與任何危險活動。』曹楓沒好氣地奚落他一句。過了一下又不放心地追問道：『你確定絕對會去？其實依我看早就該這樣，每年你堂哥忌日他們就要寄點噁心人的東西過來，我一個局外人都看不下去。恭喜你終於不打算繼續忍了，等事情解決了，我必須幫你慶祝一場。』

周衍川揉了揉眉心，沒有接話。

曹楓之所以會知道周源暉的事，全是因為星創成立的第一年，伯父伯母不知從哪裡得知了這個消息，隨即在那年的七月寄了一個快遞給周衍川。

快遞是用文件袋裝著的，曹楓以為是他們那天急著需要的一份合約，就直接拆開了。誰知道裡面全是寫滿詛咒的紙張與恐怖陰森的圖片，差點沒把曹楓一個大男人嚇得哭鼻子。

曹楓當時以為周衍川在外面有什麼仇家——作為公司合夥人，他必須了解清楚——誰知經他再三詢問，才知道其中還牽涉了一條人命。

周衍川沒說得太詳細，但曹楓差不多聽懂了。

聽完後他表示萬分無語：「這怎麼能是你一個人的錯？你堂哥肯定是長期心理壓力太大，才會在升學考結束後心態崩了，一個孩子能鬧出自殺的事，跟父母肯定脫不了關係。」

「如果沒有我，他不會自殺。」周衍川說，「快遞的事你別告訴其他人，處理掉就行。」

曹楓：「聽你這語氣，不是第一次收到了？」

「嗯，以前寄到學校，後來寄到德森，再後來我出國留學他們找不到我。沒事，每年就寄一次，可能是想提醒我別忘了。」

「……」

曹楓不知道該說什麼。

他們兩人那時還只是合作關係，沒來得及建立多麼深厚的友情，但根據他對周衍川過往的了解，總覺得他不是那麼逆來順受的類型。

周衍川敢跟德森叫板，敢放棄一切從頭再來，他心中有氣勢如虹的輝煌理想，不應該被兩個老人年復一年的折磨而不還手。

唯一的可能，就是周源暉的死給他造成了很大的心理創傷，讓他自己都相信了那些毫無道理的指責，才會因此甘願承受這一切。

所以今天聽見周衍川終於願意去跟兩位老人談談，曹楓有種等到了號角吹響的激動。

他沒忍住又傳了則語音：『能問一下，是什麼原因讓你想通了嗎？』

周衍川的視線掃過手機螢幕，薄而白淨的眼皮闔下來，蓋過了眼中的情緒。

其實原因很簡單。

如果林晚知曉全部後，仍願意和他在一起，那麼他不希望今後每年的夏天，她都有可能陪他經歷一次膽戰心驚的威脅。

那麼怕鬼的女孩，萬一嚇哭了，他要怎麼哄？

林晚的科普手冊畫到第二週，又遇到一個需要查資料的小難關。

她把鳥鳴澗的資料庫翻了遍，也沒找到有用的內容。

中午吃飯時，鄭小玲說：「要不然妳跟大魔王請假去圖書館呢？我記得以前有本書講過黃腹角雉的亞種種群生態，就是有點年頭了，一時想不起來書名。」

林晚握著筷子想了想：「這麼一說，我也有點印象，那本書我好像還有呢，不知道有沒有從家裡帶過來。」

鄭小玲：「那妳要現在回去找嗎？」

林晚點了下頭，飛快把碗裡的午餐吃乾淨，拿上手機準備離開時說：「我盡量在午休結束前趕回來，如果舒總監問起幫我說一聲。」

從科園大道回雲峰府並不遠，中午的地鐵人不多，林晚出了地鐵一路小跑趕回家裡，離下午上班還有半個小時。

時間還挺充裕，她上到三樓打開房門，蹲在起居室的矮櫃前，一本本飛快地翻閱起來。

專業書籍就是這樣，平時不用的時候擺在那裡沒什麼存在感，等到真正需要時，就會直接淹沒在知識的汪洋大海裡看不到盡頭。

林晚惦記著時間的流逝，心裡有些著急，翻到第二層時一不小心接連把好幾本書都掀到了地上。

她眼前一亮，剛準備把想找的那本書抽出來，視線就被壓在下面的另一本吸引住了。亮藍色的翠鳥照片，一瞬間把她的記憶拉回到國三那年。

林晚眨了下眼睛，伸手把周源暉送她的那本書撿起來，她翻開封面，看見泛黃的紙張上那個黑色的簽名，想起當初還不太願意收下這本「二手書」，要不是周源暉說這是已經買不到的絕版，她肯定寧願自己重新買一本。

誰曾想到，這竟會成為朋友留給她的遺物。

林晚唇邊揚起一抹苦澀的微笑，她重新把書放回書架，腦海中忽然閃過一個畫面。

那天烤肉 party 的尾聲，周衍川站在起居室裡看著窗外，離他不到一公尺遠的距離，就是她搬家後還沒來得及收拾完的行李。

記憶中某個淡掉的細節，在這個瞬間變得清晰起來。

那麼放在書堆最上層的，是這一本嗎？

疑惑的念頭一旦產生，所有細枝末節的意外彷彿都在此刻有了合理的解釋。

林晚屏住呼吸，想起周衍川從那天起開始變得疏遠，遲遲未敢挑明的話題在她腦中拉響了地雷的導火線，猛烈的爆炸聲響讓她愣在原地。

直到手機鈴聲重複響起第三遍，她才回過神。

鄭小玲在手機裡催促道：『先別管資料了！妳快點回來，南江警方破獲了一起跨省野生鳥類走私案，十幾個冷凍保麗龍箱裡全是野鳥的屍體，大魔王氣瘋了在辦公室發飆呢！』

林晚趕回鳥鳴澗時，辦公室裡瀰漫著一股低氣壓。

儘管辦公室時常有大魔王坐鎮，但整體而言，大家懷抱同一個目標聚集在此處，許多觀念彼此都非常合拍，因此鳥鳴澗的氣氛還挺輕鬆和睦。

然而此時此刻，幾乎所有人都坐在自己的座位前，人人眉頭緊鎖，間或響起的鍵盤敲打聲也透露出憤怒的力道。

舒斐已經發完火了，正在外面露臺打電話，整個人看起來依舊很焦躁，指間夾著一根女士菸，腳步不斷踱來踱去，引得頭頂的模擬喜鵲「喳喳」叫個不停。

林晚把參考書放下，問離得最近的鄭小玲：「怎麼回事？」

鄭小玲愁眉不展地轉過來：「還記得半個月前我們收到的幾份報告嗎？北方好幾個鳥類保護區發現捕鳥網的那個。」

林晚當然記得。

從半個月前開始，與鳥鳴澗合作的幾個鳥類保護組織，就不約而同在郵件中提到，他們巡邏保護區時，發現區域內有人私自架設大量捕鳥網陣，根據捕鳥網殘留的羽毛數量來看，很可能有大批鳥類已經遭到捕捉。

有些保護區地理面積太遼闊，憑藉人力很難每次都把所有區域巡視完整，盜獵人更是神出鬼沒，有時今天巡邏完一片區域，明天就會發現另一片區域早有捕鳥網等著鳥兒一頭撞上去。

鄭小玲撇撇嘴角：「而且不光是保護區，最近那邊還接到消息，城市公園裡也有人打鳥、毒鳥。後來他們當地幾個志願者找到了可疑的飼養場，只可惜一直沒能打進內部。直到前幾天他們發現有一輛貨車從飼養場開出來上了高速公路，看起來鬼鬼祟祟的，就悄悄跟了一路。」

志願者發現那輛貨車的目的地是南江後就直接報警了。

警察在高速公路出口設關盤查，終於攔截到那輛跨省運輸的貨車用生鮮蔬菜做掩護，實際上十幾個箱子裡裝的全是死鳥。

鄭小玲小聲說：「加起來有四萬多隻。」

四萬多隻……

林晚被如此駭人的數量驚到手腳冰涼，這是她工作以來聽聞過的最大數量的野生鳥類走私案。

難怪連舒斐都無法淡定，這根本是一起大規模的屠殺。

林晚端起水杯抿了一口，連上午倒進去的咖啡早已涼掉都沒發現。放下水杯時，她像是說服自己，又像是安慰鄭小玲，輕聲說：「至少人贓並獲，關進去一個個查，誰也跑不了。」

誰知鄭小玲卻悲哀地搖了搖頭。

林晚心中一寒，想到一個可能性：「都是些什麼鳥？」

「麻雀、斑鳩、黃眉鵐之類的，運來肯定是打算當野味賣給餐館的，保護動物歸保護動物，可一個珍稀品種都沒有，妳懂的。」

這一次，林晚好半天沒說話。

沒有珍稀品種，就代表根據法律規定無法追究刑事責任。

哪怕捕獲四萬多隻鳥會嚴重危害當地的生態環境，這些人所需要承擔的，也不過是幾萬塊的罰款而已。

相比走私野生動物的暴利而言，這點罰款對於他們來說，根本不痛不癢。

直到傍晚下班，林晚也有些提不起勁，懶懶地坐在那裡走神。

宋媛把椅子滑過來，輕聲細語地說：「晚晚，下班一起吃飯嗎？我請客。」

「啊？」林晚勉強回過神，不解地問，「好端端的請客幹嘛？」

宋媛低下頭靜了一陣。

她是那種典型的清秀小美人長相，纖細白淨，看著就讓人有保護欲。此刻眼眶泛紅地不說話，就更顯得楚楚可憐。

宋媛絞緊手指，過了許久才說：「我想辭職啦。」

宋媛來鳥鳴澗一年，因為生性靦腆，和基金會其他人都不算熟，這頓飯只邀請了同住在別墅的其他三人。

從科園大道到雲峰府的中途，有一家生意很好的海鮮粥店。

林晚以前跟他們來過一次，當時品嘗著熬得軟糯的海鮮粥，再配上一大把美味的燒烤，心情有多美妙自然不必多說。

可惜這一次，四人坐在桌前，情緒都十分低落。

徐康悶不作聲地喝掉一罐啤酒，才問：「妳為什麼想辭職？」

「你們別罵我。」宋媛聲音很輕，險些被其他食客的談話聲蓋過去，「我就是太鬱悶了，明明大家做了那麼多，卻永遠阻止不了盜獵的人，太讓人失望了。」

鄭小玲看她一眼：「妳真的想辭職？」

這句話剛出口，宋媛的眼睛就又紅了：「小玲妳知道的，我爸媽一直不喜歡我做這行，但我喜歡動物，想保護牠們。可是做得越久，就越明白不可能的。我們永遠阻止不了有人傷害動物，不論大家再怎麼努力都阻止不了。」

「所以妳就想跑？」鄭小玲的脾氣上來了，語氣也變得生硬許多，「人人都像妳這樣想，那鳥鳴澗趁早關門好啦，所有保護組織都關門好啦，反正總有一天地球會毀滅，大家全部完蛋嘛。」

宋媛顯然不擅長與人爭辯，幾句話的工夫，淚水就要掉不掉地垂在眼底。

徐康沒想到兩個女孩居然快吵起來了，只能左看看宋媛，右看看鄭小玲，尷尬道：「別吵別吵，有話好好說。今天大家心情不好，說的都不是真心話。」

說完還朝林晚使了下眼色，暗示她趕緊也幫忙勸勸。

林晚卻聳了下肩膀，表示無能為力。

鄭小玲的想法沒有錯。

有些事總需要有人去做，如果沒有人願意保護動物，那麼等到一個接一個的物種滅絕、等到地球環境徹底惡化、等到複雜的生態鏈斷裂，位於食物鏈頂端的人類肯定也逃不過滅亡。

大家總愛說「拯救地球」，其實從億萬年來的歷史看，地球哪裡需要人類拯救。

它始終跨越時間的長河，亙古不變地存在於那裡。

就像曾經的霸主恐龍盡數滅絕之後，總會有新的生命出現在這個藍色的星球上。地球對待寄居於此的生命，向來一視同仁，從不因為誰更強大就多青睞幾分。所以無論是保護鳥類抑或是保護其他動物，歸根結柢要保護的，還是人類自己。人若不自救，等待在前方的必定是滅亡。

即便如此，林晚也做不到像鄭小玲那樣衝動地指責宋媛。

她還在讀書時，導師就對他們說過：「你們之中如果有人將來想從事動物保護行業，那我可以果斷地告訴你們，這是一條充滿悲觀的路。也許透過不懈努力，部分物種可以在短時間內擴大種群數量，但放眼全世界來說，無數物種會在你們眼前不斷地走向消亡，而你們根本無能為力。」

所以多多少少，林晚能夠理解宋媛會難過到想辭職。

屠殺四萬多條生命，卻不用付出對等的代價，換了誰會心平氣和地接受呢？

這頓飯吃到最後，四個人都沒什麼胃口。

臨走時海鮮粥還剩下一大半，換來老闆娘自信心大受打擊的錯愕表情。

林晚歉意地對老闆娘笑了笑，走到街上看見宋媛抱著鄭小玲道歉，鄭小玲的臉色青一陣紅一陣，彆彆扭扭地叫她別哭了。

徐康揉揉眉心：「是我不懂妳們女孩子的友情。」

「總有一天你會懂的。」林晚挑眉笑道，「反正你是我們永遠的姐妹。」

「……」

徐康被噎得哽了一下，好半天才說，「我發現妳心態特別穩啊，這種時候還有精力開玩笑。」

林晚跟他並肩往前走：「不然能怎樣呢。」

淡淡的尾音融入風裡，很快便被吹散到遠方。

是啊，不然能怎樣呢。

回家的路上，大家都變得格外安靜。

好像所有的精力都在餐桌上發洩完了，只剩下消沉的情緒還堆積在心頭，等待他們各自消化。

從海鮮店到雲峰府不算遠，步行二十分鐘左右就能到達。

到了社區門外，幾人互相看了看彼此，眼神中都透露出不想進去的意思。

有時候大家都不開心，與其回到房間裡鬱悶，還不如在室外多走走，說不定還能更有效地緩解心情。

徐康提議：「剛才都沒吃飽吧，我去便利商店買點東西，我們今晚就坐在路邊野餐好了。」

林晚想了一下那個畫面，感覺有點丟人。

可眼見鄭小玲已經捂著肚子答應，只好點點頭表示可以。

三個女孩在路邊的長椅排排坐。

林晚仰頭望著漆黑如墨的夜空，片刻後輕聲說：「宋媛，再努力一下吧。妳今天哭得那麼厲害，我怕妳今後會後悔。」

「可我飯都請了。」宋媛有些不好意思，「出爾反爾不太好呀，顯得我多矯情。」

鄭小玲凶巴巴地接話：「我們又沒吃。」

「……」

林晚「噗哧」一聲笑出來，轉頭捏著宋媛的臉：「矯情有什麼關係啦，誰都會有不開心想矯情的時候啊，只要我們不說出去，沒人會知道妳動過辭職的念頭。」

宋媛眨眨眼睛，還想開口說什麼，目光就越過林晚的肩膀，望向了她身後某處。

「嗯？徐康回來了？」

林晚奇怪地扭過腦袋，順著宋媛的視線望過去，結果就看見一輛賓利停在路邊。

南江開豪車的人不少，可她就是沒來由地覺得，這肯定是以前在動保基地的時候，看見周衍川坐過的那輛。

果然下一秒，後排車窗緩緩落下。

周衍川那張英俊非凡的臉出現在視野之中，漂亮的桃花眼隔著暑熱未消的空氣，在將暗未暗的黃昏中與她對視。

遠處是城市絢爛的霓虹燈光，近處是路燈投下的層層光暈。

林晚下意識鬆開正在對宋媛耍流氓的手，腦子裡莫名閃過一個念頭——她好像很久沒看見周衍川了。

可是真的很久嗎？距離他承諾的一個月，好像也才過去十幾天。

更讓她感到荒唐的是，在看見周衍川的一剎那，她竟然也隱約有幾分想要矯情的想法。

周衍川推門下車，踩著一地暮色往長椅走來。

宋媛和鄭小玲都很沒骨氣地站起身，用去便利商店找徐康的藉口迅速溜掉了。

「在這做什麼？」他稍彎下腰，似乎打量了她的神色，「不開心？」

林晚鼻子忽然一酸：「是呀，不開心。」

她怎麼可能開心呢？

宋媛感受到的失望，她同樣也會感受到啊。

周衍川怔了怔，眼中有連日忙碌與長途奔波過後的倦怠。

但隨著他在林晚身邊坐下，那些倦怠便在倏忽間消散不見，他靠著椅背，長腿伸出交疊，輕聲問：「怎麼了？」

隨著他的話音落下，克制幾小時的積鬱就如閘門打開一般，統統翻湧了出來。

林晚也不管他能不能感同身受，就把那些生氣、失落、悲傷全部講了出來，要不是尚有一絲理智存在，她甚至還想問「你是不是看到周源暉送給我的書了」。

「你知道嗎？」她抿抿唇角，看著周衍川的眼睛，「販賣野生動物，是世界三大非法貿易之一。」

周衍川點頭：「嗯，和軍火與毒品交易並列。」

「所以啊，我有時候也會想，既然永遠有人願意為這件事鋌而走險，既然誰都無法阻止環境惡化，那麼我們所做的一切……」

林晚頓了一下，她不太喜歡說出如此消極的話，可不知為何在周衍川面前，她願意嘗試一下，將那些不方便對別人傾倒的苦水全部說出來。

「我們所做的一切，真的有意義嗎？」

面對她罕見的沮喪，周衍川眼神微動。

如果林晚是一名媒體記者，他大可以拿出官方的態度，滴水不漏地為她解答。

但他不想這樣。

男人清晰的喉結上下滾動幾次，幾秒後彷彿下定決心一般：「有空嗎，帶妳去一個地方。」

「現在嗎？」林晚茫然地問，「去幹嘛？」

周衍川在夜色中垂下眼，語氣淡然：「去看我一輩子無法實現的理想。」

第十一章 別怪自己

林晚原本猜想，周衍川口中「一輩子無法實現的理想」，很可能與他曾經美滿的家庭有關，也很可能與星創的百年宏圖有關，甚至與她尚未證實的周源暉有關。

所以一路上，她的大腦不受控制地浮想聯翩。

一下猜周衍川要帶她去看適合三代人居住的大宅，一下猜是高大上的無人機展館，一下猜難道他和周源暉有個兄弟兩人才知道的祕密基地。

結果眼看車子漸漸駛向市中心，她終於按捺不住內心的好奇。

「你到底要帶我去哪？」

周衍川抬眼掃向窗外：「快到了。」

厲害了，還跟她賣關子。

林晚鼓了鼓腮幫，身體往前傾，問專心開車的助理：「他剛才叫你開去哪裡？」

助理微微笑了一下，臉上流露出「我就是個打工的，小姐妳別為難我」的意思。

林晚沒轍了，沮喪地靠回椅背，盯著車內散發出金錢芳香的豪華內飾發呆。

她心裡有些懊惱，情緒上來就不管不顧地發洩了一通，仔細回想起來還滿丟人的。周衍川畢竟是她的愛妃……哦不對，是她的曖昧對象，在人家面前展現出如此軟弱的一面，怎麼想都有損她英明神武的形象。

她剛才該不會是在跟周衍川撒嬌吧。

林晚睫毛猛顫幾下，對自己感到萬分無語，明明約定好一個月的期限，現在這樣，倒像她違約了似的。

月亮一點點爬上山頭，懸掛在徹底黑盡的夜空之中。

吃過晚飯的行人三三兩兩，在街邊走走停停地散步，偶爾有幾個打鬧的小孩在人行道上跑來跑去，很快便被家長一把拽住，吵吵嚷嚷間氤氳出城市特有的煙火氣息。

周衍川目光稍斜，無聲打量著她的臉。

她不知道在想些什麼，眼神幾秒一變，彷彿腦內有一場激烈的鬥爭正在展開，可無論如何變化，始終都有層淡淡的陰霾籠罩在她身上。

是比幾月前聽說小鴉鵑受傷時，還更加失落的樣子。

林晚留意到身旁的目光，不自在地清清嗓子，索性把頭扭向一邊。

正好此時，車輛減慢了行駛速度通過一個門崗。

電動閘門緩緩往兩邊拉開，一條寬敞筆直的道路映入眼簾，是她從小到大再熟悉不過的風景。

林晚一愣，這不是南江大學嗎？

她一時間顧不上其他，又扭過頭詫異地看著周衍川。

他顯然不是第一次來這裡，對七彎八繞的校園道路比助理還熟悉，時不時提醒幾句「左轉」、「右轉」，盡職地擔當起一個導航，指揮助理最後把車停在了一幢實驗大樓外。

林晚抬眼一看，心中一陣發毛。

市區內的南江大學是老校區，建築大多保持著上個世紀的特色。

比如此刻矗立於窗外的農科院實驗大樓，就是一幢沒有電梯的五層建築，白牆灰磚設計得古樸，豎長型的窗框在路燈照射下，隱隱映出樹葉的影子。

偏偏此時還起了風，樹影在玻璃窗上影影綽綽地晃了晃，越看越像恐怖電影裡的鬼宅。

推門下車時，林晚鄭重警告道：「你如果敢帶我來玩什麼試膽大會，我就用高跟鞋砸破你的狗頭。」

「嗯？」周衍川顯然沒跟上她跳躍的思緒，怔了半拍才反應過來，「沒事，我聯絡過了，裡面有人。」

林晚半信半疑地跟在他身後，快進去時突然停下腳步，硬著頭皮說：「我五歲那年，這幢樓還歸以前的化學系使用，有天實驗發生意外引發了爆炸。」

周衍川：「然後呢？」

「……當時死了兩個學生。」林晚聲音越來越小，「後來我再也沒有晚上來過這裡。」

周衍川無奈地看她一眼，低聲說：「那妳跟緊我，有鬼的話，我替妳擋。」

林晚暗自吐槽，你有沒有看過恐怖電影，鬼是可以穿牆的好不好，你一個大活人擋在前面有什麼用，瞧不起鬼嗎？

然而吐槽歸吐槽，好奇到底還是戰勝了恐懼。

她緊跟在周衍川身側進了實驗大樓，因為貼得太緊，走上狹窄的樓梯時，肩膀有時會不小心碰到對方，感受到對方身體的溫熱後，又悄無聲息地錯開。

兩人的腳步踩在古舊的木質樓梯上，發出低而沉穩的聲響，一聲疊著一聲，從一樓到了四樓。

「到了。」周衍川往樓梯左邊的實驗室看去。

林晚剛才在外面看窗戶全是黑漆漆的，卻沒想到走廊的另一邊居然真的亮著燈，實驗室內隱約有人聲傳來，應該是有學生在等實驗結果。

她對實驗室這種充滿學術氣氛的地方向來充滿敬畏，下意識壓低聲音：「你確定外人可以進來？不會打擾到他們吧？」

萬一等等人家把保全處的人叫來，那她近在家屬區的母親大人肯定會趕過來痛罵她一頓。

周衍川點頭，走過去抬手敲門時，輕聲說：「我是實驗專案的投資人。」

林晚愣了一下，沒等她問出什麼項目，裡面就有人把門打開了。

一個男生站在裡面，規規矩矩喊了聲「周先生」，又轉頭對裡面說道：「潘老師，周先生到了。」

男生後退兩步，讓他們兩人進去。

與陳舊的建築外觀相比，實驗室裡面倒是一派窗明几淨。

工作臺和儀器設備似乎沒用幾年，看起來還算比較新的樣子。

靠牆的六角桌邊，一位五十幾歲、頭髮花白的女人轉過頭來，推了下玳瑁色的老花眼鏡，問：「這位是？」

周衍川：「我朋友，林晚。」

「哦——」對方拖長音調，想了起來，「是物理學院趙主任的女兒吧？妳和妳媽媽長得很像。」

林晚笑了笑：「潘老師好。」

她以前偶爾聽趙莉提過這人，記得全名應該是叫潘思靜，南江大學鼎鼎有名的農業學教授。

潘思靜和藹地笑了一下：「不好意思，我現在走不開，讓周先生帶妳參觀吧，他知道哪些不能碰。」

「沒關係，您先忙。」

林晚禮貌地回了一句，再看向周衍川的目光，已經寫滿了問號。

他一個研發無人機的，怎麼會和潘思靜扯上關係？

周衍川帶她去看實驗桌那邊的培養皿，默契地解答起她的疑問：「潘老師近幾年在帶學生做一個新項目，剛開始沒人願意投資，認為她完全是異想天開，後來我聽說了，就主動找上門跟她合作。」

林晚問：「什麼項目？」

「在火星種小麥。」

林晚險些以為自己幻聽了，她抬頭詫異地望著周衍川，發現他目光平靜，完全不像是在開玩笑。

周衍川垂眸：「聽起來很瘋狂，是嗎？」

林晚誠實表示：「我在電影裡看過火星種馬鈴薯的故事，但我以為那只是科幻題材的誇張，沒想到真的有人……」

周衍川輕聲笑了一下，他完全可以理解林晚此時的震驚，當初曹楓聽說他投了潘思靜的項目後，也在辦公室裡瞪大眼睛狂喊 so crazy。

「其實並沒有你們想像中那麼瘋狂。妳應該聽說過，除了地球以外，火星是太陽系內最適合人類生存的星球，否則全世界的航太人，也不至於一個接一個地往火星發射衛星。但從目前的研究來看，火星的生態環境很像一個極端惡化後的地球。人類將來不管移居火星還是死守地球，都要面臨的一個重要難題，就是如何在被汙染過的環境裡種出食物。」

林晚點了點頭，沒有出聲打斷。

她發現此時的周衍川變得和平時有點不一樣，並非他的語氣有多麼煽動，而是他眼中那種渴望探索未來的目光，為他平添了一份熱烈而昂揚的意氣。

被苦難磨平了稜角的人，絕對無法露出他此刻的眼神。

林晚在這一刻無比確信，這個男人心中有比她想像的還要廣闊的天地。

周衍川靠在牆邊，稍低著頭，清冽的嗓音在實驗室內不急不徐地響起：「如果能在火星種出小麥，那麼等到將來的某一天，哪怕地球變成了荒蕪的廢墟，人類也可以繼續在這片土地生存下去。」

不是環境惡化就注定滅亡的未來，而是保留了希望的另一種未來。

林晚無法形容現在的感受，換作其他認識的人對她說這番話，她或許會認為對方是在說一個天方夜譚的故事。

但此時此刻，周衍川站在她的面前垂下眼，燈光在他眼尾掃出淡淡一抹陰影，讓他眼角那顆淚痣看起來有幾分虛幻，卻又的確存在於那裡。

靜了一陣，她才輕聲問：「那你們現在成功了嗎？我是說，在地球模擬火星環境的那種成功。」

周衍川輕輕地搖了下頭：「現在還處於最初期的階段，理論研究和環境分析，星創也在配合這個項目研發農業型無人機，但是等到模擬成功，恐怕還要好幾年。」

林晚忽然明白了，他所說的「一輩子無法實現的理想」是什麼。

這將會是一段充滿坎坷的漫長道路，人的壽命畢竟有限，或許等到周衍川壽終正寢的那一天，他也無法見到道路盡頭的風景。

他想在有生之年，做出一塊支撐未來的基石。

林晚釋懷地笑了起來：「反正總有一天會實現的吧，就算我們看不到，將來的人也會看見。這麼一想，不是特別浪漫嗎？」

周衍川似乎也笑了下：「嗯，只是不清楚科技發展和環境惡化相比，哪邊的速度更快些。」

林晚恍惚了一下，然後就聽見他低下頭，在她耳邊輕聲說：「所以妳看，妳的工作不是沒有意義，你們在為人類爭取時間。」

無法言喻的思緒猛地湧了上來，在林晚頹喪了一整晚的心間，蕩開麥浪般的漣漪。

她下意識揚起臉，看見他眼眸低垂，長長的睫毛往下蓋著，本就深情的眼睛比從前更多出幾分溫柔繾綣。

不遠處仍有人聲輕微響起，可她彷彿什麼也聽不見。

視野裡只有周衍川近在咫尺的面容，還是她初見就頗感驚豔的帥氣，但和那時相比，她現在更喜愛的，似乎是他英俊外表下藏著的、常人難以觸及的靈魂。

林晚抿了下唇角，視線緩慢描繪著他薄而清晰的嘴唇，聽見內心的聲音越來越強烈。

她不想等一個月了。

她現在就想吻他。

林晚就算再開放，也不敢在德高望重的潘靜思和她的學生面前激吻周衍川。

這裡可是關係人類未來的實驗室，她不想幾百年後的大家講起這段歷史，還往裡面編排一段與她有關的「桃色八卦」。

剛好此時潘靜思和學生討論完，走過來跟周衍川談項目進展。

林晚自覺地迴避到門外，關門時往裡最後看了一眼。

潘靜思個子矮，仰頭說話很費勁。

周衍川配合她的身高，身體往下彎成俐落流暢的線條，讓林晚浮想聯翩的嘴唇抿著，十足禁欲的模樣，反而讓人想看他意亂情迷。

林晚沒有走遠，就站在門邊靠近走廊的地方，翻了幾行聯絡人，最後放棄了正經人鐘佳寧，選擇了蔣珂作為聊天對象。

她打字問：『妳主動吻過不是妳男朋友的人嗎？有沒有心得體驗可以傳授？』

蔣珂傳了張肉嘟嘟小 baby 的照片過來：『我表姐的兒子，剛親完。親之前記得把他的嘴邊的米糊擦乾淨，不然會蹭一臉。』

林晚：『……別鬧，妳懂我意思。』

『幹嘛啦，妳想親周衍川？聽我的，氣氛到了直接上，瞻前顧後不是好海王。』

『OK，不過我現在是秦王了。』

『？？？』

林晚聽見實驗室內的動靜，收起手機，假裝若無其事地低頭數地板格子。

門打開的角度，往地板投下一片弧形的光影，周衍川的影子被燈光拉得很長，從門裡一直延伸到她的身旁。

「這麼快就聊完了？」林晚問。

周衍川說：「嗯，本來就是臨時帶妳過來。」

那雙桃花眼若有似無地從她臉上掃過，「再說妳不是怕鬼嗎？留妳一個人在外面，不太好。」

林晚挑了下眉，沒好意思承認她的恐懼已經被蠢蠢欲動的小心思打敗了。

隨著周衍川反手將門在身後合攏，走廊裡便只剩下他們兩人。

燈光鑽進地板深色的紋路裡，鋪出一條寧靜而溫柔的路。

兩人並肩下樓，走到樓梯轉角時，月光透過樓梯間的通風窗，淺淺地灑進一層清輝。

林晚刻意放慢腳步，看著男人寬而平直的肩線，眨了眨眼睛。

臺階的高低差需要幾步，才是適合他們身高的接吻角度呢？

沒等她盤算出結果，一道手電筒的光從二樓照了上來，巡邏的保全探出頭，謹慎詢問：

「你們兩個，大半夜跑來這裡幹什麼？」

林晚：「……」

「過來找潘老師，剛從她的實驗室出來。」周衍川沒有發現她的失落，淡聲解釋。

保全上下打量他們幾眼。

兩人都是二十幾歲的年紀，氣質乾淨，說是學校的研究生也不會惹人懷疑。

「哦，那早點回宿舍吧。」

保全真把他們當學生了，手電筒往上晃了晃，「這麼晚了，潘老師還沒走呢？那可不行，我要上去趕人。」

林晚側身給保全讓路，聽他「咚咚咚」跑上樓去，腦子裡那點花前月下的綺麗念頭被震得七零八落。她無奈地嘆了聲氣，心想算了，換個地方吧。

「既然來都來了，」她清清嗓子，問，「想不想散步逛校園呀？」

「好。」

林晚從小在南江大學長大，知道實驗大樓出去沒多遠就是第一圖書館，地勢比較高，館外還有個搭滿葡萄藤的花園，最適合夜深人靜時，發生點不需要他人旁觀的事。

結果走出去沒幾分鐘，林晚內心絕望極了。

她怎麼忘了周衍川的助理還在等他們！

這助理也不知是修了讀心術看穿她心懷不軌還是怎麼的，開著輛賓利慢吞吞跟在他們身邊，一副「只要老闆有需要，我立刻就能把車停在他身邊」的氣勢。

一個著急趕回宿舍的學生，騎著自行車從賓利旁邊飛馳而過。

兩車交錯時還回頭鄙夷地看了一眼，大概長這麼大沒見過這麼憋屈的豪車。

「讓他把車停遠點等吧，節能減碳保護環境好不好，」林晚哭笑不得地建議道，「反正我們現在又不坐車。」

閒雜人等終於全部退出舞臺，林晚燃燒的激情也涼得差不多了。

她聳聳肩，或許這就是尋歡作樂的氣氛還不夠到位，所以老天提醒她不要輕舉妄動。

周衍川沒問她該往那邊走，事實上他的心思也沒有放在遊覽校園風光上。

眼前的女孩已經恢復了平時的活力，黑白分明的眼睛在夜色中看起來亮晶晶的，證明他的安慰似乎還是起到了作用。

按照他之前的想法，到了此刻，差不多就是他該離開的時候。畢竟他今天剛從燕都回南江，還沒來得及把一切都處理好。

月色如水，樹影婆娑，樹林間不時傳來夏日的蟲鳴，陪伴他們漫無目的地行走在安靜的校園內。

林晚走路不太老實，踩在人行道的邊緣，身影搖搖晃晃，全然不顧自己穿著一雙高跟鞋。

周衍川蹙眉掃她幾眼，好幾次想伸手扶穩她，卻又在即將碰到她手肘的時候收了回去。

林晚眼角餘光注意到他的動作，悄悄彎起唇角：「你既然要看著我，就看仔細點，萬一我不小心摔了，你還要負責把我背回家的。」

「我不知道叫人把車開過來？」周衍川很輕地笑了笑。

「你懂什麼，這叫護駕。」林晚展開雙臂保持平衡，恨鐵不成鋼地搖搖頭，「愛妃，我後宮那麼多人，你要學會努力表現才行。」

周衍川靜了幾秒，問：「又有新朋友了？」

「哪有那麼快。」林晚歪過頭看他，笑著問，「你還在意那天在派出所遇見的貝斯手？算了吧，人家喜歡蔣珂。」

唔，這麼說好像不太對。

哪怕江決不喜歡蔣珂，林晚也不會有和他交往的想法。

帥倒是蠻帥，可惜不是她喜歡的類型。

於是她體貼地補充道：「而且我說過要等你一個月嘛，怎麼樣，還剩十幾天，你想好用哪種姿勢跟我告白了嗎？」

周衍川目光沉了沉，片刻後悵然地笑了一下。

稍縱即逝的神情從林晚眼中閃過，連帶著今天中午的某個猜測也再次在她心頭盤旋起來。

她收回雙臂，加快腳步站到周衍川面前，揚起臉看著他。

「怎麼了？」他問。

林晚是真的不想再等一個月。

特別是在參觀完潘靜思的實驗室後，她能明顯地感覺到，內心對周衍川的喜愛越來越多，它們交織混合在一起，仿若整個胸口都裝不下似的，快要漫出來了。

她認真地注視著周衍川的眼睛，把很早以前就想問而不敢問的疑惑，輕聲問了出來：「你是不是認識周源暉？」

周衍川眼神動了動，沒說話。

路燈柔和的光暈打散在他們頭頂，兩人安靜地面對面站著，沉默蔓延開來的同時，林晚從他眼中找到了答案。

她說不清心中是什麼滋味，只覺得這就像在玩電腦自帶的地雷遊戲，有時滑鼠點下去時隱約就有預感，但還是想親眼看看結果會是什麼。

「所以真的是因為他？」林晚問。

周衍川別開視線，望著遠方浸在墨色中的操場，調整了幾次呼吸後，才低聲開口：「周源暉是我堂哥，他在拿到大學錄取通知書的當天自殺了。」

「我知道。可他的死，跟你有關嗎？」

「……有。」

林晚皺了皺眉，忽然有點暈眩。

她不喜歡看到周衍川現在露出的表情，隱忍地壓抑著什麼，哪怕只說一個字，都像是在經歷難以啟齒的自白。

說她被男人的美色沖昏了頭腦也好，或者別的什麼也罷，但此時此刻她的第一直覺，就是她不相信周衍川會害周源暉。

她走到路邊的長椅坐下，深吸一口氣，繼續問：「告訴我，為什麼這麼說？」

周衍川揉揉太陽穴，用力地咬了下嘴唇想保持清醒。

理智一而再再而三地提醒他，林晚是周源暉的朋友，你以為她知道朋友被你害死之後，還能心無旁騖地和在你在一起嗎？

她對你的喜歡只有那麼多，負擔不起一條人命的重量。你還沒來得及找伯父伯母談談，你還處在每年七月就要被威脅一次的生活裡，不要把她牽扯進來，她不應該面臨這一切。

然而當他們的視線在夜色中碰到一起時，他的喉嚨裡卻說不出拒絕的話。

林晚在長椅上等待了半分鐘，終於看見周衍川走到她身邊坐下。

他脊背微微弓著，手肘撐在膝蓋上，低頭的動作拉長了脖頸流暢的線條。

之後的半小時，校園裡再也沒有其他人經過。

天與地擁抱著他們，為他們創造出無人打擾的環境，以此來消化數年之前那段沉痛而慘烈的往事。

周衍川每說一句話，林晚的心便往下沉一分。

等到她聽完故事的結局後，心臟彷彿有密密麻麻的螞蟻在啃噬一般，泛起酸脹的疼痛。

林晚久違地張開嘴，聲音顫抖：「這麼多年，你一直相信是自己害死了他？」

周衍川沒有直接回答，只是用手背抵著額頭，啞聲道：「醫生和朋友都勸過我，說不是我一個人的錯，但是所有人都可以這麼以為，只有我不行。」

因為那將會變成一個罪人的辯解與開脫。

林晚垂下視線，看著他用力到骨節泛白的手指，聲音不自覺地溫柔起來：「我不認識從前的你，所以我不會下任何判詞。所有的是非對錯總歸擺在那裡，你認或者不認，都不會改變他的結果。」

周衍川扼住手腕，低啞地喘了口氣，好像剛才的坦白抽走了所有的力量，讓他變得萬分疲憊。

「但是我認識周源暉，他有時會跟我聊到家裡人，只不過從來沒有提過你，所以我想，你確實是他壓力的一部分。」

林晚也彎下腰，雙手交疊在膝蓋上，疼惜地看著處於痛苦與自責之中的男人，「可你知道嗎？他每一次聊到父母的時候，講的都不是開心的經歷。」

曾經的周源暉永遠不會想到，有朝一日，那個和他一樣喜歡鳥的小學妹，會和那個處處比他優秀的堂弟認識。

他把林晚當作彼此理解卻又不過分親密的朋友，有許多不方便對熟人提及的事，在她面前都可以肆無忌憚地彰顯出痕跡。

他說小學有一次沒考到年級第一，家長會結束後，父母把他所有的課外書扔進了垃圾堆。

他說父親在公司升職成為副總，母親會嘲諷父親比不過遠在燕都的叔叔。

他說母親想買一套環境優美的別墅，父親實地看過之後，嫌棄遇到的幾位鄰居像暴發戶，被人知道會懷疑他們的等級。

「他們永遠在跟別人攀比，比權勢比家境比孩子。」

周源暉說這些話時，眼中有種漫不經心的意味，好像只是隨便吐槽幾句而已，「這種日子過久了真的好累，會崩潰妳知道嗎。我有時會夢見被他們裝進箱子帶到比賽現場，所有優點和缺點都被裁判用尺子一寸一寸地丈量。」

那時的林晚僅僅是個懵懂稚嫩的小女生，她會友善地表達對周源暉的同情、會向他傳授讓心情好起來的辦法、會用不太過分的話語陪他批評叔叔阿姨的錯誤。

但是她做了那麼多，卻唯獨沒有聽懂周源暉內心深處最真實的潛臺詞。

——他在求救。

四周寂靜下來，唯有昆蟲攀爬過草叢，發出窸窸窣窣的細碎聲響。

半晌後，周衍川緩緩吐出一口氣，用手蓋住了眼睛。

林晚不忍心看他這樣，她伸手勾住他的脖子，將毫無防備的男人往下帶了帶。

然後用飽滿柔軟的雙唇封住了他痛苦的嘆息。

「別再怪自己了，寶貝。」

林晚的心臟跳得飛快，撲通撲通地拍打在她的胸口，讓她根本聽不見自己說了什麼。

上次蜻蜓點水的那一吻，僅僅夠她記住周衍川嘴唇的觸感。

而這一次的深吻，被她拉長了時間的界線，讓她能夠記住更多與他有關的細節。比如他後背繃緊的力度，比如他眼中湧動的暗潮，比如他與她唇齒相依時，喉結滾動的性感聲音。

周衍川或許側臉躲過一下，也或許沒有，他記不太清楚。

林晚身上洗髮水的淡香味縈繞在他的呼吸裡，像一劑裹著糖衣的良藥，漸漸撫平了他內心曠日持久的刺痛。

彼此間連接的氣息熾熱滾燙，與林晚方才再溫柔不過的安慰相比，就像噴薄的火山將岩漿嘩啦啦倒在了冰川上，劈里啪啦響起的，既是火苗攢動的聲響，也是冰塊裂開的動靜。

他們在高溫下糾纏融合，再也分不出彼此的距離。

直到一隻驚醒的野貓竄出草叢，才打破了校園沉寂的寧靜。

林晚嫣紅的唇瓣彷彿被酒浸潤過，在黯淡的夜色下泛起曖昧的光澤，口紅不知被誰的溫度融化了，模糊而放肆地越過唇線，讓她的嘴唇顯得比接吻之前還要更加動人。

她吐息還有些不穩，眼神卻毫不掩飾地望著面前的男人。

周衍川還是剛才的樣子，頭有些不自然地稍低著，一副冷淡禁欲的模樣，唯有襯衫底下的胸膛起伏，正在悄然宣洩激吻過後凌亂的呼吸。

周圍的空氣依舊灼熱，帶著點不夠真實的虛幻感。

兩人都像大夢初醒一般，思緒恍惚。

林晚悄悄抬了下眼皮，掃向距離他們不到一公尺遠的鏡頭，心中猛然一震。

嘖，剛才怎麼沒發現此處還有一位「觀眾」。

她用手背擦了擦嘴唇，小聲又含糊地說：「慘了，好像全部被拍下來了。」

「嗯？妳說什麼？」

周衍川根本沒聽清，下意識往右靠過來。

明明前後不過幾分鐘，林晚卻覺得現在的周衍川聞起來不太一樣，好像他身上沾染了屬於她的味道，又好像是那種被稱為荷爾蒙的男性氣息變得有存在感了。

剛才當著鏡頭的面耍流氓的威風瞬間煙消雲散，她居然沒來由地慌亂了起來，身體不自覺地往旁邊退。

這條長椅根本就沒有扶手，她一下子退得太遠，直接失去了平衡，眼看著就要歪歪扭扭地往地面栽過去了。

周衍川動作很快，一把拽住她的手腕把人扯了回來，他皺了下眉，有點無語：「親完就躲？」

他嗓音是啞的，聲帶像被砂紙打磨得更加磁性，在寂靜的夜裡被無限地放大。

林晚睫毛顫了顫，發現一件很不妙的事，她好像臉紅了。

不過大晚上的，應該看不出來吧。

僥倖的念頭剛在心中升起，男人若有無似的目光就從她臉上掃過，彷彿帶著溫度一般，從她不安的眼睛緩緩游向飽滿的嘴唇。

「臉紅了？」他低而平緩地問。

林晚：「……」

看破不說破懂不懂啊！她第一次幹強吻的事，業務不熟練緊張了不行嗎？為什麼被強吻的人現在反而比她還淡定呢？

周衍川的目光繼續往下，掃過她骨肉均亭的身體，最後落在她因為緊張而絞緊的手指，白皙的指尖微微顫抖，像一下下地敲打在他的心上。

怔然良久後，周衍川嘆了聲氣。

林晚不是第一個知道那段過往的人，在她之前，有曹楓，還有他陸陸續續看過的幾位心理醫生。每個人都告訴他：這不是你的錯，你不用自責也不需要愧疚，你沒有做任何對不起周源暉的事。

然而周衍川做不到他們的要求，他沒辦法置身事外，像局外人談論新聞那樣，用理智且客觀的態度去分析堂哥的死因。

那是一個曾經鮮活而溫暖的生命。

周衍川剛到南江時，經常整夜無法入睡。

他的父母才剛過世不久，他獨自來到人生地不熟的南江，氣候、飲食、語言，每一樣都與他所習慣的燕都有著巨大的差異。

從小養尊處優的少爺被扔進了一個完全陌生的環境，卻又無比清醒地知道，他要學會察言觀色和伯父一家打好關係，因為世界上已經沒有會無條件容忍他的父母。

那是一個非常煎熬的暑假，他甚至沒有信心能熬過去。

某天凌晨，是周源暉敲開他的房門。

堂哥根本不在意這麼晚了他的房間還亮著燈，只是隨手扔給他一件防潮的衝鋒衣：「快點穿上，我跟朋友約了今晚上山看流星雨。」

周衍川一頭霧水，坐在床邊沒動。

「快點啦，再晚當心被我爸媽發現就走不了啦。」周源暉笑嘻嘻地看著他，「哥哥帶你出去玩，明天不要告訴他們，知道嗎？」

那年夏天的流星雨，被厚重的雲層遮住了大半。

他們在山上等候幾小時，到了最後也只看見幾顆流星劃過。

但周衍川也是從那一晚開始，忽然覺得南江或許並沒有他想像中那麼糟糕。

周源暉死後的這些年，他始終問心有愧。

能讓那個少年一步步走向絕望的漫長時光裡，一定有許多個他明明可以挽救卻錯失的瞬間。

也許是他好意提出的幫助，也許是他贏得比賽後第一個打給周源暉的電話，也許……還有兩人最後交談的那個夜晚。

每當周衍川意識到這些，林林總總的情緒便會疊在一起，沖刷過心臟，拉扯著神經，把他又一次帶回到數年之前的那個夏天。

那是一座冷冰冰的牢籠，似乎將會把他永遠囚禁在罪人的深淵裡。

然而今天晚上，林晚卻明明白白地告訴他：你確實是造成他死亡的部分原因，但你無需辯解，也無力改變，你應該從牢籠裡掙脫出來往前走。

周衍川視線低垂，緩聲開口：「上次跟妳說一個月……」

「啊？」

「是因為我想去找伯父伯母談一次。」

林晚滿心的羞怯立刻往旁讓開，她偏過腦袋，柔聲問：「你想跟他們談什麼？」

「有些事之前沒說，怕嚇著妳。他們基本每年夏天會寄一封恐嚇信給我，裡面是列印出來的圖片，鬼啊血手印之類的，我以前一直覺得不要緊，這是我欠他們的。」

林晚心疼得要死：「不許說不要緊。」

「……好。」

周衍川聽話地點點頭，語氣平靜，「但那天妳說喜歡我之後，我的第一反應是害怕。害怕他們發現我身邊多出一個妳，然後轉而去騷擾妳。」

林晚心裡很不是滋味。

為了她，他連這麼多年的隱忍都不顧了，而她那段時間卻懷疑周衍川對她根本沒有感覺。

「今年你也收到了嗎？」

「文件前幾天寄到公司，在曹楓辦公室哪個抽屜鎖著吧，我還沒來得及去取。沒事，其實早晚都會有這一天，所以最近幾天，我應該會回去找他們一趟。」

林晚默不作聲地咬了下嘴唇，這絕不會是一場相談甚歡的見面，她不忍心讓周衍川獨自去面對那些苛責與謾罵。

誰知周衍川似乎猜到她的想法，輕笑著搖搖頭：「妳不用陪我去。這是我和妳在一起以前發生的事，後果就該我自己擔著，我不想讓妳被牽扯進來。」

林晚悶悶地「嗯」了一聲，她知道周衍川是個能扛事的人，但他太能扛了，又讓她很想為他分擔點什麼。

周遭的風不知何時停了幾拍，樹葉變回靜止的姿態，聚在樹梢勾住淺淡的月光，等到分針「滴答」轉過一格，才又被重新吹拂的晚風打散在枝頭。

林晚的眉頭忽然舒展開，睜大眼睛：「你剛才說……在一起以前？」

「說了。」周衍川側過臉看她，桃花眼深情款款地襯著尾端下方那顆淚痣，在迷離的夜色中看得人心跳加速。

林晚被近距離的英俊面容迷得怔了怔，慢吞吞地問：「那有沒有什麼，在一起以後的事？」

她從來沒對哪個男生有過如此小心翼翼的詢問。

可能是周衍川這種類型對她來說太少見，樣貌能力放在哪裡都是最頂尖的那種，可他又經歷過太多波折，好像帶著滿身不肯輕易示人的傷，卻依舊咬緊牙關迎著陽光的方向生長。

周衍川聲音很輕：「那可能要問妳了。」

「問我什麼？」

他往後靠著椅背，半是自嘲半是散漫的語氣，慢慢數給她聽：「我沒談過戀愛，可能說不出太多甜言蜜語；工作特別忙，加班是常事，經常天南海北到處飛，沒辦法天天見面。而且說真的，我被這件事困擾太多年，不可能一夜之間就全好了。」

林晚被他那堆亂七八糟的話繞糊塗了。

她愣愣地觀察著周衍川的臉色，發現他儘管看起來沒什麼大礙，但只要提到周源暉相關的詞，就會不自覺地皺眉，下頜也會繃出冷峻的線條，不想被她看出來似的，堅忍地克制著什麼。

周衍川越是這樣，林晚就越感到揪心。

她揚起臉，認真地問：「你到底想說什麼，能不能直接點？」

周衍川靜了幾秒，望向眼神坦蕩的女孩，還有她自以為沒人發現的、交錯握緊的十指。

該說不可思議嗎？

當初在玉堂春匆匆一面的邂逅時，他從未想到過，將來某天竟會在她身上看到其他人沒有的光芒。

她是盛放在春日驕陽下的花，肆意而灑脫，卻又願意在他身邊停下腳步，化作潤物無聲的細雨，點點滴滴填滿那些縱橫交錯的傷痕。

周衍川往前傾，修長清瘦的手指往內收攏，將她的忐忑與期待一併握進了掌心。

「以後會發生什麼事，需要妳先點頭才知道。」

他低頭看著她，勾唇笑了一下，眼神真摯，「所以，要跟我在一起嗎？」

第十二章　虎狼之詞

原本是萬籟寂靜的夏夜，忽然間彷彿炸開漫天的煙火。

火光在林晚心頭開出大朵大朵絢爛的花，在絲絨般質感的漆黑幕布裡，劃過一片片豔麗的光影。

林晚望著林蔭道對面的第一圖書館，看它半遮半現地藏匿於幾棵老榕樹後，灰色的混凝土牆面搭配裝飾性的馬賽克曲線，在年復一年的風吹日曬中，慢慢渡上一層滄桑的濾鏡，像一位垂垂老矣的長者，和藹地守護著在月色下互訴衷腸的年輕人。

等到心裡的煙火洋洋灑灑落了地，林晚才勉強找回自己的聲音，她動了動被男人握緊的手指，輕聲問：「想讓我做你女朋友呢？」

周衍川大概沒料到這種時候她還能反問一句，有些意外地怔了片刻，才慢條斯理地回答道：「怎麼，不願意？不喜歡這種告白方式？」

他把手收回去，佯裝失落地眉眼低垂，「行，回去吧，改天換個方式再來。」

「哎呀，別別別——」

林晚不管不顧地撲過去抱住他，兩人的皮膚緊緊貼在一起，她是半點也不靦腆，眼尾眉梢全是快樂的笑意，「當然是喜歡的，寶貝。」

「別叫寶貝。」

「好，心肝。還是你更喜歡愛妃？」

周衍川側過臉，在月色下笑了笑。

拿她這種大膽又熱烈的表達方式沒辦法。

林晚調整了一下姿勢，手臂環住他窄而緊實的腰，甜絲絲地說：「你的確特別聰明，初戀就知道選我當女朋友。你說的那些缺點在我眼裡都不算什麼，不會說甜言蜜語沒關係啊，我教你嘛，偶爾合適的時候有幾句就好，太多了會油膩我不喜歡。」

「……」

周衍川忍不住回頭看她一眼。

「不能天天見面也不要緊，反正我工作也不閒，週末還經常出去觀鳥，到時候說不定是誰沒空呢。放心吧，我不是那種黏黏糊糊的小女生，當代獨立女性說的就是我本人。當然如果你想我了就直接說，我把後宮那些鶯鶯燕燕全甩開，專門過來陪你一個人好不好？」

周衍川聽得眼皮跳了幾下，壓低聲音問：「妳還真想開後宮？」

林晚用下巴蹭了蹭他的胸膛：「這不是說著玩嘛。至於周源暉的事，你不想我被牽扯進去，那我就相信你能解決。但你以後不許再自己忍著，難過了要記得告訴我，否則被我知道肯定會跟你鬧的，到時候你就知道我的厲害了。」

周衍川緩緩深呼吸幾次，感覺已經隱約知道她的厲害了。

她太敏銳又太坦蕩，許多事在她那裡都瞞不住，那雙亮晶晶的眼睛好像什麼都能看見，眼神一掃過來，就是往人心裡去。

半晌後，周衍川低低地「嗯」了一聲：「知道了。」

得到他這句保證，林晚這才捨得把手鬆開，坐直了笑盈盈地看著他：「唉，你這樣真的好討人喜歡，又想親你了。」

周衍川簡直服氣，還有點無可奈何。

他理了下被林晚趴亂的襯衫，站起身又整了下袖口：「行了，回去吧。」

語氣聽起來冷冷淡淡的，眼底卻掠過了一絲笑意。

林晚故意唉聲嘆氣地跟在他身邊，一副今天親不到晚上就睡不著覺的模樣。

周衍川全當沒聽見，不緊不慢地配合她的步速，找到了停在附近的賓利。

助理正站在花壇邊打電話給老婆：「很快，很快就回去了。我知道，這不是沒辦法嘛，周總不知道去哪裡了，我又不好催他。對，老婆大人說得對，周總不是人，嗯他過分，他剝削我……不是，我薪水並不低，這方面他倒是沒虧待我……好好好，低，簡直太低了，我明天就拍桌子要求漲薪！」

林晚：「……」

朋友，你回頭看一眼啊。

周衍川走到車邊，閒散地靠著，抬手敲了幾下車門。

助理背影一僵，脖子彷彿生鏽了似的，好半天才轉過來，臉上掛著尷尬而不失禮貌的笑容：「……周總。」

他趕緊掛斷電話，動作是前所未有的敏捷，閃現過來的同時還沒忘記分析局勢，衝到林晚那邊，先幫女士打開了車門。

林晚笑著說：「謝謝。」

助理擦了下腦門的汗水，忐忑不安地想，上次加過聯絡方式的獵頭叫什麼名字啊，也不知道七月份好不好找新工作。

車輛再次起步，出了校門調轉車頭，往雲峰府的方向開去。

林晚今天過得算是心潮澎湃，上車後沒過多久，就歪著頭睡了過去。

睡著前還沒忘把手往旁邊伸出，輕輕拉住了周衍川的手，指尖在他掌心裡撓了撓。

一陣酥麻的電流從掌心四散開來。

周衍川低垂著眼睛，睫毛在眼底落下一片陰影，唇角微微勾了勾。

片刻後，他輕聲開口：「許助。」

許助理莫名吞嚥一下，握緊方向盤，懷疑自己即將成為星創史上第一位在車裡被開除的人。

本來因為加班不能早點回家導致老婆生氣，這種時候順著老婆罵罵老闆的事，肯定不少人都幹過，但誰叫他運氣那麼差，偏偏被老闆聽見了呢。

真要說的話，周衍川其實是個很不錯的老闆，從不會動不動就拿身邊的人撒氣，又能保持適當的距離感，不會心血來潮跟你談心增加沒必要的壓力。

可就是平時比較冷漠，跟誰都不熟的樣子，會讓人覺得一旦惹到他就會死得很慘。

然而出乎預料是，許助理很快就聽到後排傳來意外顯得溫和的聲音：「這半年工作比較忙，辛苦了，明天我會叫人事部幫你漲薪百分之三十。」

「……謝謝周總。」

他想為剛才的電話解釋幾句，結果就從中間的後視鏡裡看見，周衍川已經扭過頭，深情地注視著熟睡的女孩。

許助理一愣，他是星創成立之初就入職的，已經當了周衍川三年助理。

然而他卻從來沒有在這個男人臉上，看到過如此溫柔的神色。

沿街的商鋪開始打烊，城市低矮處的霓虹招牌一盞盞熄滅，取而代之亮起的，是高樓裡越來越多的溫暖燈光。

雲峰府的夜晚與南江大學同樣安靜。

間距寬敞的別墅住宅各自攏成一方小天地，給社區的道路留出靜謐的氣氛。

林晚站在花園外，人有點剛醒過來的迷糊，看著把她送到家門口的周衍川，還怔了半拍，心想這人好像是她的男朋友了。

她揉揉眼睛，睏倦地說：「那我先進去了。」

「嗯，晚安。」

「晚安。」

林晚揮了揮手，背過身去推花園的柵欄門。

結果指尖還沒碰到門，手腕就被握住往後一拽，眼前的視野也轉了一個完整的圈，等她反應過來時，人已經被周衍川摟在了懷裡。

他低下頭，學著她之前的方式，含住她的嘴唇吮著。

林晚的睡意被這次突襲鬧得不見蹤影，呼吸也不由自主地急促起來，她踮起腳尖，手臂擦過男人修長的脖頸，搭在他肌理流暢的後背，偏過頭回應他的親吻。

難怪之前死活不肯讓她再親，原來是在這裡等著啊。

林晚在心裡嘀咕了一句，發現她其實很享受這種意外的驚喜，於是仔細品嘗過男人嘴唇的溫度後，才慢慢往下換了位置，改而去親他清晰的喉結，牙齒輕輕地碰著。

周衍川往後躲了躲，貼在她頸後的手掌稍稍用力：「別親這，癢。」

「那留著下次親。」林晚眼睛笑得彎彎的，戀戀不捨地在他唇上又親了一口，才總算捨得放開他，「寶貝早點睡，明天見。」

周衍川剛要點頭，眼角餘光瞟到什麼，目光猛然一頓。

林晚察覺到他的異常，下意識回過頭，然後整個人也愣在了當場。

別墅花園裡，綠意盎然的灌木叢後，鄭小玲三人組並排坐在長椅上，個個手裡拿著零食和啤酒，顯然剛意外圍觀完兩人耳鬢廝磨的場面，集體陷入了呆滯狀態。

「……」

「…………」

沉默是今晚的雲峰府。

次日清晨醒來，林晚都不知道該怎麼面對三位室友。

這事說出去顯得多不仗義。

本來下午大家還在為走私案義憤填膺，傍晚還在為理想與現實的分歧哭啊鬧啊，結果妳出去一趟回來，就在門口抱著一個男人親得難捨難分，關鍵這男人還是你們合作公司的CTO。

林晚光是想像一番，就能體會到鄭小玲等人心中掀起了怎樣的風暴。

不過幸好大家都是成年人，深諳「有些事不要急於追問」的社交原則。

四個人在微妙中帶著點好笑的詭異氣氛裡，相安無事地吃完早餐出發上班。

林晚手頭的科普手冊今天暫停推進，舒斐臨時交給她另一個任務，讓她在鳥鳴澗的粉絲專頁寫一篇關於此次走私案的文章。

和繪製科普手冊的快樂相比，這篇文章讓林晚寫得萬分傷感。

一整個上午的情緒都不怎麼高昂，好不容易盼到臨近中午，她才抽神傳訊息給周衍川，問他中午要不要出來見面。

既然都被室友們撞見了，倒不如乾脆點請大家吃一頓飯，把周衍川以男朋友的身分正式介紹給他們。

然而周衍川中午要與幾位合作方吃飯，林晚只能遺憾地拿起手機和鄭小玲他們下樓了。

四個人走在路上，鮮有交流，氣氛持續今早的詭異。

林晚嘆了聲氣，解釋說：「我和周衍川在一起了。昨天剛決定的，沒想到那麼晚了你們還在花園裡，以後我會注意點，不讓你們看這種兒童不宜的畫面。」

這句話一說出來，其他三人明顯鬆了口氣。

畢竟昨晚還挺震撼的，林晚不主動交代，他們也不好意思提。

鄭小玲咬牙切齒：「妳這個小叛徒，拋下親愛的同事兼室友偷偷跑出去談戀愛。」

「妳和周總花前月下玩浪漫，我們在家裡淒風苦雨談人生。」徐康悲憤地搖頭嘆息，「那時宋媛都已經答應留下來了，結果被你們那麼一鬧，所有熱血沸騰的氣氛全沒了。」

宋媛相對比較文靜，只是含蓄點頭表示贊同前面兩位的發言。

林晚舉手投降：「我的錯我的錯，中午請你們吃大餐，好嗎？」

鄭小玲眼睛一亮：「真的？那我可有推薦的餐廳啦！」

科園大道一帶公司眾多，餐廳自然也不會少。

平價餐廳司職填飽社畜們嗷嗷待哺的胃口，高檔餐廳負責接待前來商談要事的貴客。

林晚發現鄭小玲這人是真不客氣，直接選了方圓百里最貴的一家日料店。

不過她也不是斤斤計較的人，進了店內連菜單都沒看，讓他們三個想吃什麼隨便點。

大家玩笑歸玩笑，最終卻只選了幾樣價格適中的。

林晚讓服務生把單子拿過來看了一眼，又加了兩道主廚推薦的偏貴點的料理，才把單子還給服務生讓他拿去下單。

她一上午忙著寫稿沒挪步，此時總算閒下來了，才感覺想去廁所。

這家店廁所的洗手臺在男廁與女廁之間，牆邊裝了個古銅色的香盤，淡淡的檀香瀰漫在身周，顯得環境還挺雅致。

林晚洗完手，對著鏡子整理頭髮。

正在此時，周衍川從隔壁男廁走了出來。

林晚一看，樂了。

科園大道能用作商務宴請的高檔餐廳就那麼幾家，能在這裡見到周衍川，她一點也不意外。

周衍川看見她後，也是一愣，隨後笑了笑：「和同事出來吃飯？」

林晚軟聲說：「是呀，昨晚給他們造成了巨大的衝擊，總該要請客賠禮，才有利於室友之間的和睦關係嘛。」

「需要我去跟他們打個招呼嗎？」

周衍川邊洗手邊問。

林晚心想也行，等他把手擦乾淨了，就打算帶他去大堂跟鄭小玲他們聊兩句。

誰知還沒穿過餐廳長長的走廊，迎面就看見宋媛也湊巧往廁所的方向走來。

三人在充滿日式風格的走廊裡相遇。

宋媛可能想起昨晚撞見的一幕，頓時很不好意思地紅了臉。

林晚莞爾一笑，鄭重介紹：「剛打算帶他過去呢，這是我男朋友周衍川，你們見過的。」

周衍川頷首：「妳好。」

「周總好。」宋媛聲若蚊蠅，靦腆地笑了一下，「恭喜你們呀。」

林晚眨眨眼睛，等到羞澀的同事走遠了，才笑著轉頭說：「周衍川，你覺不覺得她那句恭喜，說得好像我們結婚了一樣。」

話音未落，周衍川放緩腳步，眼梢帶著風，輕飄飄地掃她一眼：「妳剛才叫誰？」

「？？？」

林晚愣了愣，什麼意思，害得她還回憶了一下，明明沒叫錯名字啊。

周衍川似笑非笑地偏過頭，低聲感慨：「昨晚到現在才多久，就直接改口了啊。」

「……」

林晚無言以對。

昨晚是誰說不要叫寶貝，也不同意她叫心肝和愛妃的？結果這下她光明正大地稱呼全名，又被他拿來當調戲的藉口。

「沒辦法啊，我就是這麼聽話的人，男朋友說東我不敢往西。」

她假裝溫順地眨眨眼睛，擺出一副乖巧可憐的表情，聲音也配合地軟下來，「結果還是沒讓你滿意，那我要怎麼做才好呀，你教教我，我願意學的。」

她這種業餘演技，猝不及防拿出來竟然還有點唬人。

旁邊一位路過的食客不可思議地盯著他們看了看，大概以為看見了委曲求全愛渣男的場面，走出兩公尺外了還朝周衍川投來譴責的目光。

周衍川揉揉眉心：「演夠了就收手吧。」

他倒不介意被人誤會成渣男，只是女朋友這種楚楚可憐的模樣，看得他有點不適應。

林晚忍不住笑了起來，挽過他的手臂往前走：「我是不是很厲害？以後慢慢展示給你看哦，反正你喜歡的樣子我都有。」

「真的？」

「真的，我小學就是元旦晚會上最受歡迎的女主角了。」

周衍川點頭：「那好，我喜歡無人機。」

說完誠懇地看著她，眼神中透露出「麻煩妳展示一下」的意思。

「……」

林晚瞪他一眼，瞪完還不解氣，又重重往他手臂掐了一下。

周衍川疼得倒抽一口氣，沒想到她手腕那麼纖細，掐起人來居然這麼疼，他低聲笑了一下：「真捨得下重手呢？」

「那當然了，」林晚恢復本性不演柔弱女友了，壓低聲音警告，「像你這樣的男朋友，就應該多調教幾次才乖。」

她故意把語氣掐得凶巴巴的，唇角卻不受控制地彎成愉快的弧度。

因為很明顯能感覺到，她所熟悉的周衍川又回來了，不再躲她，也不再沉默。儘管過往的陰霾一時片刻還不能完全消散，但至少現在的他，會讓她也止不住期待關於他們的未來。

啊，不愧是我，幹得漂亮。

林晚在心中誇完自己，抬眼發現鄭小玲和徐康已經看見他們，便加快腳步走了過去。

鄭小玲他們也就敢在林晚面前控訴幾句。

此時意外見到周衍川過來，立刻齊齊換上友善親切的笑容，彷彿昨晚的意外從未發生。

林晚：「剛才在店裡遇見了，就順便帶他過來跟你們打招呼，以後不許說我偷偷談戀愛了啊。」

對面兩人一聲疊一聲的「周總好」，不知道的還以為是遇到了公司領導。

周衍川：「私底下不用客氣，叫我名字就行。」

在外人面前，他的態度始終帶著幾分疏離，一看就是不好接近的類型。

鄭小玲他們聽說他是來這裡談正事，寒暄了幾句「我早就覺得你們很般配」、「以後歡迎來家裡找林晚」之類的廢話後，就禮貌表示不耽誤他的時間了。

「那我先過去了。」

周衍川朝兩人點了下頭，側過臉在林晚耳邊低語，「中午交給我買單就行，好好請朋友吃飯。」

林晚笑得甜美：「好的，寶貝。」

「……」

徐康的筷子應聲落地。

周衍川根本沒留意那邊的動靜，他稍怔了下，沒說話，只是桃花眼裡藏著一抹瀲灩春光般，深深瞥她一眼。

林晚彎起唇角，笑咪咪地揮手送他離開。

不就寶貝嘛，當誰不敢當眾喊似的。

他們情侶之間的小情趣玩得倒是開心，只苦了鄭小玲跟徐康兩人，昨晚才看見他們熱情擁吻，今天就聽見一聲「寶貝」喊得甜蜜。

接下來的這頓午餐，直接變成了對林晚的審訊大會。

宋媛從廁所回來聽鄭小玲爆完料後，也不可思議地睜大眼睛，喃喃道：「真的假的？晚晚，妳也太強了吧，我完全不敢想像有人會這樣……」

這樣稱呼周衍川。

林晚在心裡幫她把話補完，發現大家對周衍川的印象似乎塑造得過於高不可攀，好像他就該是建在冰川上的雕像，永遠冷淡矜持，永遠沒有七情六欲，也永遠不需要被人寵著。

鄭小玲伸筷子夾了片鮪魚，好奇地問：「你們認識多久了？」

「唔，大半年左右吧。」林晚不確定去年那段時間該不該算進來，「剛開始和他有些誤會，那時候我還蠻討厭他的。」

「那後來又怎麼……？」

林晚眨眨眼：「因為他長得帥啊，誰不想交個好看的男朋友呢。」

鄭小玲面露詫異，大概沒想到她居然如此直接。

然而這確實不是她在胡說。

以周衍川起初那句「俗不可耐」的斷言，要不是他長相太過出眾，林晚根本沒興趣去了解他真實的為人。

只不過如今許多人不好意思坦言對皮相的欣賞，好像只要開口承認了，自己就會變成庸俗膚淺的生物。

林晚卻從不顧慮這些，她把裹滿魚子醬的蟹肉餵進嘴裡，嚥下去後繼續說：「你們想，每年春天鳥類求偶的時候，雄鳥總喜歡在雌鳥面前展示自己漂亮的羽毛，說明外貌協會是存在於大自然基因鏈裡的本質追求，沒必要強行否認嘛。」

徐康撓撓下巴，覺得自己不太適合參與這種女孩子之間的戀愛話題。

鄭小玲倒是和宋媛默默對視一眼，彼此無聲地交換著想法。

她們兩個第一次在星創見到周衍川時，也曾經沉迷過男人英俊的容貌。

可那種沉迷說白了以欣賞居多，就像小女生們喜歡看漂亮的男明星一樣，哪怕看見對方就忍不住臉紅，內心卻沒敢真正動過什麼綺麗的心思。

因為認定對方各方面都太優秀，和自己並不會有任何私人的關係。

昨晚看見周衍川送林晚回家後，鄭小玲還悄悄和宋媛私聊過幾句，大致內容就是感慨美女的待遇果然不一樣，連星創的CTO都能那麼快拿下。

不過現在想來，長相固然重要。但以周衍川的能力與地位，既然他想找女朋友，那麼漂亮二字，充其量不過是錦上添花而已。

林晚能讓他吻得那麼深情繾綣，更多依仗的……恐怕當屬她明亮坦蕩的性格。

宋媛嘆了聲氣，撐著下巴看向她說：「晚晚，我好羨慕妳的性格，太可愛了，連我是女孩子都很喜歡妳。」

林晚清清嗓子，嬌聲回她：「謝謝呀，不過很遺憾，我不能回應妳的喜歡哦，否則我家寶貝會吃醋的。」

故意拿腔捏調的口吻，引得其他三人笑成一團。

與此同時，日料店包廂內，氣氛就顯得正經許多。

周衍川和曹楓兩位星創的合夥人都在，今天過來的是國內一家專做GPS導航模組的公司老總，姓程，想跟他們談長期合作的事。

程總比他們大幾歲，說話輕聲慢語：「周總在德森的時候，我人在美國工作，就已經聽說過你的名字。後來聽說你離開德森還感到很可惜，不過現在看來，你的選擇沒有錯，德森確實不是一家好公司。」

周衍川抬眼，淡聲開口：「德森是目前國內規模最大的無人機公司，程總卻不看好他們？」

「急功近利，長久不了。」程總端起茶杯，慢條斯理地說，「他們內部管理制度特別苛刻，員工之間競爭激烈，誰也不願意幫襯誰，心全是散的，生意怎麼做？」

周衍川笑了笑，沒說話。

曹楓適時接過話題：「不過現在全國遍地都有無人機公司，再過幾年會是什麼光景，我們誰也猜不到。星創剛成立的時候，我還一度以為普藍會很快超過德森，誰知道現在看起來，它想保住自己的市場占有率都很困難。」

程總是個聰明人，看出他們不想討論德森，便心領神會地接道：「普藍現在是上層規劃出了問題，前幾年產量過剩消耗不掉，現在只好做起無人機飛行表演的項目，好端端一個科技公司，變得像個馬戲團一樣，行業裡多少人都在看笑話。」

周衍川不動聲色地收回目光。

其實在這方面，他倒是和程總的觀念不謀而合，都認為一家以研發為主的無人機公司轉行做飛行表演，其實是一個很浪費公司資源的舉動。

只不過這種場合，他向來不喜歡交淺言深，乾脆把場面讓給擅長插科打諢的曹楓去處理。

一頓飯吃到尾聲，程總出去接電話。

曹楓湊過來，壓低聲音問：「覺得怎麼樣？他們的導航確實做得很好，我同學在的那家航運公司已經跟他們合作一年多了，不比國外的定位系統差。」

「再慢慢談吧。」周衍川漫不經心地回道，「別看他剛才拚命貶低德森，但據我所知，他跟德森其實也有在聯絡。」

曹楓聳肩，透過門邊的竹簾往外望去：「如果真決定要用，就看星創和德森誰開的條件好囉。我無所謂，反正因為有你在，德森這兩年沒少給我們使絆子，早晚要幹一架。」

周衍川靠著椅背，輕嘲道：「用詞能不能符合點你的身分？」

「哎呀我靠。」

「……」

「不是，你猜我看見誰了？」曹楓興致勃勃地扭過頭，手指向竹簾外邊引他去看，「林晚也在這裡吃飯。這麼巧，昨天晚上婷婷還跟我提到她呢。」

周衍川頭也不抬，低聲問：「提她什麼？」

「這不是之前撮合你們沒成功嘛。婷婷又總惦記著這事，就問我還認不認識別的朋友，想再介紹一個相親對象給她。依你看，我們圈子裡那個家裡開房產公司的小開怎麼樣？」

「不怎麼樣。」

「啊？我覺得他還不錯啊，沒什麼大少爺的壞毛病，長得雖然不如你，但也算一表人才了。」曹楓回過頭，納悶地問，「為什麼說他不怎麼樣？」

周衍川緩緩抬起眼皮：「因為林晚是我女朋友。」

曹楓驚得半天沒說話，要不是還在應酬途中，他應該會把林晚叫過來再擺一桌，讓他們兩個從頭講起。

當初他和羅婷婷用心良苦地安排，這兩人互相看不對眼，等到不管了，他們倒神不知鬼不覺地談起了戀愛。

這讓他一點成就感都沒有，好像不用他牽線，周衍川和林晚遲早有一天也會交往似的。

「那天你說打算去找伯父伯母，就是因為她？」半晌後，曹楓問。

周衍川點了點頭，換來曹楓頗感意外的挑眉。

他接連「嘖嘖」幾聲，著實沒想到好友談起戀愛是這種類型。這麼多年別說周衍川本人，就連他對每年七月的恐嚇信都開始麻木了，結果沒想到林晚一出現，周衍川就願意為了她去解決那樁陳年舊事。

可見愛情的力量果然強大。

曹楓簡直懷疑，哪天林晚說看德森不順眼，周衍川就能為她把德森收購了。

雖然目前來看這幾乎是不可能完成的任務，但光是想一想，曹楓就感覺心裡美滋滋的，琢磨著萬一哪天真的成功了，那他必定要託羅婷婷送一份大禮給林晚。

林晚不知道曹楓已經把她當作振奮士氣的吉祥物，她這邊還在跟同事說說笑笑地享用美食，快吃完時看見周衍川一行人穿過大堂往門外走去，本來想跟他揮揮小手，但見到男朋友正跟身邊一個陌生男人低聲交談著什麼，就只好改為用目光欣賞他的身姿。

今天的南江依舊炎熱，周衍川把襯衫袖子挽起一截，露出白淨勻稱的前臂線條，可能因為他皮膚太白，仔細看的話，右手的尺骨上還有點不明顯的紅痕，是剛才被她掐出來的。

可如果交由不明就裡的人來判斷，多半會以為那是女朋友宣誓主權留下的吻痕。

哎呀，好像掐得太用力了點。

林晚默默反省了一下，好歹是她的寶貝，真掐重了心疼的還是她自己。

她難得心虛地抿了抿嘴唇，決定晚點好好親親他。

主意剛定，心有靈犀一般，放在桌上的手機一震。

林晚一看寄件者的名字，先是驚訝地往窗外看了看，發現他們幾個人正在路邊上車，周衍川還是那副光風霽月的清雅模樣，眉眼低垂，嘴唇抿緊，單手拿手機的模樣彷彿是在專注地與人談公事。

聊的卻是：『今天不加班，晚上我來接妳？』

『意思是說想約會嗎，』林晚笑嘻嘻地打字，『男朋友打算怎麼安排流程呀？』

訊息傳出去後，她又扭頭往窗外看。

周衍川看了眼手機，但似乎沒打算急著回她，而是神色冷淡地坐進車裡，側影映在車窗上，距離隔得稍遠，動人的眉眼是看不清楚了，但遙遙望去也顯得乾淨俐落，微低著頭的姿勢，下頜線也仍瘦削而流暢。

等車子起步了，下一則回覆才送達：『沒談過不太懂，妳喜歡什麼樣的，教教我？』

林晚坐在餐廳裡笑得明媚，她還蠻喜歡周衍川這種「誠實」的態度，知道他自己沒經驗就放心地交給她來安排，不介意她談過兩段戀愛，也不介意承認在愛情方面還需要學習。

以前鐘佳寧交往過一個男朋友，和周衍川一樣都是初戀。

那男生不知聽了什麼大男子主義教學，總認為剛開始交往把主動權交給女方，會顯得他很沒出息，自己跑去網路上看了一堆奇奇怪怪的教學，弄出一個雙方都很彆扭的約會。

用鐘佳寧的話來說，就是「尷尬又浮誇，我差點就想當場分手了」。

對於戀愛中男女雙方所謂的主導地位，林晚並不太重視。

她並非墜入愛河就萬事仰仗男朋友的類型，而是喜歡跟隨感覺來，自然而然就行。反正戀愛是兩個人談，不是演給別人看，當然應該怎麼舒服怎麼好。

目前看來，周衍川在這方面倒是與她不謀而合。

她在心裡誇獎了周衍川一句，下定決心今晚絕對要給他一次終身難忘的浪漫之旅。

然而遺憾的是，人算不如天算。

當天下午林晚忙得不可開交，根本沒空分神去遐想週五晚上的約會。關於走私案的文章交上去後，舒斐把她叫進辦公室，認為她現在的工作思緒還是帶著研究所那種循循善誘的風格。

「鳥研所偏重於學術，科普對象比較固定。比如妳以前幫南江博物館做過幾次鳥類專題展覽，願意進博物館參觀的人，本身就是對保護動物的資訊更為接受的人群，他們需要獲取的是更多的知識，比如『怎樣才算正確地保護動物』、『透過哪些管道能幫助我更了解野生動物』，妳和他們之間在溝通開始前，就已經透過第一層天然篩選建立了一定的共識。」

林晚心領神會：「但現在需要先從觀念碰撞開始？」

「對。我建議妳可以找宋媛配合建一個數位模型，類比推導出當地失去的四萬多隻鳥，會給今年當地林業與農業造成什麼樣的後果，這是針對販賣發出的警告。」

舒斐輕敲桌面，語速飛快，「另外再整理近幾年因為野味引發的食品安全事故，強調購買可能造成的危害性，兩邊都敲打敲打，只有危及自身了，他們才會有所警覺。」

林晚迅速把舒斐提到的兩個重點記錄下來，筆鋒剛收，就聽見對方說：「行了，出去吧，今天晚上八點前我要看到改過的文章。」

她早已習慣了舒斐不說一句廢話的風格，抱著筆記型電腦迅速回到辦公桌前，先找宋媛提出用電腦模擬生態環境惡化的需求，再馬不停蹄地搜索近幾年的資料，修改上午寫出來的稿件。

舒斐給的時間很緊張，林晚一頭栽進茫茫資料之中，連窗外的天空漸漸暗淡都沒有察覺。

待她總算等到宋媛的數位模型，把結果以 gif 圖片的形式插入到文章中時，天已經黑盡了。

下午下過一場暴雨，街邊的行道樹洗盡連日蒙上的灰塵，在路燈下露出了原本鮮嫩盎然的綠色，空氣裡瀰漫著雨後初晴的清新味道，科園大道的行人也不自覺地放慢腳步，享受南江漫長夏季裡難得的涼爽。

林晚趕在八點以前把文章發到了舒斐的郵箱，抱著咖啡杯晃到露臺，跟那幾隻「喳喳」叫喚的仿生喜鵲對視了一下，腦海中突然「叮」的一聲響起警鈴。

她飛快跑回辦公桌，拿起始終倒扣在桌面的手機一看，感覺自己可能涼了。

——手機不知何時電量告盡，漆黑螢幕冷冰冰地反射出她懊惱的表情，像在嘲笑她第一次約會就把男朋友拋至腦後的烏龍。

林晚連忙用傳輸線幫手機充電，等到能夠開機後一看，周衍川在兩小時前就傳過訊息給她。

『下班沒？』

『我在妳公司樓下的咖啡店。』

然後就沒了。

沒問她為何不回消息，也沒問她還在不在公司。

她鬱悶地長嘆一口氣，邊把七零八碎的小東西全部塞進包，邊撥通周衍川的手機號碼。

那邊很快接起：『喂？』

「對不起啊寶貝，」她快步往電梯走去，「我馬上下樓，你還在咖啡店嗎？」

……還是已經回家了？

周衍川：『在，咖啡店二樓，妳上來就能看見我。』

林晚聽他這麼說，心中愧疚更重。

換作誰敢跟她約好見面卻兩小時杳無音訊，林晚肯定直接打道回府，並且把此人加入「永遠拒絕來往」黑名單。

一進咖啡店，她先擺好誠懇道歉的表情，上到二樓果然一眼看見男人的身影。

坐姿略顯鬆散，長腿交疊抵在桌下，身體慵懶地往靠著沙發。面前桌上擺著一部筆記型電腦，修長的手指不時敲擊鍵盤。

百忙之中，林晚沒忘感慨一句，好帥的男朋友。

她走過去把包放在一邊，坐下來就先道歉：「我真的不是故意的，下午大魔王讓我把稿子大改一遍，時間比較緊，我就忘了看手機。沒想到居然沒電了，放心吧，明天我就去買部新的換掉它。」

周衍川的桃花眼從螢幕上挪開，慢條斯理地掠過她寫滿忐忑的明豔面容，片刻後垂下眼眸：「沒事，反正我……」

林晚聽不得他這麼體諒，更不好意思了，直接打斷道：「沒關係，你可以生氣的。」

「……」周衍川抬眼，望著她笑了笑，「我應該生氣？」

林晚點頭如搗蒜，心想上哪找她這種知錯就改的女朋友，男朋友都說不計較了還鼓勵人家禮貌性生氣。

「但我好像氣不起來，妳總歸在公司裡面，一時聯絡不上肯定是在忙，就算找到妳，也還是得在這等。」

他把筆記型電腦從面前挪開，螢幕轉向林晚，給她看如同天書的代碼編輯畫面，「反正我坐在這裡沒有風吹日曬，正好整理思緒改改bug，順便等妳忙完聯絡我，有什麼要緊？」

林晚哽了一下。

原來他剛才想說的並不是「反正我願意無怨無悔地等妳」，而是「反正我自己也有事做」。

「你這樣子，會讓我習慣放鴿子的。」她用手撐著下巴，輕聲說，「而且萬一我真的音訊全無，電話永遠打不通，你也一點都不著急嗎？」

周衍川將筆記型電腦闔上，似乎思忖了一下，緩聲回道：「我沒遇到過女朋友音訊全無的情況。」

他語速稍頓，唇角微勾，「因為沒有樣本可以參考，所以我不知道會做出什麼事。」

林晚的小心臟沒來由地顫抖了一下，莫名覺得他這句話說得太認真。

周衍川眼神稍沉，懶懶地瞥她一眼：「怎麼，想試試看？」

「你是我的寶貝，我怎麼捨得呢。」林晚回過神，笑著說，「我答應你，下不為例，以後不會再這樣啦。」

周衍川說：「這次真不用太抱歉，我們各自有自己的事業，忙起來難免會一時疏忽。妳說過會尊重我的工作，我同樣也該尊重妳，說清楚就行，我不會跟妳生氣。」

林晚仔細打量過他的神色，確定他沒有撒謊，忐忑半天的心才終於落了下來。

很多年以後，不只一個人問過林晚：「像妳和周總這樣的成功人士，到底用了什麼辦法，工作與家庭才能做到平衡？」

每一次，林晚都會回想起她和周衍川在咖啡店裡的這番談話。

她總會溫柔地笑一笑，把對男人的愛戀都寫進眼睛裡，然後輕聲回答：「因為我們彼此尊重，所以這一切對我們而言，根本不是問題。」

此時的林晚還來不及想到那麼久遠的以後，她坐在咖啡店裡，笑盈盈地看著男朋友：「那你吃飯了沒？」

「沒，想吃什麼？」周衍川說，「我請妳。」

原本的週五浪漫約會計畫算是徹底泡湯，林晚拿手機上評論網刷了一下，最終還是選了一家情調浪漫的西餐廳。

他們運氣不錯，進店時剛好趕上花園裡的一桌收拾出來。

下過雨的地面還有些溼潤，泥土吸收了夏雨的清冽，把晚間盛放的鮮花滋養得越發明豔。花園地燈在腳邊照出溫暖的色調，讓整個環境蒙上一層電影畫質般的濾鏡。

林晚藉著躍動閃爍的燭光，欣賞周衍川浸在朦朧光線中的臉部線條。

他身後能看見環抱南江的山脈剪影，黛青的色調配合潮溼的空氣，竟讓這座炎熱的南方城市也染上了幾分煙雨朦朧的江南調。

大概是她的眼神比燭光更為灼熱，幾分鐘後，周衍川終究沒按捺住，輕咳一聲問：「看夠沒有？」

「沒有。」她大大方方地笑了起來，「再讓我多看幾分鐘。」

周衍川無奈地嘆了聲氣：「妳以前談戀愛也這樣？看著男朋友連飯也不吃？」

林晚搖頭，挑起幾根義大利麵餵進嘴裡：「才不會呢，他們沒你好看。」

周衍川頓了一下，有點想笑。

這種話如果被別人聽去，可能會覺得這女孩太不矜持，但從林晚的口中說出，卻莫名有種讓人信服的力量，好像能得到她一句認可的評價，還是一件特別值得榮幸的功績。

果然很快，林晚就不自覺地發揮起王的本質：「當然了，你畢竟是愛妃嘛，總該有幾樣突出的優點，才能讓我一心一意只喜歡你一個。」

周衍川眼角餘光看見路過的服務生腳滑了一下，應該是被她的虎狼之詞嚇的。

他壓低聲音，忽然想起來似的，低聲說：「不用急著收心，曹楓今天還說要介紹男朋友給妳，說不定妳還能再挑挑。」

林晚眨眨眼睛，假裝有興趣的樣子：「帥嗎？」

「我有那人的個人檔案，要看照片嗎？」

「……這話可是你說的。」

林晚晃晃腦袋，擺出一副「我其實也沒有很想看」的樣子，白皙的掌心向上攤開，「手機拿來，讓我看看。」

周衍川看她一眼：「找藉口查手機呢？」

「手機裡有小祕密的話，我也可以不看呀，反正我的手機男朋友可以隨便看。」

林晚說著怕他不信，還從包裡拿出手機，用指紋解了鎖，直接放到桌上供他觀看。

一秒、兩秒、三秒……

電池的紅線徹底清零，再次陷入了關機。

「……」

周衍川輕聲笑了起來，然後語氣淡漠地表示：「哦，我懂妳意思了。」

林晚這下是真的很窘迫，她哭笑不得地把手機收回來：「唉，忘記下樓前沒充多久電。你等下，我去前臺借個行動電源，今天不看不許走。」

「坐著吧。」

周衍川看了眼她的高跟鞋，自己踩著雨後溼滑的花園石板路，去前臺幫她借了一個行動電源回來充電。

過了一下，又問：「真想看我手機？」

林晚小抿一口飲料，放下杯子時點了下頭。

她沒有清高到超凡脫俗的地步，難免會對男朋友的手機感到好奇，比如他認識些什麼人，平時都跟大家聊什麼，畢竟這些都是可以更加了解他的管道。

兩個人談戀愛，不是在中間畫一條涇渭分明的邊界線，彬彬有禮地相處就行。

他們會有探尋的欲望，會想越過別人不能越過的那條線，真正進入到對方隱私的領域。

周衍川把手機推過來：「密碼是我生日。」

「我只知道你哪年出生，生日具體是哪天？」

「十月七號。」

林晚在心裡記下這個日子，邊點螢幕邊說：「天秤座啊，沒看出你有選擇障礙呢。我進通訊軟體了哦，現在阻止的話還來得及。」

周衍川漫不經心地笑了笑，不甚在意地任由她隨便看。

林晚看了沒多久，就覺得不好玩了。

男朋友的通訊軟體太乾淨，備註名全是真實姓名，聊天內容大多是工作相關的商討，除此以外，就是朋友約出去打球之類的訊息。

眼看聊天名單已經快翻到底，林晚有點懶得再看了，剛要把手機還回去，視線就掃到一個女人的頭貼，以及旁邊一串灰色的小字：『不好意思呀周總，剛才傳錯啦。』

林晚眼皮一跳，點進去看一眼，頓時發現裡面大有乾坤。

往上就是幾張女人搔首弄姿的自拍，頭髮溼漉漉的，牙齒咬著下嘴唇，拉得很低的領口潤溼一片，隱約可見深凹的豐滿線條。

「哇，這女生還蠻漂亮啊。」林晚用手機碰碰他的手背，「解釋一下？」

周衍川一怔，盯著螢幕看了幾秒，才終於想起來：「飯局上認識的，合作方的一位產品經理。」

「產品經理需要這麼拚嗎？而且幹嘛留著不刪？」

「當時和他們公司有業務往來，不方便直接把人封鎖撕破臉，」周衍川說，「妳看後面也沒再聯絡過。」

林晚撇撇嘴角：「話是這麼說，收到這種訊息，你心裡沒有偷樂？」

她心裡泛起一陣醋意，倒不是想追究戀愛以前的舊事，只不過這種手段在她眼裡算不上什麼，讓她不禁產生了一秒動搖——難道他喜歡這種？

可周衍川似乎也沒理對方，直接把人晾在那裡，又的確不像有在配合的樣子。

周衍川放下刀叉，安靜地看著她。

不知是不是她的錯覺，他眉眼間似乎瀰漫著一股「妳還問我？」的無奈氣息。

兩人在無聲中對視數秒。

林晚腦海中閃過一線天光，她低下頭，重新確認聊天紀錄的日期……

剛好是去年十月的時候。

如果沒有記錯的話，好像就是她和周衍川加通訊軟體好友的那個星期天上午。

片刻後，周衍川淡聲解釋：「同一天，同一小時，先後兩個人傳奇怪的訊息給我，然後都說是傳錯了。」

「……」

「一個是自拍，一個更過分，居然要我拍給她看。」

「……」

周衍川揉揉眉心，語氣悵然：「誰還敢偷樂，我被女流氓嚇死了好嗎？」

林晚手一抖，叉子上剛挑起的一塊小蘑菇應聲落回盤裡。

被心愛的男朋友稱為「女流氓」，她本應當適度表現一下嬌羞或者赧然，結果不知哪根神經被戳癢了，女孩的肩膀開始忍不住地顫抖，最後乾脆趴在桌上哈哈大笑。

周衍川靜靜地等她笑完，才輕嘖一聲：「妳還挺開心？」

「我……等等。」

林晚抬起頭，濃密捲翹的睫毛還掛著笑出來的眼淚，她拿手背擦了一下，說，「寶貝真可憐，由此可見男孩子長太帥也很危險呢。」

眼看始作俑者毫無反省之心，周衍川無所謂地挑了下眉，只覺得按照她這種明朗颯爽的性格，可能一輩子都很難看到她真情實感地害羞幾次，倒不如靜下心來，慢慢欣賞她被淚花濡溼的睫毛。

林晚的長相偏明豔，是那種乍看會讓人認為她很會玩的類型。

但她通常打扮得清爽，妝也不會化得很濃，加上骨架纖細身材勻稱，細看越久，就越能看出精緻與細膩的美。

像瑩淨的瓷瓶被工匠描繪出絢麗的紋路，初看是驚豔，再看是風情萬種。

此時她笑得眼睫溼潤的樣子，又莫名增添了幾分嬌俏。

林晚總算笑夠了，喝了點飲料潤過喉嚨，輕聲解釋：「我那時候真的是傳錯了，誰能想到同時還有人在騷擾你。難怪你剛開始對我印象不怎麼樣，原來還有這位產品經理陪襯的功勞。」

周衍川看著她笑了笑。

現在想來，當初那點誤會只不過讓他們的初識變得好笑了些，但哪怕沒有「俗不可耐」的誤會，按照他與林晚日後的接觸來看，他為她心動也是遲早的事。

她太美好又太有生命力，是搖晃蕩漾著的春光，比冬天更溫暖，比夏天更柔和，也遠比秋天更明媚。

這樣的人，換了誰能不喜歡？

他們來得晚，等到現在，西餐廳內其他客人都漸漸退了場。

花園裡只剩這一方情意綿綿的空間，讓鑄鐵拱門上纏繞交織的玫瑰都開得更絢麗了些。

買完單已接近十點。

林晚今天被舒斐要求的宣傳稿殺掉太多腦細胞，飯後便隱隱犯起睏來，她揉揉眼睛，以手掩唇打了個呵欠。

周衍川關上車門，見她一臉睏倦的模樣：「累了？早點回去休息吧。」

「嗯，我們下次再好好約會。」

林晚沒有逞強，她此刻完全提不起精神，也不想精疲力盡地拉著周衍川去逛街看電影，「明天我約了朋友去溼地公園觀鳥，本來打算返城就直接回媽媽家住一天，你要是有空的話，不如我改改行程，週日跟你出來玩？」

周衍川踩下油門，往雲峰府的方向開去：「週六我會去伯父家。」

林晚一怔，惺忪睡意消失了大半。

明明對方只不過是兩位花甲老人，她卻沒來由地有些緊張，好像周衍川即將奔赴的不是親人家，而是瀰漫著滾滾硝煙的戰場。

她不安地動了下手指，輕聲問：「那我不是更應該回來陪你？」

周衍川想了一下：「應該不用，妳好好陪阿姨。」

對他而言，最難熬的時間就是從周源暉葬禮回來的那段車程，之後種種常年累月的責備，也就是在那些基礎上一層層往上再疊而已，起初或許很難受，但時間久了也就習慣了。

這一次不過是把鬱積的矛盾說開，再痛也痛不到哪裡去。

林晚「嗯」了一聲，其實還是有點想回來。

她不是不信任周衍川的承受能力，但好歹這是她的男朋友，他父母又早早去世，難過的時候放任他獨自待著舒緩情緒，總覺得有些於心不忍。

「那你到時候有需要就叫我。」她做了個打電話的手勢，眉眼彎成溫柔的弧度，「隨時為男朋友服務哦。」

周衍川很淺地笑了一下，沒再繼續這個話題。

車子開進雲峰府，先往林晚租住的別墅去。

別墅裡黑漆漆的一片，沒有開燈，鄭小玲他們不知去哪歡慶週末了。

林晚解開安全帶，沒有急於推門，而是做賊般小心翼翼地往四周打探了一圈。

周衍川看著她怪異的舉動，低聲問：「妳找什麼？」

「我找有沒有閒雜人等。」林晚扭過頭，一本正經地回道。

周衍川怔了怔，片刻後像是明白過來似的，也鬆開安全帶，懶懶地靠向椅背，桃花眼戲謔地斜睨著她：「找到了沒？」

「沒找到，應該是安全的。」

林晚算是被前幾次的意外搞出了心理陰影，等到終於確認四周連隻狗都沒有，才飛快俯下身，在他嘴唇上啄了一下。

蜻蜓點水的一個吻，卻在刹那間點燃了車內的空氣。

周衍川按住她細白的後頸，阻止她親完就想跑的動作，將人往懷裡拉近了些，在昏暗中探索她唇舌的溫度。車內到底不夠寬敞，他被女孩柔軟溫香的身體抵在座位裡，卻完全不覺得擁擠。

好像有不知名的情緒在躁動，想和她靠得更近。

林晚心頭卻閃過連串錯愕的驚嘆號，她本來考慮到周衍川經驗少，吻技提升再怎麼樣也要花上十天半個月練習，結果萬萬沒有料到，這才親過不到三次，他就能掌握主動權，用出強勢又激烈的氣勢，讓她在彼此交換的溫熱呼吸裡被吻得有些腿軟。

這男人似乎很有調情的天賦，她走神地想了一下。

周衍川彷彿察覺出她在走神了，稍微往後拉點開距離，啞聲問：「在想什麼？」

林晚臉頰緋紅，伏在他胸膛前，眼睛亮亮的：「我在想，你到底是不是初戀，嗯？你怎麼那麼會啊？」

「女朋友教得好。」周衍川側過臉笑了笑。

氣氛還旖旎地溫存著，他突然一笑，林晚差點就扛不住了。

下班後他不用再穿得一絲不苟，襯衫鈕釦解開兩顆，露出平且凹陷的鎖骨，剛才一番意亂情迷之中，第三顆鈕釦也被她扒拉得要開不開，結實的胸膛就在她的眼底，隨著男人的呼吸起起伏伏。

林晚無意識地舔了下嘴唇，覺得周衍川其實……

很欲。

不是那種恨不得天天散發荷爾蒙的欲，而是脫掉禁欲矜持的外殼後，不用太過張顯，就會自然而然呈現出來的那種性感。

像遊走過嶙峋雪山的陽光，只落在山頂那片最乾淨的皚皚白雪之上。

有緣人偶爾一見，會以為窺探到神蹟。

林晚抱緊他，感受著他襯衫底下的皮膚溫度越來越熱，直到聽見車外有行人走近的聲響，才依依不捨地結束了膩歪。

不得不說，周衍川給她的後勁很大。

林晚回家洗完澡，躺在床上發了很久的呆，都沒能找回失蹤的睡意。

她在床上翻了個身，抱緊枕頭想，這男朋友交得可真划算，簡直提神醒腦，居家必備。

第十三章　不要害怕

週六傍晚，林晚從涇地公園開車回到南江大學家屬區。

趙莉最近談黃昏戀談得風生水起，猝不及防地看見女兒站在家門口，還愣愣地問了句：「妳怎麼來了？」

「我連家都不能回了嗎？」

林晚把中途買的水果放到玄關櫃上，邊換鞋邊嘀咕，「大美人，妳變了，妳不愛我了。」

趙莉早已習慣和女兒這種插科打諢的交談方式，聽她這麼一說，也立刻雙手抱懷擺出高傲的姿態：「不好意思哦，太久沒看見妳，忘了自己還生過一個女兒。」

林晚「噗哧」一聲笑出來，提著水果往廚房走。

趙莉跟在她身後打量幾眼，忽然問：「妳談戀愛了？」

「羅婷婷告訴妳的？」

「她這個月沒回家屬區，我們都沒見面。」

「那妳從哪裡知道？」

「看出來了。」趙莉湊近了些，眼神由上往下掃過她的全身，「看起來春心蕩漾嘛，小朋友。」

林晚疑惑地眨眨眼睛，藉著冰箱門當鏡子看了看：「有嗎？看起來和平時一樣啊。」

趙莉伸手在她眼尾輕點了一下：「都寫在眼睛裡了，甜蜜蜜的來，不要太明顯哦。」

「真的假的？」

林晚歪著腦袋又仔細多看幾眼，左看右看也沒發現哪裡有區別，只能把這歸功於母親的直覺。

她回來得正是時候，趙莉剛準備做晚飯，母女倆胃口都不大，多一個人也就多加點米的事。

林晚穿上圍裙，站在水槽邊洗米，看著顆顆大米在沖洗下變得越發瑩潤白淨，腦子裡突然想起周衍川那個在火星種小麥的計畫。

有生之年，她多半是吃不到火星種出來的小麥了，不過倘若真能成功，她不禁期待世間真有轉世重生一說，不知道到了那時候，她能不能嘗一口，就認出這是出自周衍川的傑作。

趙莉走過來關上水龍頭：「男朋友很帥？」

「帥啊，就是上次跟妳提過的那個。」

「難怪了，迷得魂不守舍的。」

母女倆一脈相承的顏控本質，讓趙莉非常理解女兒擇偶的標準，她把洗好的米倒進電鍋裡，問，「打算什麼時候帶回家讓我見見？」

林晚哽了一下：「心急什麼。妳和鄭叔叔談那麼久才告訴我，我至少也要等半年再帶他來見妳。」

趙莉還想再說什麼，客廳那邊就傳來手機鈴聲的音樂。

林晚神經一顫，估算這時間周衍川應該去過伯父家，便顧不得母親在身後嘲笑她戀愛談得癡癡傻傻，一路小跑奔向了放著手機的角落。

電話果然是周衍川打來的。

她剛洗過米，手上還沾著水，第一下都沒能滑開接聽，連忙不太講究地往衣服上擦了擦，才重新成功接聽。

訊號接通的下一秒，林晚開門見山：「寶貝，你還好嗎？」

聽筒裡傳來男人沉重的呼吸聲，彷若想要宣洩什麼，又像是咬緊了牙關在忍。時間悄無聲息地遊走，窗沿外最後一縷陽光徹底消失在空氣中，視野陷入了晦澀的黑暗。

許久之後，林晚聽見周衍川低啞的嗓音響起。

『我能來找妳嗎？』他說，『我想見妳。』

林晚沒怎麼猶豫，直接跟他約在東山路見面。

掛斷電話，她去廚房跟趙莉說要出門見男朋友，趙莉一手叉腰，一手指向裝了兩人份米飯的電鍋，沒好氣地問：「妳專程跑回來耍我？」

「妳可以叫鄭叔叔來共用晚餐。」林晚上前抱住她，下巴抵在她的肩頭，悶聲說，「他聽起來心情很糟，我不能不去。」

趙莉心裡不太舒暢。

倒不是說她要妨礙林晚交男朋友，但在晚餐時間把女孩從家裡叫出去，的確顯得比較冒失。別管這位素未謀面的男人在外面有多厲害，在她眼裡終究都是晚輩，是個需要長輩指點一二的小朋友。

她從不相信「嫁出去的女兒潑出去的水」這種歪理邪說，可這女兒還沒嫁出去，自己就變成自來水嘩嘩往外流，做母親的難免會感到介意。

趙莉掙脫開女兒的懷抱，揚起下巴問：「有什麼事不能叫他到家裡來？」

「恐怕不能。事情太複雜，三言兩語說不清楚，我以後慢慢跟妳解釋。」林晚沒浪費時間跟媽媽膩歪，嘴裡一邊說著話，腳步一邊往玄關邁去。

趙莉追出廚房叫住她，難得擺出嚴肅的面孔：「林晚，下不為例。不管妳現在談戀愛也好，將來結婚也好，我都不希望妳為一個男人神魂顛倒放棄自我。」

林晚正在彎腰扣鞋釦，聽完後怔了怔，懷疑她媽可能把周衍川當作了那種精神操控女朋友的社會渣滓。

她穿好鞋子，直起腰轉過身，在夕陽的餘暉裡望了過來。橙紅色的光線把她的眼睛襯得分外明亮，有種天塌下來也無法改變她所思所想的颯爽感：「放心吧，誰敢洗腦我，我第一個廢了他。」

有她這句話做擔保，趙莉總算放心了些，認為大概是真遇到什麼棘手的事，想了想只多補充了一句：「不要著急上床！」

林晚腳下一個趔趄，險些從玄關摔到走廊。

「知道了！」

她惱羞成怒地回道。

林晚出門前想得很周到。

她想周衍川肯定在伯父家遇到過分的苛責，情緒或許會比平時失控，這種情況顯然不適合繼續待在公共場合，任由過往的行人看笑話。

於是她把見面地點定在了東山路的小洋房，關上院門就只有他們兩個人，萬一周衍川真的想崩潰發洩，她絕對不會把他的失態當作笑話來看待。

結果等她火急火燎趕到東山路那條巷口，一眼看見周衍川站在路邊的身影時，卻差點以為自己理解錯了——他可能就是想見她而已，因為他看起來，好像沒什麼異常。

週六傍晚的東山路，人群熙熙攘攘。

道路兩旁的網紅餐廳都亮起招牌，在燈火通明的夜色中，拼湊出滿街文藝清新的格調。

他穿了件寬鬆的T恤，底下是條款式俐落的黑色束腳運動褲，由於腿長傲人，因此露出一小段瘦削白淨的腳踝。

身後就是一面花裡胡哨的塗鴉牆，周遭也是鬧哄哄的，唯獨他一人站在喧囂紅塵裡，像棵挺拔乾淨的樹。

幾個路過的女孩頻頻回首，猜測他在等女朋友或者獨自一人。

林晚關上車門過去，那些女孩臉上寫滿羨慕。

她沒有理會旁人的目光，徑直走到周衍川身邊，仔細觀察他的模樣。

不像發生過肢體衝突的樣子，別的都還好，就是離得近了，能看出眼神有點頹，提不起什麼精神。

周衍川看著她：「不好意思，就是突然想見妳。」嗓音在夏夜裡顯得過分低沉，明顯心情不佳。

「沒關係，我也想見你。」林晚與他在人聲鼎沸的長街擁抱了一下，「去我家吧。」

自從上次鬧過白蟻後，林晚就沒回這邊住過。

趙莉每週會叫家政阿姨定期過來打掃，家裡還算整潔，院子中幾株紫薇開得正好，細小的花瓣被昨天那場暴雨打下來散落到地上，自有一番凌亂的美感。

冰箱裡空空如也，林晚也省了拿東西招待客人的流程，把冷氣打開後，便直接和他坐進沙發裡。

沙發不大，又或是她特意坐得近，兩人的手臂與膝蓋都碰到了一起，往彼此身上傳遞皮膚的溫度。

「你餓不餓？」林晚問，「可以叫外送。」

周衍川其實沒什麼胃口，但還是說：「嗯，妳看著點吧。」

林晚沒有急於問他今天發生了什麼，拿出手機在外送APP上選餐廳。

東山路一帶的餐廳可謂琳琅滿目，想吃哪種菜式都有十幾家可供挑選，她慢吞吞地滑動螢幕，思考除了正餐以外，要不要再選點讓人心情愉快的甜點。

「想吃雙皮奶嗎？或者港式鬆餅？」

「都行。」

「那我各點一份，可以分著吃。」她在螢幕上戳了幾下，「欸，糯米糍也不錯呢，你稍等下，我想想到底要點什麼。」

周衍川垂下眼，看她不斷往甜品店的購物車裡勾選，就這麼兩三分鐘的時間，挑了大概有七八樣。他看了她一下，拿過手機將她心不在焉多選的幾樣甜品都刪掉，按下提交訂單。

林晚意識到，她雜亂無章的心緒全被看穿了。

於是只好把手機拿回來，付完款就轉去看正餐，順便盡量用平靜的語氣問：「他們欺負你了？」

「沒有。」

林晚看他一眼。

周衍川回望著她：「真沒有，他們欺負不了我。」

離周源暉自殺已經過去太久，周衍川早已不是寄人籬下的單薄少年。

論財勢與地位，昔日的長輩早已無法與他相抗衡，論身形與力量，二十幾歲的年輕男人也根本無需懼怕兩位六十多歲的老人。

若非如此，他們也不至於這些年只敢以恐嚇信的方式威脅他。

面對面時，現在的他們在周衍川面前，其實並沒有太多勝算。

要不是他顧念舊情一再忍讓，光憑持續不斷的騷擾，就足夠讓夫妻二人年年去派出所報到。

林晚放下手機，沉默了一陣才說：「可他們肯定沒有好好跟你說話，而且你心裡不會好受。別說自己習慣了，習慣不代表理應承受。」

「……嗯。」

周衍川自嘲地笑了笑，「我沒想到，有朝一日會對他們說那樣的話。」

「什麼話？」

「告訴他們再有下次我會報警，說我認識很好的律師，就算他們不用坐牢，也會為此付出代價。」

林晚皺了下眉，她幾乎可以想像那對老人聽見這些之後，會罵他什麼。

仗勢欺人、反咬一口的白眼狼。

周衍川靠著沙發，仰頭看向天花板。

這幢洋房建成近百年，林晚搬來後重新修葺過一次，但依舊保留了原有的烏黑色木梁。院子裡靜悄悄的，無聲將黑夜與木梁糅合到一起，連帶著一身黑衣黑褲的周衍川，好像也在慢慢融入到昏暗裡。

林晚想起進來時忘記開燈，她在逐漸黯淡的光線裡望著他，隱約感覺事情沒那麼簡單。

如果按照目前的情況來看，周衍川幾乎可以算作大獲全勝，兩位老人的謾罵在她的觀念裡，不過是氣急敗壞之下的宣洩而已，理應傷不到現在的他。

她很早以前就知道，他對別人的評價看得很淡。

巷子裡的流浪貓躍下院牆，踩翻鄰居家的幾個花盆，一陣咣啷咣啷的嘈雜聲響起，又伴隨著鄰居無可奈何的笑罵聲消失。

周衍川閉上眼，緩聲說：「我找到了堂哥的遺書。」

林晚神經一顫，難以置信地扭過頭，眼中滿是錯愕。

她是國三暑假結束後，才從附中老師那裡得知周源暉自殺了。當時這事始終讓人感到匪夷所思，加上周源暉並沒有在房間裡留下遺書，更讓他的死因變得撲朔迷離。

哪怕林晚自己，也是在認識周衍川之後，才大致確信他是因為壓力過大導致了憂鬱。

這些年以來，周源暉的父母會把所有罪責全推給周衍川，也有這一層原因在。

或許是某種逃避的心理作祟，他們不願意承認自己的過失，又急切需要一個代罪羊來為兒子的死亡負責，周衍川便自然成為了最好的選擇。

但是現在，那封遲到多年的遺書，將一切真相盡數揭開。

周衍川仍舊閉著眼：「堂哥死後，我從伯父家搬走……妳理解成被趕出去也行，反正當時很匆忙，有些東西沒來得及帶走。」

「他們還幫你留著？」林晚覺得不太可能。

事實上也的確不可能。

周衍川住過的臥室早就被清得一乾二淨，但他以前那間臥室比較小，有些放不下的、不太常用的東西就放在周源暉的臥室裡。

兒子死後，夫妻兩人始終將臥室保持著他離開那天的樣子，從來沒有動過。

周衍川的那些雜物，反倒陰差陽錯地被留了下來。

他們這次是徹底鬧翻，伯父伯母得知兒子的房間裡還有他的東西，二話不說就叫他全部拿走，彷彿他用過的東西帶著令人憎恨的病毒，會汙染他們心中最後的淨土。

周衍川久違地走進曾經熟悉的臥室，在書架最厚的那本偵探小說的書脊上，發現了一段摩斯密碼。

他記得清楚，周源暉平時很喜歡研究這些，某年春節還拉著他們玩過以此為主題的桌遊。

伯父伯母對這種東西不感興趣，但那天或許心情還不錯，勉為其難地陪他們玩了一個通宵。

摩斯密碼指向的物件，是放置在書架頂層的一架航母模型。

周衍川把模型取下來，打開扣得並不嚴實的底座，在裡面發現了塵封多年的遺書。他猶豫了一下，終究還是沒看，而是選擇把遺書拿了出去，然後返回臥室繼續整理屬於自己的東西。

幾分鐘後，客廳裡爆發出彷彿野獸泣血的淒厲哭聲。

周源暉把一切都寫得清楚，他為何憂鬱、為何崩潰、為何走上絕路，一字一句都將矛頭對準了父母。遺書的第二頁，他不知懷抱何種心情，用略帶嘲諷的文字寫下了人生最後的絕筆。

我會把遺書藏起來，但不會太難找。如果有誰關心過我真正喜歡什麼，應該很快就能找到。如果沒有，那我選擇離開就是最好的解脫，因為你們根本不是真的愛我。

不過我猜，發現它的人應該是衍川。

對不起啊，弟弟。

想必會有人認為這種方式太過幼稚，竟然拿自己的生命跟父母賭氣。

然而林晚聽完之後，卻只覺得整顆心臟都陷進了灌滿悲哀的沼澤裡。

她俯下身，雙手捂住臉，消沉又失落地想，她明白周衍川為何那麼難受了。

那些槍林彈雨早已無法讓他痛苦。

只有溫柔與善良才會。

視野開始變得模糊不清，林晚在自己斷斷續續的抽泣聲中，忽然有些惱怒地想……

明明她是出來安慰周衍川的，怎麼先哭起來了。

完了，愛妃以後會小看她的。

外送送到後，是周衍川出去拿的。

林晚不知道自己哪來那麼多眼淚可流，一下為周源暉感到可惜，一下為周衍川感到悲傷，一下又生起股不知該向誰噴發的怒火。

她聽見院子的大門被人打開又合攏，心想還好叫了甜點，她現在確實需要點振奮人心的熱量。

周衍川拎著兩盒甜點進來，輕輕放到茶几上。

這家店的餐盒做得精緻，除包裝之外還額外附贈了一個冰袋，以免炎炎夏日的高溫破壞食物的口感。路上耽誤了一段時間，冰袋在盒子邊氤氳出潮溼的霧氣，霧氣越聚越多，最後變成一股小小的水流，在茶几表面湮出一小片水跡。

林晚平時特別活潑的一個人，哭起來卻很安靜。

沒什麼嚎啕作響的大動靜，只有隱隱約約的抽泣聲在房間裡響起。她一直把臉擋著，淚水從掌心蔓延到手腕，最後滴答潤溼了腳下的地板。

周衍川感覺心臟被揪緊成一團。

客廳裡收拾得太過乾淨，紙巾盒也不知所蹤，最後他只能從外送袋子裡翻出商家贈送的紙巾，俯過身替她擦拭眼尾的淚水。

「你別看啊，好醜的。」林晚甕聲甕氣地說。

「不醜。」

周衍川握住她的手腕拉開，迎著那張梨花帶雨的臉蛋看了幾秒，低頭吻上她淚花閃爍的眼睛。

被淚水打溼的睫毛在他唇間顫了顫。

周衍川皺了下眉，後悔不該把真相告訴她。

林晚沒她表面看起來那麼大大咧咧，作為一個從事動物保護工作的人，她的共情能力比他想像中還要強。

他伸長手臂環過她的後背，讓她靠在自己胸口，輕拍著她薄瘦的後背。

林晚鼻息間全是男人乾淨氣爽的味道，再哭了一下，就開始感到不好意思了。她把臉埋在周衍川結實的胸膛前蹭了蹭，像隻鴕鳥似的不想抬頭：「你是不是在心裡笑我？」

周衍川視線往下，靜靜地看著她。

人類的後腦勺都長得差不多，無非就是圓弧形外面搭了層頭髮而已，但他就是連眼睛都沒眨一下，動也不動地看了一下，才低聲說：「沒，但我不想惹妳哭。」

「我替你難過啊，寶貝。」

林晚聲音裡還帶著哭腔，莫名顯得柔軟幾分，她抬起小半張臉，輕聲說，「但沒關係的，都過去了，以後我陪你一起記住他。」

周衍川「嗯」了一聲，另一隻手的指腹壓了壓眼窩。

今天得知周源暉的真實想法後，他並沒有得到諸如「太好了與我無關」之類的感受，心頭的沉重反而更勝從前。

然而昏暗的天地裡，卻又不知何時被人打開了一扇門，讓明媚又亮眼的春光穿透了進來。

有哪裡變得和從前不同。

好像獨自蹣跚前行很久的路上，突然多出一個陪伴的人。

從今往後的所有喜怒哀樂，都能與人說。

天色太晚，林晚索性讓周衍川在家裡住下。

兩人受了遺書的影響，沒太多花前月下的旖旎心思。

林晚經過剛才的失態後，有種「反正在他面前已丟過臉」的心理，這下完全沒了心理負擔，回房間洗了個澡，從衣櫃裡翻出一身寬鬆的T恤和短褲穿上，就趿拉著人字拖，素面朝天地陪他出去吃飯。

東山路的老街風景在夜色中越發有煙火氣。

然而兩個人情緒都不怎麼高漲，吃過飯便沿著街頭走到街尾，散完步後回到小洋房裡，各自處理了一些工作上的雜事，就到了睡覺的時間。

二樓有好幾個房間，林晚隨便開了一間讓周衍川去睡，自己回到房間後，可能今天哭得太累，沒過多久就沉沉睡去。

第二天早上醒來，她洗漱完後下樓，看見餐桌上放著周衍川出去買的早餐。

林晚打了個呵欠，站在樓梯口感嘆：「完了，我居然有種老夫老妻的感覺。我們在一起才幾天啊，熱戀期的激情呢？」

周衍川看她一眼，剛要開口，林晚就聽見手機在樓上響了。

彷彿為了幫她重新回歸到正常的戀愛步驟一般，舒斐在電話裡直接說：『妳今晚收拾行李準備一下，明天跟我去趟燕都參加會議。』

「好的。」林晚答應下來，想起出席的場合不同，需要帶的服裝也不同，便多問了一句，「是什麼類型的會議？」

舒斐：『沒什麼，過去跟人吵架。』

「……」

林晚有那麼一兩秒的時間，懷疑舒斐不是帶她去開會，而是帶她遠赴燕都踢館。

剛在一起沒幾天就出差，林晚心裡有些過意不去。

昨天她算是痛快地哭了一場，卻不知道周衍川心中那些鬱結都疏通沒有，這種時候離開，她多少比較放心不下。

然而周衍川聽她說完後，只淡淡點了下頭：「行，回來的時候提前說一聲，我去接妳。」

半點「讓你們總監換其他人去」的意思都沒有。

但林晚聽得出來，這並不是不在乎分別，而是他說過會尊重林晚的工作，就不會讓她成天守在南江守在他身旁。

週一上午十點，飛機落地燕都。

舒斐沒有拿林晚當隨行助理使喚，在輸送帶拿到行李後，和她分別拖著自己的行李箱，腳步匆忙地往出口走去。

從輸送帶到機場出口並不遠，但一路上不少人都在偷看她們。

都是年輕的女人，身材姣好，衣著時髦，走起路來風風火火的架勢，自有屬於她們的獨特的美麗。

年紀稍長的那位五官不算特別好看，但氣質很好，是經過歲月磨礪的類型。年輕點的這位是真漂亮，眼尾眉梢有種清冽乾淨的感覺，像剛進職場沒兩年的新人，但看起來完全沒有唯唯諾諾的生澀。

昨天下午，舒斐把會議相關內容發到了林晚的郵箱裡，她看過之後，才知道原來是針對進一步促進野生動物保護法規完善的研討會。

除了鳥鳴澗代表的基金會以外，還有相關政府部門、動物專家、畜牧養殖業代表甚至專門研究這塊的經濟學者參加。

難怪舒斐會說是過來跟人吵架。

雖然大家都贊同保護動物，但這些參加會議的人，分別代表各自領域內不同的態度，每個行業對保護力度的標準也都存在分歧。

舉個最簡單的例子，鳥群棲息地如果剛好就在某座城市的發展規劃地盤內，那麼當地的經濟發展是否該為牠們讓步。

生態保護不是極端的完全以動物為本，他們需要做的，就是大家坐下來仔細商討，哪裡可以協調，哪裡絕不能妥協。

舒斐之所以把林晚帶過來，一是由於她有研究所的工作經驗，二是因為她上週完成的那篇宣傳稿品質太好。

南江警方查獲四萬多隻走私鳥類的新聞，在週末兩天引起了不少人關注。

林晚聽取舒斐的建議，從多個角度解析此次走私可能引發的後果，旁徵博引的同時還做到了通俗易懂。

「這兩天轉發的媒體不少，正是妳該出風頭的時候，所以帶妳過來見見世面。」

上車後，舒斐直接說，「不過坦白說，這種場合妳幾乎沒什麼發言的機會。可如果妳打算繼續在這行做下去，接下來幾天見到的人，很可能都是妳今後需要打交道的人，多結交幾個對妳沒壞處。」

林晚點頭：「我明白。」

舒斐滿意地看她一眼：「難怪曾先生會邀請妳加入鳥鳴澗，腦子聰明又從不怯場，的確比徐康他們幾個好用，只做科普有點浪費。」

這句話林晚沒有接，只溫和地笑了笑。

她知道鳥鳴澗副總監的位置還空著，平時鄭小玲他們時不時也會聊到這個。

職位空缺的填補方式無非就兩種：外部引入和內部提升。

舒斐對手裡的員工素養要求很高，前一陣子跟幾個人接洽過，但最終誰都沒能讓她滿意。

至於鳥鳴澗內部的人員，看來看去又總缺少點什麼。

拿她最看好的幾人來說，鄭小玲太大驚小怪，宋媛跟陌生人說話就臉紅，徐康倒是相對平衡，只可惜太過平衡，反而顯得比較中庸。

唯獨林晚，方方面面都拿得出手。

只不過林晚剛入職也沒多久，現在談這些還為時尚早。

舒斐也就稍稍暗示了一句，便沒再把話題往深了談。

半小時後，司機把車停在飯店樓下。

林晚和舒斐住在相鄰的兩個房間，入住後直接在飯店內吃過午飯，稍作休整就馬不停蹄趕往會議召開的地點。

一整個下午，林晚就坐在舒斐後面的位置，看她如何與多方周旋，如何明察秋毫地找出與她相同的人締結同盟。

舒斐在辦公室的作風向來強勢，到了外面也不會輕易示弱，但她尺寸拿捏得當，既能振振有詞地表達自己的觀點，又能適當留出讓人討論的空間。

正如舒斐事前預言的那樣，幾小時的會議下來，林晚幾乎沒有發言的機會。

她只有在舒斐需要時，才能小聲把自己知道的情況告訴對方，作為動保組織這邊據理力爭的依據。

然而儘管如此，等到會議結束時，林晚還是覺得累得不行。

動物保護方面的相關內容對她來說當然沒有難度，但今天發言的各行各業人士太多，例如經濟學對她來說便如同天書一般，有些相對較為專業的名詞，她聽到後還需要現場查詢才能大概了解含義。

大腦一直不斷高速運轉的結果，就是再回到飯店時，她只想撲到床上好好睡一覺。

誰知舒斐很快過來敲門：「休息二十分鐘，晚點有個私人酒會，我帶妳過去。」

說完目光又上下在她臉上掃了幾個來回，「最好重新化個妝，隨時隨地都要光彩照人，知道嗎？」

林晚今天算是見識到了大魔王的真正實力，感覺舒斐彷彿永遠不知疲倦似的，只要有工作，永遠都會保持精神飽滿的狀態。

關上房門後，她把手機拿到廁所，按下與周衍川的視訊通話，就開始對著鏡子補妝。

周衍川還在星創加班，視訊接通後，映入眼簾的不僅有她帥氣逼人的男朋友，還有男朋友那間寬敞明亮的專屬辦公室。

林晚用委屈的語氣撒嬌：「寶貝，我好累啊。」

『今天做什麼了？』周衍川把手機立在螢幕前，邊查看電腦裡的檔案邊問。

林晚把到達燕都後的行程彙報了一遍：「晚上還要陪總監參加酒會，她大概想介紹一些人給我認識。我現在終於明白當大神的痛苦了，好不容易辦完正事，等在前方的還有數不盡的應酬。」

周衍川輕聲笑了一下，糾正她：『應酬也是正事。』

林晚想了想，認為他說的有道理。

所謂的酒會飯局，說來說去其實都是為了拉攏人脈鞏固關係。

她把用過的粉餅放回洗手臺，好奇地問：「你能不能教教我，怎樣才能保持永動機的狀態？」

周衍川稍怔，他以前從來沒有考慮過這種問題。

保持工作狀態對他而言，就和吃飯睡覺一樣稀疏平常。加上他私底下最大的愛好，也是程式設計和玩無人機，所以工作與生活的交界線在他這裡並不明顯。

思忖片刻，他輕聲回道：『不用刻意保持，只要妳對這個行業足夠熱愛，自然就會有動力支撐妳全力以赴。妳現在感覺到的累，說白了就是不適應舒斐的節奏而已，等妳適應之後，表現就不會比任何人差。』

林晚揚了下眉，心想這人怎麼回事，說著說著還拐彎抹角地誇她？

她打開眼影盤的蓋子，視線幽幽往手機掃過去：「奇怪呢，寶貝今天嘴好甜，在家偷偷吃糖了？」

『沒吃糖。』

周衍川側過臉，在視訊的那頭與她對視了幾秒，忽而勾起唇角，『就是想妳了。』

林晚心尖一暖，徹底領教到天賦型選手的威力。

還說不會講甜言蜜語，殊不知坦蕩得毫無遮掩的真心話才最打動人。

她刷完眼影，調轉手機鏡頭，不給他看自己塗睫毛膏的扭曲表情：「我離開南江不到一天，你就那麼想我。可等會議結束剛好就是週末，我還打算多留兩天遊覽名勝古蹟呢，整整一週不能見面，你也只能自己想著了哦。」

視訊拍不到她，周衍川便轉而繼續看電腦螢幕，輕聲問：『妳打算下週才回來？』

他語氣淡淡的，沒夾雜什麼質問的意味。可這句話輕飄飄落進林晚的耳中，又讓她遲疑了一下。

說來也是奇怪，林晚從小跟父母四處玩，國內外出名的旅遊城市差不多去遍了，卻唯獨落下了這座城市。

不過她不是第一次來燕都，高中時就曾和鐘佳寧飛來這裡看過國外樂隊的演唱會。

那次行程安排得很緊張，第一天下午抵達，晚上看完演唱會回飯店，第二天大清早就坐最早的一班飛機返航，根本沒來得及好好逛逛。

所以她原本打算藉此機會短暫的旅遊兩天。

結果被周衍川輕描淡寫地問了一句，心裡的天平就開始左右搖擺。

要不然還是提前回去吧。

放棄的念頭才剛萌芽，她就聽見手機裡響起清冽的男聲：『那我週末過去陪妳。』

林晚指尖顫了顫，睫毛險些塗成蒼蠅腿。

她趕緊穩住手，三下五除二飛快塗完睫毛，把鏡頭又轉了回來，語氣驚喜：「真的？」

『好歹也是我的故鄉，』周衍川說，『哪有讓妳一個人玩的道理。』

林晚這下是真高興了，笑咪咪地彎下腰，對著手機：「寶貝，來親一個。」

『留著。』

周衍川這時還跟她拿喬了，看都不看螢幕，無情拒絕女朋友的索吻，『見了面再說。』

林晚被拒絕了也不惱，眼睛一眨不眨地盯著螢幕裡的男人。

手機擺放的位置比較低，由下往上是許多人的死亡角度，但周衍川根本不用擔心這些問題，不僅下頜的線條清晰流暢，連喉結都比平時更加明顯，隨著他說話的動作，喉結上下滾動，讓人很想把手放上去，感受他脖頸間的聲帶震動。

而且剛才沒注意，現在仔細一看，她才發現周衍川襯衫的紐釦沒扣完，透過散開的衣領皺褶，能看到凹陷的鎖骨和周圍的皮膚。

露得不算多，但恰好夠性感。

林晚沉沉地嘆了聲氣，要不是等下還要跟舒斐參加酒會，她可以不吃不喝對著手機看周衍川加班看一整晚。

兩人又敲定週末在燕都見面的具體地點，林晚眼看休息時間所剩不多，才依依不捨地掛斷了視訊。

螢幕一暗，林晚的動作就敏捷了起來，半點沒有和男朋友視訊時慢慢溫存的模樣。

帶來的衣服都在衣櫃裡掛著，她仗著自己顏值身材都能打，沒怎麼仔細挑選，直接拿出一條霧霾藍的長裙。

長裙是無袖的款式，領口處縫出幾道特意設計的立體皺褶，一穿上身，就把飽滿的胸型與纖細的腰肢襯托得婀娜曼妙。她個子高挑，長至腳踝的裙擺不顯累贅，反而隨著在房間裡來回走動的步伐，若隱若現地秀出精緻白皙的腳踝。

林晚從首飾包裡找出一對耳環，戴上後把長髮撥到頸側垂下，天鵝頸與直角肩都只露了一邊出來，整個人暫時變得美豔不可方物。

幾分鐘後，她拎上皮包出門，剛好遇到舒斐從另一間房出來。

舒斐看她一眼，神色中流露出不加掩飾的讚賞。

還真滿足了她的要求，說要光彩照人，就亮眼得像個女明星一樣。

晚上八點，兩人從一家飯店趕到了另一家飯店。

林晚起初還擔心她酒量不好，怕到時候萬一有人勸酒會比較麻煩。

結果酒會開始後，她唯一一點疑慮也直接打消了。

不得不說，舒斐是個很好的領導。

她帶林晚參加的這個酒會，參與人士大多是與基金會有來往的企業高層，或許是考慮到今後會有諸多業務往來，別管實際性格怎麼樣，至少今晚大家都裝得有模有樣。

林晚端著一杯香檳，被舒斐一一介紹給別人。

她爸去世前就是生意人，這種場合該說什麼話該露出怎樣的笑容，她從小也算耳濡目染，與人目光對視時，便大大方方地笑一下，拿出不卑不亢的態度盡量給人留下深刻的印象。

其實憑藉她的美貌，哪怕不聲不響也能引起關注。

但她心裡清楚，舒斐願意帶她來，絕不希望她僅僅做一個漂亮的花瓶擺在那裡供人觀賞。

換到第二杯香檳時，林晚已經收到不少名片。

舒斐眼看差不多帶上路了，就沒興趣再當職場保姆：「妳自己玩，我跟證交所的人聊點事。」

林晚點了點頭，等舒斐走遠後，目光就在燈火通明的宴會廳裡四下看了看，想找幾個能加入交談的人。

沒等她想好往哪個方向走，就有男人先靠過來與她寒暄。

林晚認出這是某家生態環境治理公司的楊總，便和對方走到靠近窗臺的位置，邊喝酒邊聊天。

「原來林小姐是南江研究所出來的。我關注過你們上半年的灰雁回家計畫，如果沒記錯的話，是用了星創的無人機？」

林晚笑了笑：「對，和星創還蠻有緣分，這次鳥鳴澗的巡邏專案也是跟他們合作。」

楊總「哦」了一聲，不知為何神色有些異樣。

停頓半拍，他才裝作不太了解的樣子，接著問：「星創目前主導研發的人，是姓周？」

「您是說周衍川周總吧？」

林晚察覺出他的態度比較微妙，沒有冒然說出她和周衍川的關係，假裝不太熟悉的口吻回道，「據我了解，周總確實主管星創的技術，不過我們這次合作的時候，大多是和設計部還有工業部溝通比較多。」

楊總：「這倒也正常。不過我是個爽快人，有話直說妳別介意。星創的無人機問世沒幾年，技術水準還在摸索階段，鳥鳴澗打算找無人機公司合作時，我跟曾先生還有你們的舒總監都提議過找德森比較穩妥，可惜他們最後還是選了星創。」

林晚現在對德森沒什麼好印象，礙於不能直接表現出來，只好順著對方的話閒聊了幾句無人機市場。這一聊，她才知道原來楊總的公司和德森已經有幾年合作關係，他對德森各方面都特別滿意。

如果聊天對象換作是鐘佳寧，林晚就會相信這只是朋友之間的一次「安利」，可她沒那麼天真，不會認為一位公司負責人，會在酒會上跟她閒談這些。

酒會結束回去的路上，林晚猶豫了一下，還是把這事告訴了舒斐。

舒斐今晚喝得不少，仰頭靠著椅背，揉著太陽穴說：「他見我帶妳來酒會，以為妳是我的心腹，想讓妳回來跟我吹吹風罷了。」

鳥鳴澗和星創目前只簽了一年合約。

一年之後保護區如果想再利用無人機巡邏，就有可能需要換一家公司提供技術支援。而且這個項目基本算是基金會內的一個試點項目，一旦成功，涉及到的業務範圍就不僅僅是幾十個鳥類自然保護區這麼簡單。

舒斐冷笑一聲：「他一直力薦基金會選德森合作，以為我們不知道，他跟德森的葉總是沾親帶故的關係，想幫忙搶占南方的市場占有率。小算盤打得震天響，真當別人聽不見。」

林晚一怔，心想還好她留了個神。

萬一被對方知道她是周衍川的女朋友，那麼場面多少就會變得有些尷尬。

她是出來擴展交際圈的，犯不著早早樹立隱形的敵人。

接下來的幾天，日子過得彷彿複製貼上一般。

林晚白天跟隨舒斐去研討會跟人唇槍舌戰，晚上被她帶出去結識新的人脈，回到飯店後還要加一下班，負責擬定週五那天的總結演講稿。

週四傍晚回飯店的車上，舒斐接到曾楷文的電話，約她晚上去家裡吃飯。

「恭喜妳今晚終於自由了。」

幾天下來，舒斐偶爾也會跟林晚開開玩笑，她把手機往包裡一塞，挑起凌厲細長的眉毛，「自己找個地方玩吧，見見朋友都可以。」

林晚指了下膝蓋上放著的筆記型電腦包：「那我正好回去再改改演講稿。」

她沒問舒斐能不能帶她去見曾楷文——雖然曾先生確實是邀請她加入基金會的人，但那只不過是因緣巧合之下做了一次貴人而已。

或許當時曾楷文對她印象深刻，但轉眼過去幾個月，林晚清楚自己一個初出茅廬的晚輩，根本沒資格去參加別人的家宴。

回到飯店後，林晚傳訊息給周衍川：『寶貝在忙嗎？』

他們這幾天都沒怎麼聯絡，她心裡其實還怪想他的。

可惜今晚不湊巧，周衍川回她：『在開會。』

行吧，反正週六就能見面了。

林晚傳過去一個親親的貼圖，就打開筆記型電腦，為舒斐明天要演講的內容做最後的潤色。

牆上掛鐘的分針滴滴答答地響著。

等到十一點時，林晚接到舒斐打來的電話。

『妳去我房間，幫我整理幾件換洗衣物。』

林晚愣了愣，下意識問：「您不回飯店住了？」

舒斐在那邊沒好氣地回道：『出車禍，住進醫院了！』

二十幾分鐘後，林晚在醫院的單人病房裡，見到了生無可戀的舒斐。

實話實說，她平時見慣了大魔王威風凜凜的模樣，今天第一次見她躺在病床上的樣子，一時還有些彆扭。

舒斐是在快到飯店時出的車禍。

行人闖紅燈，司機為了避讓撞上電線桿，她當時就聽見「喀擦」兩聲，本來還不覺得疼，結果送到醫院一檢查，手和腳都骨折了。

「今晚還不能做手術。」

舒斐抬眼看著點滴瓶，心情差到了極點，「真是煩死了，都他媽什麼破事。」

林晚哽了一下，沒想到她罵髒話居然如此順暢。

不過平白無故遇到飛來橫禍，爆爆粗口宣洩心情，倒也無傷大雅。

她倒來一杯溫水給舒斐：「不如我今晚在醫院陪床？」

「我請了看護，不用妳陪床。」

舒斐不知是疼的還是煩的，眉頭緊皺，語氣煩躁地說，「東西送到了就回去吧，抓緊時間準備，明天研討會的演講由妳上。」

林晚：「……啊？」

林晚整個人都不好了。

她在鳥研所做過許多次科普講座，公開演講對她來說根本不算難事。

但就像舒斐曾經指出的那樣，她現在面對的人群不同。明天聽演講的人不是來接受科學知識普及教育的民眾，他們之中有比林晚更資深的專家學者、有與動保組織意見相左的其他行業代表、還有想執行「先汙染後治理」方案的地方官員。

他們會仔細聆聽她演講中可能出現的紕漏，然後以此作為己方反駁的論據。

一想到需要代替大魔王去跟那些人糾纏，林晚只恨不能立地成魔，至少先把自己扮成小魔頭再說。

搭計程車回到飯店，她把再三修改的演講稿看了一遍，在紙上寫寫畫畫好半天，思考明天可能遇到的難關，越想，心裡就越沒底。

林晚哀嘆一聲，甩開紙筆，仰面望著天花板，把頭髮揉得亂糟糟的。

此刻她無比渴望有人來為她指點迷津。

她在寬敞的沙發上打了個滾，伸手搆到矮桌上的手機，拿過來把聯絡人翻了一遍，咬著嘴唇琢磨認識的同行裡，有誰比較擅長應付這種場合。

腦海中的名單還未成形，手機就先彈出一個視訊通話的畫面。

她看到周衍川的名字和頭貼，下意識按了接通。

螢幕那端是昏暗的車內，他好像在加完班回家的路上，坐姿有幾分疲累後的慵懶勁，但眼尾眉梢都帶著淡淡的笑意，在晦暗光線裡顯得越發英俊。

男朋友長得帥的好處就在這裡。

林晚忐忑不安的心情立刻得到了舒緩，她換了個姿勢，趴在沙發上跟他撒嬌：「你這通視訊來得真及時，再晚幾小時我可能就要涼了。寶貝快抓緊機會，說說你有多愛我，這樣我死了也好瞑目。」

周衍川修長的手指在耳邊按了按，將藍牙耳機戴緊了些，以免她這番話被前排的助理聽去。他壓低聲音，問：『出什麼事了？』

林晚告訴他舒斐不幸的遭遇引發的後果，說到後面又真情實感地煩惱起來。

她一回飯店就忙於研究演講稿，外出的裙裝還穿在身上，熨貼地包裹出身體曼妙的曲線。加上此刻俯身趴著的姿勢，領口被壓得稍低，胸口大片雪白的皮膚就湊到了他的眼底。

更要命的是，她那兩條骨肉勻稱的小腿不知何時也翹了起來，一前一後地來回晃著，腳踝被光線勾勒出深淺不一的陰影，彷彿故意在撩誰似的，看得人想一把握住，讓她別再亂動。

林晚的身材其實很有料，只不過她完全沒意識到，男人此時看見的是怎樣一幅好春光。

她眉頭皺著，嘴角撇著，可憐兮兮地繼續訴說自己的迷茫：「你不知道，我上一次這麼緊張，還是研究生畢業論文口試的時候。」

周衍川清清嗓子，錯開視線緩了緩，才重新看回來，問：『你們演講的主要訴求是什麼？』

「盡快更新野生動物瀕危名錄，建立可執行的保護方案。」

『嗯。再具體呢？給妳三分鐘陳述，讓我知道你們的大致想法。』

演講稿是林晚幫舒斐準備的，她稍加回憶，就滔滔不絕地把稿件裡羅列的幾大要點講了出來。

這三分鐘裡，周衍川始終沒有出聲打斷，之前含情脈脈的目光也收斂了起來，臉上沒什麼表情，看起來有些淡漠疏離。

林晚不自覺把他當作了參加會議的代表之一。

她悄悄蜷緊手指，心臟跳得很快。

平時談情說愛她經驗十足，總會習慣性地掌控兩人間的主動權，此時交談的內容一變，她就發現周衍川變得不太一樣了。

有種無意識散發出來的壓迫感，讓人不得不調動所有思考的能力，好使自己的話語能夠真正進入他的耳中。

三分鐘過去，林晚才發現她不知何時變成了正襟危坐的姿勢。她抿抿嘴唇，小心地看他一眼，期待能夠得到他的正面評價。

周衍川認真地思忖片刻，才緩聲開口：『沒什麼問題。』

林晚怕他只是為了哄女朋友，不放心地問：「沒騙我吧？」

『沒。』周衍川手指微屈，輕叩著後座的中央扶手箱，『訴求很明確，觀點很統一，對於涉及到的各項領域分析也很得當，放在哪都是品質上乘的演講稿，而且妳用的語速和咬字都很適合做演講。』

林晚稍微鬆了口氣。

周衍川是習慣參加各種論壇會議的人，能得到他的認可，等於提前服下了半顆定心丸。

至於另外半顆……

林晚輕聲問：「你覺得他們會提什麼問題？」

周衍川挑眉：『他們問什麼，很重要？』

「？？？」

『明天只是一次研討會，不是妳的畢業論文口試，妳也不是等著他們發畢業證書給妳的學生，怕什麼？』

車輛在路口轉彎，路燈的光暈一下子灑進來，為他披上一件強勢且敏銳的外衣。

周衍川語速不急不緩，替她撥開了眼前的迷霧：『妳身後是鳥鳴澗和基金會，底氣擺在那，何必怕誰。』

林晚微怔，發現她原來陷入了一個盲點。

誠然她的從業經驗在與會代表中微不足道，可他們關注的並不是「林晚」本身，而是她所代表的組織想要表達出來的態度。

螢幕中的視野倒轉過來，手機裡傳來車門打開又關閉的聲響。

熟悉的男聲響起在寂靜的夜色中，沉穩而淡然，像一個寬廣結實的懷抱，穩穩接納了她所有的侷促。而後又沾染些許調侃的低啞笑意，惹亂了她的心跳：『別害怕，真要出了差錯，我替妳跟舒斐解釋。』

最後一天的會場，布置得比前幾日更為正式。

會議廳的前方擺放了報告桌，黑色麥克風立在支架上，隨時準備將演講人的聲音傳遞到四面八方每個角落。

林晚把長髮盤成俐落的髮髻，換了一身正式的西裝裙，踩著同色系的高跟鞋，英姿颯爽地走進會議廳。

舒斐出車禍的事已經傳開，好幾個眼熟的、有頭有臉的人物來和她打聽舒斐的傷勢。

林晚一一回答了，打開筆記型電腦最後瀏覽一眼，便輕輕闔上螢幕，挺直了脊背。

有些前幾日和她一樣當跟班的年輕人偷偷打量她，設想如果換作自己被臨時推到臺前來，能否像她表現的那麼胸有成竹。

但也許只不過是虛張聲勢。

有人暗自猜測，上臺前假裝鎮定誰不會，只有站到報告桌前才是見真章的時刻。

烏鳴澗的演講順序排在稍後。

某種程度而言，這樣的安排反而幫到了林晚，讓她有時間可以借鑑前面幾位演講人的經驗。

幾十分鐘下來，林晚發現周衍川還真沒說錯。

質疑與分歧固然存在，但最激烈的爭執已經在前幾天消耗過了，最後一天大家的態度都比較平和，通俗點來說，就只剩下「我倒想聽聽，你們是不是鐵了心要堅持己見」的環節。

輪到基金會代表發言時，林晚站起身，撫平裙襬的皺褶。

她微笑著走到臺前，視線明亮地掃過臺下眾人，緊張仍會有，卻已不足以使她動搖。

「各位代表好，我是烏鳴澗的演講人林晚。」

她的聲音在座無虛席的會議廳內清晰響起，溫和又不失堅定，一字一句都俐落地從嘴唇內連貫地說了出來。

大概因為昨晚提前和周衍川排練過的關係，她今天的狀態特別好。

全程幾乎沒怎麼看面前的稿子，演講內容就像刻在她腦子裡似的，不用特意回想，就自然而然地表達出烏鳴澗的主張。

今天的講臺是光線最集中的地方，而她就自信地站在臺上，迎著眾人的目光，散發著屬於她自己的光芒。

演講結束後，臺下有代表問：「你們考慮過冒然修改瀕危名單的後果嗎？名單改變會導致當地保護政策跟著變動，對於已經規劃甚至投入的經濟體系產生的影響，如何解決？」

「首先我想申明一點，我們力求推動野生動物瀕危名單更新，並非一時衝動。目前有足夠的資料證明，我國境內有多種野生動物數量急劇減少，卻因為相關法規滯後而得不到妥善的保護。其次鳥鳴澗的觀點向來是『經濟發展和生態保護可以並行』，我們反對的是『過度汙染再重新治理』的方案，在剛才的演講中也有提到，以當前的案例來看，多數地區放縱汙染的後果，是耗費當地數十倍的經濟代價修復生態環境，而其中還不包括受汙染地區的人民生命健康代價。」

林晚想起昨晚後來聽周衍川講過的案例：「我可以舉例證明我們主張的可行性。去年西南某市遭遇頻繁停電，給當地的生產生活造成極大不便，經過無人機巡邏盤查後，發現是由於棲息地境內的輸電鐵塔被鳥類築巢所導致的跳閘。」

林晚曾經多次負責科普講座的優勢在此時展現了出來。遊刃有餘的姿態、天生具有感染力的音色、還有她磊落明朗的眼神，都讓人忘記了她只不過是舒斐帶來的下屬。

「這種情況下，難道要為了保障當地發展驅逐棲息的鳥兒嗎？答案顯然是否定的。當地電力局聯絡林業部門，了解過鳥類生活習性後，主動為牠們安裝人工鳥巢，既解決了鳥類棲息的問題，又解決了電塔絕緣短路的問題。」

臨危受命是挑戰，亦是機遇。

林晚在此時此刻，無比確信這一點。

她落落大方地笑了笑，目光筆直地望向臺下，朗聲總結：「只要所有人願意配合協調，人與動物就可以和諧共處，以上就是鳥鳴澗此次主張的方案，謝謝大家！」

掌聲如同潮水般響了起來。

之前對她印象淡薄的人，也開始向身旁的人詢問：「這女孩叫什麼名字？」

「林晚，前幾天都沒發過言，我還以為她只是舒斐的祕書。」

「難怪舒斐會帶她來，長得漂亮，又不是只有漂亮，這樣的下屬誰不願意栽培。」

「可不是嘛。」

兩個半小時後，研討會正式宣布結束。

主辦方在會議舉辦的飯店舉辦了一場午宴，邀請所有人參加，也當作是感謝各方人士一週以來的辛苦。

林晚去了趟廁所，出來後邊進電梯邊傳訊息給舒斐，先關心她手術是否順利，再彙報今天演講的結果。

電梯門在面前緩慢合攏，她按下訊息傳送鍵，抬起頭，這才留意到電梯裡鴉雀無聲。

再扭頭一看，好巧不巧，她搭乘的這部電梯裡，站的居然全是小跟班們。

「嗨。」林晚這幾天跟大家混了個眼熟，見狀便笑著打招呼。

離她最近的一個女孩羡慕地說：「妳太強了吧，站上去居然連手都沒抖一下。我領導後來一直在誇妳呢。」

馬上又有人接話：「可惜今天會議就結束了，否則以妳剛才的表現水準，再多來幾次，回去後說不定能直接升職。」

林晚謙虛擺手：「你們千萬別捧殺我啊，我也是得了高人指點啦，不然現在就是個笑話了。」

「哪位高人？能介紹給我認識嗎？」

……那恐怕不能。

林晚發現她如今越來越小氣了，眨眨眼睛說：「你們看過武俠小說沒？高人脾氣都很講究機緣，可遇不可求呀。」

擺明了是不肯介紹的態度，但配合她搖頭晃腦保持神祕的樣子，又讓人無法介懷。

最後眾人只好齊刷刷地「嘖」了一聲，便把這話題翻篇了。

到達宴會廳，林晚終於感受到她此次演講的成功。

整個午餐的過程，不斷有人來與她攀談，加起來竟比前幾天舒斐帶她參加酒會的人還多。

這種憑藉自身努力而獲得關注……

不得不說，太過癮了。

——《喜歡你時，如見春光》未完待續——

高寶書版 致青春

美好故事
觸手可及

蝦皮商城同步上架中！

https://shopee.tw/gobooks.tw

高寶書版集團
gobooks.com.tw

YH 168
喜歡你時，如見春光（上）
作　　者　貓尾茶
封面繪圖　陳采瑩
封面設計　陳采瑩
責任編輯　楊宜臻
內頁排版　賴姵均
企　　劃　何嘉雯

發 行 人　朱凱蕾
出　　版　英屬維京群島商高寶國際有限公司台灣分公司
　　　　　Global Group Holdings, Ltd.
地　　址　台北市內湖區洲子街88號3樓
網　　址　gobooks.com.tw
電　　話　(02) 27992788
電　　郵　readers@gobooks.com.tw（讀者服務部）
傳　　真　出版部(02) 27990909　行銷部(02) 27993088
郵政劃撥　19394552
戶　　名　英屬維京群島商高寶國際有限公司台灣分公司
發　　行　英屬維京群島商高寶國際有限公司台灣分公司
法律顧問　永然聯合法律事務所
初　　版　2024年07月

原著書名：《喜歡你時，如見春光》由北京晉江原創網絡科技有限公司授權出版。

國家圖書館出版品預行編目(CIP)資料

喜歡你時,如見春光/貓尾茶著. -- 初版. -- 臺北市：英屬維京群島商高寶國際有限公司臺灣分公司, 2024.07
冊；　公分. --

ISBN 978-626-402-025-1(上冊：平裝). --
ISBN 978-626-402-026-8(下冊：平裝). --
ISBN 978-626-402-027-5(全套：平裝)

857.7　　113009348

凡本著作任何圖片、文字及其他內容，
未經本公司同意授權者，
均不得擅自重製、仿製或以其他方法加以侵害，
如一經查獲，必定追究到底，絕不寬貸。
版權所有　翻印必究

GOBOOKS
& SITAK
GROUP©